蒋子龙文集

第 2 卷

子午流注

龙志亚 题

人民文学出版社

前　言

　　谨以此书献给我的朋友王志田医生。

　　他首先是一位哲人。跟他对话永远都是一种精神享受，多有惊人之语，常令我有"听君一席话，胜读十年书"之感。他似乎对世间万事万物都有自己独到的见解，新奇而深邃。比如，我早就见过吃过人参，只有听他谈过人参后才真正认识了此物。

　　人参的谐音即"人神"，人形者神。参是二十八星宿之一，《说文解字》认为星落地成参。他曾顺手拿起桌上的一根人参，问我像什么？我未假思索，说它像妙龄女子，婀娜多姿形若飞仙。他又拿起一根，我说像老头儿……

　　他依次让我把桌上的人参都分出性别和年龄，然后说，可见区别人参的阴阳并不困难，世界上没有重样的人。人参也一样，在刚挖出来的时候，每一棵人参都像一个人，形态逼真，活灵活现。晒参场如同一个浓缩的人类社会，男女老中青，生旦净末丑，应有尽有。这不奇怪，天地万物皆分阴阳，人在吃鸡的时候要区分公鸡母鸡，男人对牛鞭、鹿鞭之类的东西总是格外珍视；吃鱼、蟹之类的水产品也要分出公母。甚至连水果，如梨，也分公母。为什么吃人参反而不讲究公母，胡吃、滥吃？以为它是有益无害的东西，不分阴阳一锅煮，这样没吃出毛病就算是侥幸。有人则吃得鼻孔出血、牙疼难挨、浑身刺痒、亢奋失眠……

　　他详细地介绍了阳性参和阴性参的成分及功能的差别，并当场为我做了个小试验，把一棵阳性参和一棵阴性参同时放在 W 天然水中煮

1

沸,二十八分钟时阴性参就漂浮于水面,而阳性参则到五十八分钟时才浮上水面。

当时有一熟人的鼻侧长了个红包,牙床红肿疼痛,一般人都说他是内热,胃火太大。而王志田断定他的毛病在肺经,并随手选了一棵与他年龄相仿的阳性人参,取其中段,煮后吃掉。两个小时后他即有感觉,第二天红包以及牙床肿痛均消失。人参被誉为"百草之王,群药之首",是好药,却不是什么人都可以乱吃的好东西。好药用对了可以治病活命,用错了也可以害人。

因此,他是一位"神仙一把抓"式的医生。

何谓"神仙一把抓"?即没有他治不了的病,从最普通的头疼脑热到别人治不了的疑难杂症。使《封神榜》的神话大为逊色的航天入地,能让人达到随心所欲的境界的现代科学技术,似乎在预示着人类正进入一个无所不能的时代。然而,工业文明的攻击性并没有减少富裕社会的痛苦,自然的和人为的灾难频仍。

由于工具的极端发达和目标的极度混乱,使世界动荡不安,祸患不绝,人类还远没有摆脱恐怖和饥饿。工具只是讯息,是人的延伸,工具发达不等于人类自身就健康快乐。相反,人类的病痛倒大大地增加了。谁能数得清折磨现代人类的有多少奇奇怪怪的病、疑难症和不治之症?

有一年,七十多岁的波兰老作家胡佩方来北京参加一个活动得了重感冒,看了医生也吃了许多药,症状没有减轻反而加重了,但还是坚持让中国作协送她来天津看我。我立刻带她来到王志田诊所,王志田先为她诊脉,开出中药就在他诊所的电炉子上煎着,然后为她针灸,针灸后喝了汤药,才开始为她按摩,直到她沉沉睡去……第二天症状全消。胡佩方回波兰后,在《华沙日报》上配了王志田的照片,发表了大半版关于中国"神仙一把抓"的故事。

古往今来,中医队伍里不乏高人、奇人,王志田就算得是这样一位奇人。但他不会享受成功,仍充满探求的渴望,生活得富有传奇色彩。他出身世医之家,到学校上课与在家里学医并重,都不能耽误,哪一样都不能学不好。高中毕业后因当时天津没有医学院,便考入天津师范大学生物系,一边上学,一边给同学老师们看病。毕业时面临三年自然灾害,缺医少药,学校留下他当了医生。

一九八三年九月,在世界针灸大会上,王志田的金银针,使中外针灸专家感到惊奇。美国医生戴维特只身从北京追到天津,闯到王志田的诊室,见他正给一位心脏渗血的女病人施针。戴维特亲自检查了那个病人的病情,确定是严重的二尖瓣闭锁不全,便问王志田:"针灸能治这种病?"

"还有药。"王志田反问,"在美国怎么治?"

"马上做手术,否则便活不了几个月。"戴维特的口气非常肯定。

几年后戴维特再一次来中国,又只身闯到王志田的家,先问那个二尖瓣闭锁不全的病人还活着吗?王志田找了辆车,拉他来到市郊,那个女病人正在喂猪,她养了七头猪。几年过去了,似乎越活越好。

王志田制造了许多这种活着的神话。

就是这个戴维特,在美国为王志田安排好了行医和讲学的条件,两次请他携夫人赴美,每次都希望他能长期留在美国。可每次一过三五个月,王志田心里就长草,一是国内的病人千呼万唤;二是他的医术来自祖宗,若抛弃祖宗便是不孝,心永远都会不安。最终他还是谢绝了美国朋友的好意,来几个月给人治病是可以的,但他的根必须留在中国。

治病,有时直路不如弯路近。

知变化之道,与四时合其序。

爱因斯坦说过:"最美丽、最奥妙的情绪来自神秘感,所有的真知灼见都是这种感觉赋予的,体验不到,人便不能探奇,虽生犹死。"

王志田形成了自己的医术系列。以子午流注理论为核心,有精粹的几乎是攻无不克的《药对》岁物药品,有灵验的疗效达百分之九十以上的金针、银针、玉石针,有音乐如意按摩器、强力球等施功治疗工具,对不同的人不同的病在不同的时间和地点用不同的方法治。辨症施治,辨症准确,施治有足够的有效的手段。

他看病的时候双手同时诊切病人的双脉,便于准确地综合判断病情。眸子精亮,一动不动地盯着病人的眼睛,深及五内,没有人能挡得住这目光的刺入。

有病是痛苦的,治疗疾病的过程也是痛苦的。用痛苦赶走痛苦似乎是无法避免的。而有些被王志田医治的病人,脸色恬然澄明,如聆仙乐,如沐春阳,在一种享受中祛除病痛。

王志田治病,精致得如同是一种艺术。

医生治病需用神,气定神足,自己通灵治病才灵。

还有,人人绝对离不开的,却又问题最大的水——人类的生命之源。

"水,上天则为雨露,下地则为润泽,万物弗得不生,百事不得不成。"(《淮南子·原道训》)

然而到哪里去寻找古人所推崇的那种纯净的自然水呢?未来学家预言:食用水的匮乏以及水的净化将是即将到来的下个世纪全世界最大的问题。

正如本世纪为石油爆发了许多战争一样,水将成为二十一世纪世界战争的主要根源。世人都知道,美国的可口可乐之所以风靡全球近一个世纪而不衰,就因为里面含有一种叫做7X的神秘物质。而这种物质是一个店员在一次歪打正着的错误中无意间发现的。

王志田在研究《药对》岁物药品的过程中意外地得到了一种水。虽然它来自纯天然的中药,却是无味,无色,透明,爽口。像神赐天助一般,从这种水里居然化验出锌、铜、锰、铬等九种人体必需的微量元素,这九种元素又是在一般的食物里很难得到的。单饮此水,对消化系统就大有裨益,将此水加入一般的粮食酒,其味道胜过高档名酒。更重要的是用这种水煎药,疗效奇佳。

开始,王志田给它起了个神秘的名字,叫"八卦液",后来改为"W天然水"。

俗语说,一方水土养一方人。各地的药厂都用本地的水制药,然后销往各地。且不说水质如何,北方人吃南方的药,南方人吃北方的药,正像水土不服一样,其效果必然受损。如果天下的药厂都用 W 天然水制药,那该是怎样的一件功德呢!

"天下之物,莫柔弱于水。然而大不可及,深不可测。"从来被人们视为福态的肥胖,如今成了一种病态,既不象征福气,也不表明健康。人类甚至被逼得喝自己的尿治病(日本)。

文明社会乖戾异常,甚至表现出一种自杀的倾向。

王志田正是从根本上关注人类生存环境和人类自身的疾病。他取得了一个又一个成功,享誉杏林。这成功也没有给他减轻一分痛苦或给他增加一分快乐,他仍是那么忙碌,那么充满探索的渴望。

他神满气足,智慧外射,常常超出医学本身。一个成功的医生,随时随地都会受到一些崇敬者的包围,王志田的难能可贵之处,在于清醒地知道,一个人表扬自己容易,责备自己难;责备自己容易,认识自己难。

生活是美好的,人类没有理由悲观。

当今世界上有数不清的奇人奇事,也许这正预示着人类会进入一个新的境界。

——这就是我要写这本书的原因,而且特意放在唐山大地震之后的背景下。但《子午流注》这部小说,还是以虚构为主。

蒋子龙

2012 年 2 月 16 日

己　卯

一立地顶天的跛足巨人,摇摇摆摆,瘸脚画着滚圆滚圆的圆圈儿。他的身躯把太阳挡住,遮黑了半边天。他走到哪里,哪里的土地就失去平衡,开始倾斜、房屋、树木也一块跟着歪歪倒倒。这家伙八成是地震之神,他所到之处引起一阵惊颤,一片悲慌。人们纷纷躲避,却又躲避不了。昏天黑地,大难来临!

他神不知鬼不觉地竟突然站到了我的办公桌前。一股凉气从脚跟直钻到脊梁骨。我怎么会没看见他是怎么进来的?巨大的恐惧像铁钳子一样夹住了我。

上门求医而又不肯折腰,红脸紧绷,全无谀态。他是红面吗?大脑袋顶破房盖伸进云彩眼儿里,我根本看不见他的面目。不过,巨人大约都是红面髯或长髯,如钟馗、关公。

"你、你到这里来干什么?"

"到你这里来还能干什么?"

他口吻骄横,声调还有几分熟悉。但出气不匀,声音软弱无力。

哈,他是一条"病大虫"! 未必是红面。很可能是黄面、灰面或铁青面。这是个虚张声势的假巨人。我摆出了医生的威势。

"你哪里不舒服?"

"什么叫舒服?何为不舒服?"

"舒服就是美,不舒服就是病。"

"我哪里都不舒服。"

"你到底要看什么病?"

1

"我浑身上下都是病,你能治什么病?"

他一身别扭,横着出气,不像是来求我看病。倒像来给我添病。脾性乖戾,就是一种病态。他长得那么大个儿说不定也是一种病。我讨厌他,惧怕他,一方面想快点把他打发走,同时医生的好奇心又促使我想要好好研究他。这可是千年难遇的怪病例,放走他这个怪物实在可惜。

我低矮的诊室里忽然又拥进一群男女,仿佛从墙壁里钻出来的一样。我依稀还认得他们。

那美妇人,当年曾得奇病,每日需进餐十余次,两腿间有紫红斑纹。只两三个月的工夫体重便由九十斤增到一百五十斤,形体肥胖,面孔圆而红,眉毛密而浓,腰粗腹大,手脚汗毛甚多,奇丑无比。服我的药后当天就大便十数次,半月后突然腹部大痛,泻下一硬块,色黑如墨。泻毕腹部痛胀立止,体重随即下降。又半月许,诸症悉已,神清气爽,恢复美貌苗条身。拉出的黑块无人识得是什么珍宝,用药水喂养,至今还在观察。社会突然进入商品时代,有人说那黑块内藏奇物,价值连城。有人愿出高价购买,我自然拒绝。那美妇全不念我的救命之恩,也来纠缠,说那黑宝乃是从她身上掉下来的,理应归她,不然要诉诸公堂。莫非她真要行动了?

可她那双讨好的善于给人以鼓舞并容易让男性想入非非的眼睛,却向我投来意味深长的感激之情。这又是为什么?

我习惯被人感激,医生每天听到的客气话和恭维话像空气一样。不习惯对人表达自己的感激,尽管有不少是我应该感激的人。还喜欢把所有朝向我的目光都理解成是向我致谢。美妇向我好好坏坏、坏坏好好,也许又要有求于我。莫非她又得了什么病?我宁愿先为她诊治。可那巨型怪物几乎塞满了诊所的空间,实在碍手碍脚。

一壮汉从跛足巨人的胯下钻过来,凑到我跟前深深一躬:"您是我的再生父母!"

我感到惊讶,这面孔甚为陌生。

"大夫,您不记得我了?当年是我娘领着我来求您的。那年我十七岁了,身高才一米一。鸡胸脯高耸,脖子缩进腔内,脑袋不能转,要想转就得连身子一块转。在我三岁的时候,是邻居一个二百五叔叔提着我脖子玩耍造成的。"

我想起来了,脊骨前凸则后必凹,治得能使其后不凹,前也必不凸。我使其服大陷胸丸,才有今日之魁伟。他显然是专为感激我而来,我心中不免飘飘然。望而知之是为神,诊而知之是为巧,皮囊巨大未必是神。我救死扶伤,积德甚厚,久能成神,又何必怕这巨型白痴?

又有一中年妇女,命身边的男孩儿向我磕头,口称感谢救命之恩。她婚后三月未行经,腹痛剧烈,决非生孩子有经验的女人所描述的妊娠反应。经一家大医院诊断为子宫瘤,限三日内住院开刀切除,否则危殆。我切脉后大笑,哪里是什么子宫瘤,分明已怀孕,且为男孩儿。若开刀则大误。

众人欢呼:"周大夫妙手回春,老百姓感恩不尽!"

只有巨人不动声色,一条瘸腿不停地抖动——不知是因疼痛所致,还是出于对我的蔑视?房屋也随之乱晃;人们摇摇摆摆,挤挤撞撞。

我心里突然觉得不是滋味:"你们刚才叫我什么?"

"您不是周如清周大夫吗?自二十岁就悬壶济世,誉满杏林。"

我感到受了捉弄,受了侮辱。

"不,我是汪治国!"

我顺手操起一根捅炉子的铁筷子。拐子巨人吓得直往后躲:"你为什么不用金银针?"

"你不配。再说金银针太秀气,对你这大块头不起作用。"

他瘸腿一扬,突然把我手里的铁筷子踢飞了。

"汪治国,你太不够朋友了,真是人一阔脸就变。"

"你……老陆?"我认出他是老朋友陆玉河,不知因何患上这巨人症?

"不认识了吧?"

"你怎么变成了这个样子?"

"你的变化也不小啊！弟妹死了好几年了,你应该快点续弦。凭你这样的人才想找什么样的大姑娘都不犯愁,省得看病的时候光盯着女病人瞧,把我这个丑八怪朋友扔在一边不管。"

我无地自容,实诚厚道的陆玉河何以变得如此刻薄、傲慢和邪恶?可见世风日下,现代人的个性就是这样变幻无常、分裂异化和摇摆不定。我那坚定的不可动摇的价值观也靠不住了。朋友终究还是朋友:

"你的腿怎么瘸了?"

"它自己要瘸我有什么办法!"

"让我看看。"

"别,会脏了你的手。"

他的瘸腿一晃,画个圆圈儿,灵活地躲开了。我越发好奇了:

"烂了?长疮?"

治这个正是我的拿手戏。

"别问了,我的病你治不好。"他见我打开针盒,鞋尖一挑,那根铁筷子又回到我的手上,"给我治病你的针是小了点,我皮厚肉硬,还是用火筷子合适。哈哈哈……"

我拿起火筷子,盯着他的眼睛:

"你准备好,我可要动手了!"

他下意识地往回收腿,身子向后缩。

我笑了,这个"病大虫",他终于害怕了——世界上有各种各样的人,就有各种各样的病。而医生就是医生,不论什么样的病人,都得把医生当做希望,当做救星,当做恩人。

看我如何救他……

戊　辰

活见鬼。

不,睡见鬼!睡了一夜比顶了一夜急诊还累。梦是有力量的,梦一来自我便消失了。强大的总是别人,自己永远是被动的、变异的。半夜突然醒来,睡意顿消,自知再睡很难了。与其闭着眼活受罪、白白浪费时间,不如睁开眼干事。困了就睡,醒了就干——这是我成功的一个秘诀。看同行成功的医案是轻松而有兴味的,我看的医案最多,至少在本医院甚至在本市的同行中敢这么说。话说回来,医案都是成功的,没有失败的。失败的医案连同它的牺牲者一块被火化了、埋葬了。但是靠着别人的医案是学不会治病的。写医案如同写小说,当然要写自己的过五关斩六将,绝少有人写怎么把病人给耽误了,甚至怎样把人给治死了!我到老了有闲心写医案的时候一定照录自己是怎样治死人,怎样走麦城的。人钻到这个世界上来没有追求失败的,都是渴望成功,医生更是如此。医“生”不成功便是医“死”!但成功的医生并不是从生到死没有失败过,而是经得起失败,败中取胜,渐渐立于不败之地的。如今诚实的价格暴跌,因为谎言有用。倘若写一部诚实的医案,必然独具一格。其实世界上的人真正因病而病死的人很少,大部分是被医生吓死的、乱投医乱吃药吃死的、乱吃营养品加速病灶发展壮死的。天快亮时我才又蒙眬睡去。这样起来倒下,倒下起来,睡两头干中间,岂能不累?所幸我有治累灵方,醒醒神开始调气运功。窗户大开,空气流通,一股清凉入胸,把脑子洗得一片空白。如果吞日月之精华做不到,练功一小时胜似睡一夜好觉倒是真的。

　　今天上午是权威出诊的日子——这是我出任公用医院院长第三个年头上的德政。我的医院在市里排不上号，外部条件、医疗设备即使不是最差的，也在倒数二三名的行列里。我和我的高参们想出这个主意，请到了全市在内科、心脏专科、五官科、妇科、儿科、肛肠科、中医、针灸等十几个方面大有名气、中有名气、小有名气的权威或准权威医生，特别是已经退休的老医生——在病人眼里往往是医生越老越值钱。每周两个半天在我的医院里挂牌出诊，每个患者的挂号费两元——既然谎言和一切没用的甚至有害的东西都涨价，权威为什么不可以涨价呢？挂号费不应该永远是一角钱。这个两元钱也不是死的，水涨船高，想什么时候升，根据形势的发展，灵活机动。升降由我，权力随心。权威出诊的挂号费一半归本人，倘是看三十个病人，权威本人就可分得十五元。另外的一半归医院。我的抗震棚有富裕，拿出两间最整洁的大房间做权威诊室。我最初意不在赚钱，只想提高公用医院的规格和知名度。此招果然灵验，既布德行善方便了群众，使公用医院一度成了新闻的热点，在经济上也增加了一点收入。山不在高有仙则名，水不在深有龙则灵。我理所当然也在权威之列，我不是权威怎么能请得来别的权威？而且自信是权威中的热点。但不到大棚子里去凑热闹，我有专门属于自己的诊室。不论升官还是倒霉，我都不会放弃临床。放弃了临床就是放弃了医生的职权，我的全部研究成果将没有根据和失去意义。

　　我在毛衣外面套上千篇一律的几十年一贯制的中山装。我只能穿中山装，只适合穿中山装。同事们普遍觉得我在衣着上不太讲究，仅能做到不脏不乱不破，绝谈不上漂亮、大方、洋气、帅气，给人增色。往往是靠人抬举衣服。其实我心里对衣着讲究得很。年近四十尚孑然一身，怎会不爱惜自己的形象！我不心疼钱，只苦于买不到合适的新潮服装。在电视里，在大街上，经常看见有人穿着十分好看的衣服，真想打听一下他们是从哪儿买的。轮到我去商店，什么也碰不上。我的身材——实事求是地说相当可以，腰不弯，背不驼，腿脚匀称，很像古人所赞赏的"蜂腰乍臂"，身上皮肤细白，比脸上的皮肤要嫩得多。

论内在的东西也彬彬然有一股专家气质。只是比标准人的身材高出十几公分,很难买到现成的合适的衣服。也曾冒险赶过两回时髦,什么洋式夹克,什么牛仔裤,买回来却不敢穿出去。不是缺少勇气,而是智力还没有低下到硬出自己洋相的地步。穿上后怎么看怎么觉得不顺眼,衣服本是遮羞布,不能让它变成了出丑布。只有以前做的那几套中山装,穿上后还能迈得开步,走得出去。除在豪华的场合偶尔有自惭形秽的感觉,基本上还是舒适自在的。好在我是中医大夫,一身老派儿打扮倒也名副其实。项部缠条灰色羊毛围巾,外面再套上黑呢大衣,老式也好,正统也罢,还是有几分派头,不丢身份,庄重压阵。不能戴帽子,我戴单帽子不好看,不论鸭舌帽还是老式干部帽,都减我的分量。我的脑袋适宜戴皮帽子。今冬奇暖,又进了立春,连皮帽子也省了。

一走进自己的医院,一种优秀分子的自我感觉便油然而生。我越是不动声色态度慈和,这种如鱼得水的情绪就越强烈。大革命、大地震、大死、大悲——如今可算干干净净,没有温暖亲情,也没有任何负担。命中的大难似已熬过,人渐还阳,元气重振,生命开始进入成熟期。

自觉周身的气血畅达,怎么使怎么有,想到哪儿打到哪儿。我对自己从来没有这么充满信心过。

走道里蠕动着的一字长蛇阵——是男是女、是丑是俊我不大关心,也看不太清楚。但是,只要我从他们跟前走一趟,就能一下抓住他们的病灶,每个人的五脏六腑、气血经络都鲜灵灵赤精精地摊现在我面前。所有的人都不见皮肉,没有仪表,只是一堆会移动的骷髅,奇丑无比。我没有丝毫的恐惧,也不恶心。已经习以为常,见怪不怪,如果看病碰不上怪倒会觉得怪。我是他们的主宰!

莫非我的医道成精了?一股沉着的激情使我充满自信。今天来找我看病的人可算是烧对了高香。我感觉自己有了灵气,看病就能达到出神入化的境界。境界由心而生。

身为院长,每天先要为自己的医院治病,调理五脏六腑,使之血脉畅通,阴阳顺和。第一个走进我办公室的是院长助理平军——院长是科级,副院长沈丹实是副科级,助理低于副院长是副副科级。有时他自称"二副"。中国的处级干部随便一抓就是一大把,炒着吃不了,熬着有富余。堂堂的有着八十多名医护人员的公用医院才是个科级,到哪儿说理去?!但平军头脑敏捷,见闻广博,知道世界的真相,是我离不开的行政干才。他手里拿着几张表格和一个蓝色的文件夹子,夹子仍旧自己抱着,把表格摊到我的面前:

"昨天下午我到专利局去了,把你本人的情况连同金银针、按摩器、强力球都吹了一通……"

我不喜欢他的虚乎劲儿。打断他:"干吗要吹,咱是凭实实在在的发明去申请专利。"

他笑了,笑得老实而又可爱。真怪了,他是为我私人帮忙,我说什么他都吃得下、忍得下。跟别人却常常犯性,脾气大得很。也许他知道我处世无能,便在我面前表现出强者的宽厚和大度,不愿跟一个愚钝的没有坏心眼儿的书呆子计较,或者说我们天生就是一对儿,我主虚,他主实;我是精神领袖,他是忠实于我的管家。在许多具体事情上,他也常常管我、教导我。

"吹就是说,一切都是市场商品。你自己都不把它说得天花乱坠,人家凭什么给你专利?"

我低头看表,听着他的教训。他高兴了,露出得意的神色,拉开草绿色羽绒服的拉锁:

"看来有门儿,听我一讲他们很感兴趣,还说要找你看病,叫你在他们身上先试试如意音乐按摩器,我都替你答应了,先拿到专利再说。今天把表填好,这两天找个时间我陪着你再去一趟,带着东西,我保你一次成功。"

他为我办事从来都是这么拉满弓:"我担保"、"我敢打赌"、"没问题"!绝少说"试试看"、"没把握"、"尽量争取吧"。连卖鱼的、卖肉的、卖煤的、卖西瓜的都跟他有关系,活得方便,这个社会仿佛就是为他预备的。

"三项专利一到手,闹好了弄它个百八十万元不成问题。你想,世界上学习中国针灸的医生、学者多达几十万人。一旦他们知道你研制出了更先进的金银针,是不锈钢针所没法比的,不用多了,一个国家买一项就大发了!"他又眉飞色舞起来,钱和物永远能调动他的激情,刺激他的玄思妙想,但也限制了他的境界。

我比他清醒:"专利要有人买才会有钱。我的专利相信买的人不会多。我申报专利的主要目的是要保护自己的发明。"

平军从文件夹子里又掏出几张傲慢的很有分量的纸。有医疗事故简报、财务大检查的总结、计划生育动态,一张必须立即执行的开会通知引起了我的注意,叫医院负责人上午九点到卫生局听取关于技术职称评定工作的具体政策和部署。我心里不免叫苦,预感到一场艰苦的内战又要开始了,我将成为这场内战中被围攻的对象。给业务人员评定职称本是好事,但拖欠太多,利息已翻了几倍,舆论又造得太大,大家早就瞪起眼珠子盯着,僧多粥少会轮上谁呢?更要命的是上边绝不会把权力交给医院,更不会公平合理地评定职称,照顾这个,偏向那个。给上边的头头当傀儡倒还没有什么,当个代人受过或代国家受过的大傻瓜实在划不来!当个安全而又聪明的院长我感到力不从心。只有在作为一个医生的时候我才感到自己是强有力的。

"把通知交给沈副院长,让她去开会。"

"评职称可是大事,最好你亲自去。"

"沈大夫比我能说,评职称的关键就是找上边给我们医院多要名额,变内战为外战。"

办公室的门再度被无声地推开,顺着冷风飘进一股香气。我几乎不用回头就能猜出是谁,到我这里来不敲门,什么时候想来推门就进的,身上又抹得这么香的没有几个人。

"该死的,你也在这儿!"

得,是药房的钱瑛。这是向平军打招呼。

"大早晨起来你怎么见面就骂人?"

"骂你是好的。"钱瑛像一团活泼泼的诱惑在房子里滚动,精心打扮却又什么都不在乎。她个子不高,皮肤白净,人白就美,一白遮百丑嘛。

"对,打是疼骂是爱嘛。中国女人嘴里的'该死的'就是'亲爱的'昵称。"

"你这个该死的!"她红起了一盘宽厚的大脸,突然变得严肃了。大概是有我在场的缘故,平时她不是这么娇气的人,"我找院长有正经事。"

我知道她的正经事是什么。平军也清楚:

"正经事不背人,背人没有正经事,要是你跟院长有秘密嫌我碍眼,我就走。"

"谁嫌你呀!"她拿出一张照片放到我面前,当然是一张女人的照片。她热心地为我介绍对象大概已超过半打。只有一两个是见过面之后吹的,后面的几位我连见面的兴趣都没有。她仍然乐此不疲,满怀信心,百折不挠,对此事的热情似乎高于我这个当事人。有时我真想为了成全钱瑛随便找个女人结婚算了,或者干脆发表个严正声明:鄙人经过深思熟虑,决心终生不再娶,谢绝一切热心的冷静的不冷不热的保媒活动。在这样的声明没有公开发表以前,嘴上却只能千恩万谢,感激她的关心。凭她的气质能给我找到好的老婆吗?

果然又是一张圆曲俗艳的脸。我心里掠过一阵轻轻的悲哀。人们都说当今社会上拥挤着许多大姑娘,留下的都是最好的,条件最高的,为什么我就碰不上一个像样的,都是第一眼就过不了关。也许适合我而又属于我的只有一个李惠英,她已经死了,我的婚姻和爱情也应该永远埋葬,不该有再娶的念头。钱瑛的热情把悲哀刺激得都失去了原有的味道,特殊的感情问题变成了挑挑拣拣的理智择优——如同到自由市场上去买东西。

"怎么样?"钱瑛又充满了希望,我的沉吟不语似乎也鼓励了她好胜的古道热肠。尽管她比我还小两岁。

平军代替我回答:"不怎么样!"

"该死的,谁问你了。"她的嘴鲜润而丰满,开始发胖的女人连嘴唇都富有诱惑力。

"连我这助理都看不上,院长的眼光那么高,能接受这个馒头脸吗?"

"你就损吧! 人家可是黄花闺女。"

"现在黄花闺女不值钱了,什么都不懂,有什么味道! 再说剩下的老姑娘多有变态,性格怪僻。治国适合找个成熟的能知疼着热的女人。"

"这个人性格温柔极了。"

"不要温柔的,要疯狂的……"

"死平军,你缺了八辈子大德!"她似乎能从这嘴战中得到某种享受。

"院长就是内向型,再找个温柔的这日子怎么过? 两口子一样,活不到天亮。见了男人就发疯的女人才有意思,才能把做丈夫的积极性调动起来。"

"滚一边子去,好事都叫你给搅散了……"

听着他们斗嘴,我突然下了决心,今年内要解决这个"婚姻小事"——人生第一次结婚才配称"大事",以后不论再结多少次婚都不算是什么事情了。我这样想,问题的难度就变小了。当院长必须有个像样的家庭,和美与否无关紧要,重要的是要有个样子,形式是保护自己的围墙。像我这样孤独一身,不管什么人——多数是自己的部下,一天到晚要给你介绍对象,评头品足地议论你,一口一个"治国"地叫着,不要说一院之长的尊严丧失殆尽,就连做一个成年人的尊严,一个有名望的医生的尊严也难保持。

钱瑛仿佛从给我介绍对象的过程中和跟平军的嘴战中得到一种心理上和生理上的满足。他们两人的关系令我奇怪,说好吧什么难听骂什么、只找便宜全无尊重;说坏吧骂多狠也伤不了对方、痛快淋漓、亲亲热热、全无顾忌、其乐无穷。她终于甩掉了"第三者",来关心我这个当事人的意愿:

"治国,别听平军的,你自己觉得这姑娘怎么样?"

她是个浑身喷火的女人,说话时胖乎乎白净的脸凑得很近,连那不太黑的但蓬松而有光泽的漂亮发型看上去也热烘烘的。我躲闪着坐直了身子,心里想着怎么答复她。那姑娘再好也不能要。有一天真的娶了她给介绍的姑娘,该怎样谢这位大媒呢?恐怕一辈子都还不完她的情!我也绝不会根据这张两寸见方的冰冷的没有生命的硬纸片来挑选妻子。

"平军形容的那么准确,我还怎么好意思答应呢?可以不娶,绝不娶个被同事们瞧不起的人。"

"该死的,都怪你!"她又转头去引逗平军。

"你尽挑些丑八怪介绍给院长,我知道你打的什么主意。"平军不知又要揭出什么爆炸性的秘密。

我心里一动正想听下文,钱瑛却不接他的茬儿,充满热情的眼睛盯着我:

"不行就算了,我也知道她配你差点,学历也不够。我还认识一个顶好的姑娘,人样子百年难遇,也是大学毕业生。等我说通了领来个真人叫你看。"

我拒绝了她的这一个,她并不失望,轻松自然地又引出下一个,像钓鱼一样又抛下一个钢钩,钩住我的腮帮子,为几天,或许几十天以后重演今天这出戏打下伏笔。她好像是老姑娘协会的会长,手下有足够的会员应付我的挑选。她的兴趣也只在"介绍"本身,并不计较成败。再这样没完没了地介绍下去,我的自尊心继续遭受一次又一次地摧残,离别的女人越来越远,离钱瑛却越来越近。说不定我们两个之间会发生点什么事情……

门外吵架的声音更高了,有胆怯的年轻的声音在叫喊,也有大声的嘟囔:"到点了,快开门呀!"

的确该开门看病了。我在心里找回那个中医大夫汪治国,想象将军临阵,国王坐宫的感觉。让平军开门叫号。

"1号!"

己 巳

身量不高,微胖,下巴上稀稀拉拉长着几根黄胡楂儿。前顶凋谢,后脑一蓬鬈曲的枯草般的长发。近视镜片上闪着游移不定的光点,一副极其普通的非常好辨认的知识分子气质。似曾相识,却不记得有这么个老病人。我见得人杂,无法记住每个有缘打交道的人。

"姓名?"

"杨康。"带南方口音。

"年龄?"

"四十九。"

"单位?"

"铁路学校。"

"哦,我说看你面熟呢!昨天晚报上登了你多半版,还配着两张照片。是吧?"平军的口气像碰上了活雷锋。

耳朵长的钱瑛不拿正眼睐病人,已走到门口了,听见平军的叫喊又转回身来。我看病喜欢静,在医院里最难做到的就是安静。

病人被医生认出是新闻人物,他没有露出得意和自豪,反而显出不安。

他真的救了他了吗?他有力量救得了他吗?他劳教期满无处可去,他没有家没有亲人,他是欺骗的产物,本身又成了谎言的化身。他几乎比他小三十岁,他却根本不了解他,他骨子里有种令他捉摸不透的东西。他也不了解自己,拿不出一条让自己信服的理由说清楚为什么要收留那个小流氓,把他领到自己家里。只好接受记者的解释,那些冠冕堂皇的话是说给外人听的。他自己似乎也相信了。不相信还能有什么别的办法吗？他和姚克宗有缘，还是上一辈子欠他的？他得承认，那小子身上有种东西，既吸引他，又让他害怕……房子里乌烟瘴气，凝聚着一股恶臭，他们赌疯了，一双双眼睛里都闪着火焰。肮脏的尽是十元和五元的票子都流到姚克宗的脚下，他心里盘算着，没有一万也有八千，再玩下去没有他的好了。输了——到手的钱再送给别人不情愿；继续赢下去——那几个小子会把他撕碎！只有走为上策。然而赌盘上有一条铁规——输家不开口，赢家不能走。但可以跑。他偷偷穿好鞋，乘人不备抓起钱袋子冲出房门。看赌徒们快要追上来了，便抛撒出几张钞票，趁赌徒们蹲下身子抢钞票的工夫，他又跑出去好远。一路抛撒一路跑，真的甩掉了一群红了眼的疯狗。回到无人知晓的老窝还剩下三千元，赚了。

"你哪儿不舒服？"

汪治国眼放精光，亮得邪乎，一动不动地盯着病人的眼睛，深及五内。没人能挡得住这目光的刺入。杨康两眼茫然不知所措，只得侧开头去。嗫嚅着说不清自己得了什么病。又自我尴尬地拿眼瞟瞟十分好奇地盯着他的平军、钱瑛，口气游移不定："我的肾功能不太好……"

"把胳膊伸出来。"

他把汪治国当成了一般的中医大夫，只伸出一只胳膊。按惯例中医大夫诊完了他左胳膊的脉再诊右胳膊，汪治国却叫他把两只胳膊都伸出来。这才是中医诊脉的正确姿势，和病人对面平坐，双手同时诊切他的双脉，便于综合判断脉象，准确地望、闻、问、切。

脉有力无力，有神无神。

汪治国口吻亲切，满含同情："星期五上午九点钟，带着你的爱人到这儿来，我单独给你们治病。不用再挂号了，因为今天没有给你开药。"

他脸红了，越发不敢迎接大夫的目光，问得也软弱无力：

"还要带她来吗？"

"是的，那样效果好，此病不全在你。"

"谢谢,谢谢!"

杨康点着头重复着客气话退出去了。

沉不住气的钱瑛快嘴快舌:

"这个人真怪,他得了什么病?"

"阳痿。"汪治国口气平常,就像杨康得的是感冒一样。他又呼叫下一个病人:"2号。"

"当医生的没好人"——钱瑛话未出口就被平军推走了:"知道的太多不是块心病嘛!"

她病恹恹、汗淋淋,脸被病楚扭歪了。

石玉秋。二十五岁。

脉濡数。舌质暗淡,舌苔黄腻。

产后半月生乳痈,疼不可忍。乳汁阻塞,婴儿却嗷嗷待哺。她愈是着急,乳痈疼胀愈烈。此乃血虚气滞,郁热成痛。病妇夸张地表演着自己的疼痛,用求救的口吻向汪治国施加压力:

"大夫,我这疮能治好吗?不碍事吧?我的孩子怎么办呢?"

她问碍不碍事,实际是指碍不碍命。汪治国不动声色不搭腔,医生治得了病治不了命。科学可以治命。他对石玉秋的病了然于胸,命她躺到床上,塞给她一团药棉花,打开衣襟,露出乳和痈。乳头紫如醉枣,整座乳峰变形,红肿胀大,皮肤光亮,仿佛一碰就破。本来极富美感,是女人身上最生动和诱人的部位,变得丑陋可怕,令人不愿多看一眼,躲避唯恐不及。

病妇非常紧张:"您看是良性的还是恶性的?"

汪治国仍旧不回答。此时在他的眼里只有这乳痈,最恶的长在最美的部位上,其余的都不存在,包括病人的肉体、感情和精神。

五者音也,音者冬夏之分,分于子午。阴与阳别,寒与热争,两气相搏,合为痈脓。他默想《灵枢》,病为痈脓,取以铍针。凝神运气至手指,将银铍针刺进泻手太阴肺经井穴和足少阳胆经荥穴。轻轻捻动,方头针柄发烫。他听到乒乒乓乓打开门户、提起闸板的声音。看到都江堰把岷江分水而治。九河入海,浑是浑,清是清,绝不混淆。

15

　　小时候他最崇拜最依恋的是母亲的双乳,坚挺而温软,咬不够,摸不够。有时吃饱了仍不想松口,不愿下去,母亲推他,他便撒欢,紧咬乳头。被咬疼的母亲在他屁股上狠拍几巴掌!上学后所有铅笔上的橡皮头都有他的牙印,咬着橡皮听课专心,他在寻找一种美妙的永远丢失了的感觉。母亲的乳房是生命之泉,是童年最温暖可靠的屏障,是最舒服的梦乡。汪治国长到七岁,馋劲上来还要扎到母亲怀里吸吮一番。即使嘬不出奶水,在母亲怀里打一通滚儿,也会得到一种美妙无比的满足。住在斜对门的老鳖犊,比他小半年,其母的乳房至今没见到有第二份,像两只大鞋底子一样垂挂在胸前。老鳖犊要吃奶,他妈妈不耐烦他在胸前腻烦,把两只乳房向后一撩,像翻帘子一样便扔到了身后:到后边吃去!于是老鳖犊就只能趴在他妈妈的后背上吃奶,像条脏口袋吊在他妈妈的肩膀上。乳房是人们不以为奇的奇迹,是最常见的神秘物。母亲的奶水多得汪治国吃不了,而老鳖犊在他妈妈的背上却吃不饱。看他饿的那副可怜样子,母亲偶尔也喂他一两回。汪治国则一定要抓破老鳖犊的脸……

　　"啊——"

　　病妇的乳汁伴着脓血一涌而出,越流越急,先红后白。她用药棉花擦不过来就用手绢、用衣襟。其疼顿减,脸渐渐像个样子了,长舒了一口气,头发几乎被汗水浸透了。

　　"你明天再来,连治三次,我保你乳疮痊愈。"

　　汪治国的语气像救世主般肯定而有神威。他也为自己感到骄傲。看着病妇稍见恢复魅力的乳房,好像又完成了一件满意的作品。

　　病妇频频称谢,几乎要给他磕头。他变得亲切而随和了,但心不在焉,正充满创造的渴望,想知道下一个是什么病。眼睛盯着门口呼唤新的病人。

　　进来的不是病人,又是平军。直走到汪治国耳朵边小声嘀咕着医院里刚发生的又急需让他知道的事情……难怪其他医院的院长没有一个还能看病的。看来又当院长,又想当个好医生是不可能的。他不会成为一个好院长,这是明摆着的,前三百年后三百年就这么规定好了。他知道自己天生不适合当官,对行医倒是充满兴趣和信心。阴错阳差偏偏让他当了这个受罪的院长。但是,铁打的衙门流水的官,芝麻绿豆大的官就更容易被流水冲走,有一天院长当不成了,自己的特长也丢失了,岂不鸡飞蛋打!

"……马士殿的事闹大了!"

平军前面的话他听而未闻,一时也想不起马士殿出过什么事。

"你这人怎么搞的,上个星期我就告诉过你。他可能诱奸了病人的家属,原答应给人家把病治好,现在病人要玩儿完,家属把他给告了!"

噢,这老兄真是精明过头从而走向堕落。汪治国的确早就听人议论过这件事,他知道了又能怎么样?别说没有证据,就是抓到了证据他处理得了吗?各种无聊的但有点刺激性、足可做工作时间谈资的闲事每月都有、每天也有。以前他也曾激动过、愤慨过。要处理,要解决。其结果他只把自己搞得焦头烂额。激烈的争吵种下仇恨,在自己周围布满敌意,却什么问题也解决不了。世界照旧狼烟四起,医院照旧肮脏、杂乱,闲是闲非照旧有,每个科室仍然是一个谣言中心——包括他自己的诊室。拥挤而又无聊的生活必然有许多是是非非。每个人耳朵又长,不轻闲的工作轻闲干——因此精力也有富裕,你不叫他打探、研究、传播这些趣闻逸事,又叫他干什么去呢?清汤寡水似的生活需要点作料。连平军也不掩饰自己的幸灾乐祸,好像院长助理不是对医院管理负有一定责任的干部,而是先睹为快,先闻为快,更有条件推波助澜。久而久之,汪治国也不太着急了,堵心一阵,恶心一阵也就过去了,这叫穿皮不入内,他可赔不起这份精力。

"怎么办?"

"什么怎么办?"

"市信访办公室来电话追查这件事。"

"你先调查一下,别太张扬。"

"你脸色怎么这么白?"

"没关系,放病人进来。"

　　大概是累的,这几天休息不好,没有食欲,间或头晕耳鸣,精神倦怠。非是医不治己,而是无暇治己。他自恃功力底子不薄,料不妨事。

　　他和马士殿曾是医大的同班同学。他是为了学好中医而特意选择西医专业,想搞个中西医融会贯通,各取其长,由他集大成。马士殿是瞧不起中医而上西医系。他来公用医院正是通过马士殿的帮助,那时的马士殿就已经是春风得意的外科主任了,一脸白净肉,满身富态,很像当官的材料。前任院长下台后本该由他接任院长职务,偏偏被自己引荐来的人抢了便宜,而他又是个早就盯着这个位子的人。领导的脾气说一不二,说他不行就是不行,行也不行。说汪治国行,汪治国就行,不行也行。这叫汪治国有口难辩,越说越说不清楚,还不如不说。如今,恰恰是这位关系微妙到只可意会不可言传的老同学出了这种事,太难办了,他又能怎么说,又该怎么做呢?是好运气还是坏运气使马士殿忘乎所以?那么聪明的人会干这种事吗?过去病人家属对医生反咬一口的事也不是没有,动手术前给大夫送红包,病人病好出院或死掉了,又检举揭发,告状闹事。人心叵测,不可轻信,不可过早地下断语……

　　不好!汪治国重把精神凝聚到手指上。纷纷世界极不情愿地慢慢地隐去,病人的相貌服饰也随之消失,只剩下一股濡弱的气血在他眼前流转,经脉在他手下跳舞。像一团魂魄向他求救似的飘飘摇摇,哪儿阻塞,哪儿有病变一清二楚。何须太动脑筋,不必多费周折,他的手指轻轻捻动,其病便会随针而愈。重要的是要没有闲人闲事的打搅,医生自身摒弃私心杂念,才能洞悉病人机体。而大多数情况是一神守内,一神游外。

　　马士殿是医院的风头人物,能经常不断地制造点新闻,周围有一批势力,羡慕他巴结他的人不少,背后说他坏话的人也很多。

　　"马主任,我儿子这条腿能不能保住,就全拜托您了。"病人家属大大方方地送上一个鼓鼓囊囊的信封,里边至少装着五百元人民币。医生大大方方地接过来放在口袋里。很简单,很省事,在办公室,在病房,在走廊或大街上都可以进行这种交易。不必像以前那样,病人家属要千方百计打听医生家里的地址,伤透了脑筋采购合适的礼品,送到家里还要费许多口舌,感动一番,谦让一番。哪有这个实际而痛快!至于送多少钱要视病情轻重而定。五百元以下则难于拿出手,如果让医生感到你是在打发要饭的,那这条腿就难说了——这是病人的担心,到目前为止还没有发现,大夫没接到病人红包就故意把人家一条好腿给锯掉的事例。这是"目前",到"目后"会怎么样呢?谁也说不准。还是小心为好,谁也不愿当第一个倒霉蛋,拿性命去试探医生的良知。不就是花钱吗?按眼下的行情,一千元出头就算最高的了。根据物价上涨的趋势,以后这种"辛苦费"会涨到什么地步,神鬼难测!

这绝不单是马士殿的故事。各有自己的份儿。这甚至算不上是最坏的,不少医生在外面都有自己的"点"——捞大钱的"点"。定期到各区的卫生院、诊所、郊区医院去看病或做手术。这些单位都是集体性质,没有像样的大夫,却肯下本钱收买高手,有了高手就不愁没有病人,有病人就不愁没钱。于是这些医生就拼命给自己的"点"拉买卖,一发现有油水的跑到公用医院来求医的人,就支使到自己的"点"上去——"××地方不错,条件好,清静,医护人员认真,态度也好。我明天在那儿值班,你去了找我。"有几个病人不听医生的话,拉上这样的关系、受到这样热情的关照,能不去吗?!吃里爬外,公用医院成了他们领工资、聊天、养精蓄锐、为自己发财穿针引线的地方。他们还可以交流商业信息,做买卖。除去飞机大炮不敢卖,什么都敢拿去换钱。

我的脑袋都要炸了!

比较起来平军又算什么呢?院长助理名义上好听,其实还不如他过去抱着X光机油水多。他常说我有股呆气,我则认为他身上有股流气。这并不妨碍我们是好同事。正是他的油滑和机智帮了我不少忙,他补了我的不足。他为我办事肯出力跑腿,既不油也不滑。我非呆,而是清。平军嘱我只许放一个病人到屋里来,防备有人借看病之机偷走我的金、银针。一根针少说也值几百元,打个戒指、耳环之类的东西很容易。他把人想得太坏了,病人敢偷大夫的东西那他还看不看病啦?岂不拿命换财?事实是我从未丢过针。也许正该感谢他的提醒让我加了小心。

平军是什么时候走的我没有留意。病人和医护人员照旧在我的眼前进进出出。九点至十一点这两个小时是最热闹的,有的是本人来治病,有的求我为他的亲戚朋友及"关系户"治病。还有本医院的行政人员也来凑热闹,有的给我送来工会发的电影票,有的送来上个月的奖金、购买的国库券,行政科通过特殊关系买来的紧俏商品(也经常买来假货、次品),也有的找我来收取各种各样的款项,这个费那个费,记都记不住。具备一个经济头脑是现代人的特征之一。我只记大头,三五块钱以下的则不予计较。还有的人什么事也没有,就因为他的生活无聊得像一场慢性传染病,所以也把无聊的病毒散布到我这儿来说几句无聊的闲话,看着我怎样为病人施治。大凡这种人都是熟面孔,是赶不得的。也许我给人治病的确很好看、很好玩儿,病人被治的样子也很有观赏价值。抱病而来,欢呼而去。人看人,尤其是人看人的痛苦兴味无穷。永远看不透,才永远看不够。人类找不到了解自己的途径,就想在别人身上发现线索。社会就是这么普通而又神秘,相亲相爱相轻相重相恨相依相妒相杀相聚相散相斥相吸相斗相捧。

我则飘飘欲仙,手持金柄拂尘,在聚集如浓雾般的诸种病态的魂灵中间自由穿行,拂去他们的病痛,普救众生。一切都能医治,我所以相信这个世界就因为我能治疗它。这些人对我来说毫无秘密可言。我已经习惯于闹中取静,在喧闹声中只要我愿意也可强迫自己入静。有什么办法呢?像我们这种三流医院连停尸房里也不安静。

他是湿伤脾土,清气闭郁不升——我的诊断毫不含糊。

他肠鸣不止,隔着衣服我仍然听到他肚子里似有两头猪在争食,咕噜咕噜,咯吱咯吱。

又一病人,低头缩肩,怀里抱着缠满绷带的右手。前天干活儿的时候砸掉了一根手指,我叫他到外科去看。他说:

"都看过了,伤口包扎得很好,也没有发炎。"

"那你还想看什么?"

"疼!止疼药吃了,止疼针打了,全不管用。没黑带白没有一分钟的间歇,不是越来越弱,而是越来越重。疼得心里抽筋,疼得邪乎。我慢慢地摸,没有伤着的手指不疼,伤口也不怎么疼,即便疼也不是这种疼法。我自己也不知哪儿疼,只有您能治这种病。"

"是掉了的那根手指疼。"

他一怔:"掉了怎么还疼? 当时都砸飞了,捡不回来了。"

"你仔细想想,想那根掉了的手指,是不是它疼?"

他脸色死白,眼露恐慌。

"真的,真是找不着的那半截手指疼! 我就知道您能治好我的病。林教授不是经常来看病吗? 她前天死了。我的手指就是她拿去了。"

"师范大学的林应子教授?"

"是的。"

一个七十岁的老处女,亲人全在国外。先是直肠癌,连肛门一起切除了。再得乳腺癌,前胸几乎被掏空了。最后是肝癌,痛苦不堪,只求我解除她的剧疼。为她止疼对我来说很容易。她常说的一句话是"他不该那样打我,他不该那样打我"……

她还有一种痛苦。我站在老太太和她的这种痛苦之间却毫无办法了。

我突有所悟,问那病人。

"你也在师范大学工作?"

"在校办工厂当工人。"

"'文化大革命'中你打过她?"

"嗯……我就推过她一下。不过那时候……"

他当然要辩解,要轻描淡写,要冲淡这个"打"字。还可以讲出一大堆理由,那不怪他、身不由己等等。因为逃避而说谎,因说谎而掉进另一个自掘的陷阱——颓唐、自己的人格解体。

"光是推了她一下,她绝不会至死还念叨你不该那样打她。"

"'文化大革命'过去十年了,我以为什么都结束了。"

"只要你还活着就什么也没有结束。"

21

他颤抖了一下，不禁心中惴惴。

"林教授把自己的遗体捐献给医学院，听说医学院不愿意要。她的身体除去癌细胞还有什么东西？人家认为没有什么研究价值。不要又不合适，还挺作难。"

这又何必！死了还不图个清静，自取其辱。

"还有两万元存款捐给地震中致残的人。我们学校的头头也很犯愁，伤残人那么多，这两万元怎么分呢？一人几角、几分，有什么意思？老太太真会给活人出难题。"

我问他："你的手指还疼吗？"

他没听懂我的话，反而说："哎，怪啦，似乎好点了！"

收费处的赵力力旁若无人地走到我跟前，身后带着两个服装整洁并无病容的人，显然又是后门病号。屋里屋外排着长队，忍无可忍的候诊者开始有怨声。先是小声嘟囔，继而大声理论：

"后边排队去，我们都是上星期约好了才来的。"

"你来的倒是时候，看病加塞儿不怕死得快吗？"

"嗨，说你哪，别不觉闷！"

小赵一概没听见。她款摆腰肢，迈着小碎步，高跟鞋发出嘟嘟的令人难以生气却很容易心旌摇荡的声音。雪白的大褂一尘不染，大概是经过重新裁剪缝制了，居然像旗袍一样突出她的曲线美。乌丝盘卷于头顶，大有高髻云鬟之胜，也显得她身材高挑。眉宇间艳气照人，顾盼生姿，哪里会对哄的病人瞄上一眼。我也不会提醒她，因为我怕她。怕她还是个姑娘待字闺中，我可招惹不起。非是我自作多情，好管闲事的人正式暗示过我，只要我不嫌她小，小赵决不会嫌我大。她身后那两个神态庄重的男人也无动于衷。西服领带，装备齐全，像个有教养的人，却又不近人情。

小赵拍拍准备抢先坐到我对面的病人："起来，先到外边去等一会儿。"

"为什么？"先来的病人自然不肯让出座位。

"不为什么，叫你出去你就快出去。"

"你讲不讲理？"

"你哪来这么多废话。这是开发区的日本友人，要先给他们看。"

"日本人是人我们不是人？外国人的命值钱我们的命不值钱？"

"你的命值钱，可你那张公费医疗单不值钱！听着，你要马上交美元就让你享受外国人的待遇，优先看病。"小赵嘴似刀片，得理不让人。不，没有理也不让人。"诊脉一次二十美元。金针治疗每次五十五美元。银针治疗每次三十美元。宝石针治疗每次六十美元。气功点穴按摩每次一百美元。'子午流注'中药每服一百美元……你看哪一种？美元带来了吗？"

"你？"

"我怎么啦？公事公办，价格不同服务不同。我把话说明白了吧？请你先让一让。"她那张算得上是姣好的脸，此时真叫人受不了。她不知听信了谁的话，说像我这种木讷型的男人就应该配一个精明强干的女人。在我面前她禁不住总要表现自己的主宰能力，这就更让我害怕。我不记得妻子在活着的时候曾用这种腔调跟病人讲过话。

"汪大夫，这太欺侮人了吧？"病人希望我主持公道。有人知道我是院长，意见便冲着我来了。

"您这当院长的也不管一管？"

"他这个院长够窝囊的！"

我一概装听不见，反正他们要求我看病，不至于说出太难听的话。

我手里只有医道，医道代替不了公道。每逢这种场合，我说出的话总是不赶劲，说十句顶不上人家一句。说的愈多惹气愈多。何况对方还是我想躲都躲不及的人物，我怎敢参战。

他们再争下去也只会更让日本人看笑话。日本人有钱，中国病人有理，小赵是自己医院的人，她念的对外国人的收费标准确是医院制定的，我又能说什么呢？只好装聋作哑，任凭小赵连挖苦带骂地把病人赶出了门外：

"去吧，去吧，有本事快去告状，卫生局、市政府、北京，哪个衙门口大往哪儿去告！"

小赵向我挤挤眼儿,骄态换成了娇态。这种小小的胜利对她来说太不算一回事了,一天不知要碰上多少次。若是让她碰上比自己更强硬的对手,让她当场栽了跟头她会怎么样呢?我不解其意,对她的热情无法做出相应的举动。我好在是院长,不敢管她就够不像话的了,再给她帮腔成何体统!如今的社会环境不知为什么专门造就谩骂人才。这就是说当今社会需要骂才,身为骂人至少自己不吃亏。找一个敢骂会骂的女人,自己也可不受人欺。不知为什么,我就是对口尖舌利的女人生不出亲近之感,老担心有一天她心血来潮,将我当成了她施展谩骂才能的对象,我当如何招架?也许两个人在同一单位工作,相互太熟悉了,就难以培养出美好的感情。没有神秘感就没有吸引力。不知那些成天上班在一起,下班以后仍然在一起的夫妻该有多么痛苦!

日本人向小赵深深一躬,表示谢意。小赵受之无愧:"别客气,快看病吧。"前面那个矮胖子向我点头致意,脸上堆出谦卑的令人尴尬的笑容,脖子上的紫红领带格外刺眼。他在二十年前,头顶受过伤,留下头痛后遗症,时好时坏,百医不能除根。近日疼痛加剧。我给他戴上立体声耳机,他大感不解。我不做解释,让小赵打开录音机,播放古琴曲《高山流水》。我灵机偶动,心里突然打个愣儿,这些外国人到底是喜欢接受中国的古曲还是外国的洋乐?要不要换花样给他播放贝多芬的《田园交响乐》中"花香鸟语"两个乐章?或者是《命运交响曲》?也许会有更出人意料的效果。不行,中国针灸就要配中国乐曲。五音谱之于乐器,唯丝弦最能表达。用中国古典音乐配合针灸或按摩最好。我不可脑袋一热对自己已在临床中得到验证的研究成果产生动摇。以前不论给中国人还是外国人治疗也都是这么做的,效果不错,我何必多虑。何况《高山流水》曾被联合国确定为代表地球的声音发往太空,与其他星球上的生物进行联系——假定其他星球果真有生命的话。想到此,我毫不游移,在古琴曲的伴奏下,取其开穴二间,施以玛瑙针。

小赵抚弄着我那十几枚金针,不胜艳羡:"哎呀,你这些金针都是首饰厂造的!汪院长,你想必跟他们很熟,能不能给我买点首饰?不过我可没有你那么多钱。"又想买首饰,又声明没有钱,这是什么意思?意思很明白,是一种亲热,一种试探,如果我识情知趣,送给她一枚戒指,一条项链,或一对耳环,那就什么也不用说了。我再呆也听得出这种话外音,却只能听她说,并不搭腔。再若搭腔,她更会滔滔不绝,从医院的秘闻讲到某个人的家丑、艳史。我这里经常有人来讲一些不便让别人听到的奇闻怪事,包括排泄他们自己的苦恼和愤懑。诸如对某件事情有意见或咒骂自己科室的顶头上司、同事、公婆、嫂子、小姑等等。既撒了气,又打了小报告。因为我既是医院的头头又是忠实的听众。不是我喜欢打听这些闲是闲非,恰恰是因为我不愿意打听别人的闲是闲非。我不跟某一些人特别亲近,也不跟某一些人特别疏远,身上没有派性色彩。对任何闲话都是这耳朵进,那耳朵出。他们对我的嘴更是放心,是非到我这儿为止,给人以安全感。从不进一言,也绝不会把他们的闲话传出去。因为我很清楚,来说是非者,便是是非人,需格外小心,滴水不漏,似听非听,只给耳朵。大小当个头头就必须学会能忘记许多东西,什么都听可千万不能什么都记住。他们只借我的耳朵用,我想不借给他们也不行。大家牢骚太多,憋得难受,格外需要热心的听众。像我这样忠实牢靠的听众也委实不多。于是我便成了不出门便知天下事的医院领导,我为自己有这样的好人缘而自豪。眼下有两个懂汉语的日本人在跟前,必要时需适当地提醒她,不要出了大格。

另一个正在等候的日本人按捺不住好奇心,想跟我搭话,见我无暇他顾,便请教小赵:

"小姐,这金针银针果然是纯金纯银制成的吗?"

"纯粹的金银加进了一些中药元素,以提高强度和物理性能。对吧?汪大夫。"我不想搭话,只能冲她一笑。

"噢!这是你们的创造?"

"汪大夫的专利。"

"汪先生不仅是医生,还懂金属学?"

"他研究金银针快二十年了。一九六八年在满城陵山出土的西汉文物中有四支金针和银针。汪大夫受启发,便仿制了几支金银针,用于临床,疗效奇佳。他开始专题研究,逐步改善,精益求精。现在已获得了中外针灸专家的赞许。西德、韩国已订购了我们的金、银针。"小赵一知半解,大概是从记者们写的报道中学了几个句子,但吹得一本正经,简单明了。她能记住这些,已经让我感到意外,心里生出一种很舒服的暖洋洋的感觉。抑制住一股冲动,没有抬头看她。这说明她在我身上真的下了工夫,动了心思,我并非铁石心肠,听一个姑娘在外国人面前恭维我的金银针,怎能不动心?赵力力找到了接近我的最好途径——金银针几乎等于我的命——在我第一次获准可以给别人看病的时候,表大爷给我两根针,一根是银的,比牙签还粗。一根是不锈钢的,细如发丝。问我:"你要是病人喜欢用钢针,还是银针?""当然是选择钢针,细而不疼。""因为你没有病才怕疼,真有病的人为治病是不怕疼的。"过去用马口铁打针,日本明治维新以后才把不锈钢针带到中国,钢有毒,用的时候要消毒。我最早的四根金针是用母亲的金戒指打的。我研制金银针的故事可以讲上几天,目前还找不到可以听我这些故事的人。我乐得由小赵来应付这些好奇的病人。难为她对我的事情这么上心,我真想对她更好一点。

"为什么使用金银针就特别好呢?"

"哟,这得问汪大夫。"赵力力的眼睛从进屋后似乎就没有离开过我,我则老处于躲闪的位置。真不争气,我是她的领导,还是个结过婚的男人,碰上这样的姑娘正求之不得,何怕之有?莫非我也有病?

"金——又名太真。可镇精神、坚骨髓,通利五脏,疗治癫病风热,上气咳嗽吐血,以箔入丸散。银则生银,辛寒无毒。安五脏,定心神,止警悸,入丸散用。金针可以补正气,银针起泻实的作用。"我相信他连一句也没有听懂,但客气地向我点头,嘴里称谢谢如流水。

我关掉录音机,摘下头一个病人的耳机。

"治完了?这么快?"——他似乎不愿起来。

我让他看看表,为他施治了快半个小时。

他突然跳下床来,晃晃脑袋,拍拍额头,掐掐太阳穴:"不疼了,真的不疼了！真是妙不可言，跟以往挨针刺的味道不大一样，几乎感觉不到疼痛。"他精神陶醉，悠然自得，浑身舒服得像洗了个热水澡。因此也变得活泼了，不再表现出日本人过火的拘谨审慎，礼貌多得让别人也有点不自然。至少在他们有求于你的时候是这样的。他对我一躬到底："谢谢，汪先生，无比感激！这种境界可保持多久？"

"一天之内你的头不会再疼的。"

"明天我再来，可以吗？"

"对不起，我每周只有两个半天应诊，你的病要一个疗程后可望根除。"

"真的？"

我不再看他，不再答理他，开始给第二个日本人看病。我没有兴趣靠嘴来打消别人对我的怀疑。更不想对任何人做出什么保证和许诺。话只说一遍，不重复，信不信由你。在外国人面前尤其不能卖的太贱，要有中国一流医生的自信和尊严。刚才有了赵力力那番表演，让他们知道还有我这样的中国人是必要的。不管他们看病交美元还是交人民币，交多还是交少，在我眼里都是病人，对我来说都一样，一天干下来报酬是三元零三分，当然是人民币而不是其他钞票。不过今天挣得要稍多一点。

钱瑛又回来了，手里拿着刚到的报纸、杂志和信件。反正她总能找到正大光明的理由在各个科室里来回串游。这些人真好意思，真能闲得住。医院闲人太多，又能怪谁呢？

"力力，你也在这儿！"

"谁规定的我不能在这儿？"

我有一种感觉，钱瑛不喜欢小赵跟我接近。她喜欢做媒为什么不把医院里现成的大姑娘介绍给我呢？她们的心里不一定很亲密，说起悄悄话来却没完没了。一个时辰之内别指望她们会离开这儿了。

"治国，你又发表文章了……"我心里一动，嗓子眼儿里似有小虫在蠕动，"《论子午流注、经络传感及其在当代医学实践上的重要性》，题目这么啰唆，像绕口令。"

小赵抢过杂志,她是不会冷淡我的:

"院头儿,你发表了这么多论文,捞了多少稿费?"

"你单身一人存那么多钱干吗?还不好好请请我们。"

两个并不是朋友的女人很快结成了联合阵线,我立刻变成她们口中的小菜儿。她们单独的时候都想和我接近,她们在一起的时候都想和我拉开距离,我不明白女人们都有什么病,也不明白自己有何德能,这一两年突然受到了妇女界的重视。

"现在单身,人家还能老单身吗?说不定早就有了目标。"小赵的口气酸得倒牙。

"正阳县又来信了,你看这像不像女人字体?"

小赵又拿起我的信,真想把它拆开,好像她有这个权利:

"我说他为什么老往正阳县跑呢,敢情那里有勾魂儿的!别看他表面挺老实的……"

钱瑛似乎也直言不讳地说过,像我这样小有名气而又如此老实的男人在当今社会上不多见,想找什么样的女人都不犯愁。她怎么知道我老实呢?

"我看他这叫想不开,讨个小县城的老婆将来有的罪受。"

两个女人酸不溜丢地胡嚼,煞有介事。

我又开始头晕。闭一会儿眼,双手紧紧抓住两个桌子角。我怀疑自己的晕眩是大地震留给我的后遗症,永不磨灭的纪念。前几年不明显,近来加剧了,劳累时更烈。我必须尽快找个女人成家,从大地震的阴影里摆脱出来。一个形影孤吊的半截子光棍,吃不像吃的,睡不像睡的,除去有利于加班加点地成就一番事业,实在不是一种健康的生活。我自己晕晕乎乎,却还要给别人治病。我脑子很清楚。此刻我对两个女人的调侃忽然感到很亲近,很得意,甚至希望她们能过来帮助我。小赵也许不像我感觉的那么俗气,皮肤细白,眼睛看你的时候火辣辣的。这种滚烫的女人也许真的最有味道。小钱是怎么回事?女人都是谜,最简单的是她们,最复杂的也是她们。我不了解她们,所以生活不会成功。

庚　午

公司的经理办公室主任周冠五，急眉火眼地冲进我的诊室。他可不是我们这里的常客，是医院请都请不到的人物，需要什么针药捎个信来只会有人给他送去。神色怪异，既有求于我又带着命令的意味：

"汪大夫，快收拾东西，把针、药、按摩器等你的所有家当都带上，跟我走。"

"出了什么事？"

"当然是人命关天的大事，不然还用得着我来请你？丰田车就在外面，快！"

我应该猜得到他是来请我出诊。找我还会有别的事吗？

"可眼前这些病人怎么办？"

"找个别的大夫替你一下。"

"这些病人都是冲着我来的。"

"我也是冲着你来的！"

不错，他一个人的分量比这里一堆人的分量还重。别无选择，我拗不过他，只好叫赵力力告诉病人，愿意找其他医生看病的请自便，一定要叫我给看的请明天上午再来。我不能失信于自己的病人。

和周主任相比，赵力力那一点骂技不过是小儿科，倒显得还有几分可爱。而周冠五不过是个处级公司的科级主任，到我的医院来去都如入无人之境，他已用不着骂，用不着说什么，也用不着对那些无职无权只能排长队的病人多看一眼，几乎是不容分说地就把我从病人和女人的包围中解脱出来。然而我憎恶这种解脱，它是又一种陷入。我身不由己地被他从自己的诊室里抢走了,任尊敬我相信我的病人着急生气发牢骚骂街全不顶用。这里也是人命关天!中国人也真是不争气,既然生了那么多人,为什么还生那么多病?他们也许会以为什么地方出了大事故,有了十万火急的危难病人,才这么风风火火地把我接走。普通的不了解情况的群众还能怎么想呢?

坐进了小汽车我才问:

"谁病了?"

"高经理。"

"为什么不送到医院来?"

"这里条件有他家里好吗?"

是啊,医院里还不如一个处级经理的家里条件好,居然还有人争着想当这样一个医院的院长。这样的院长不过是一个随叫随到的家庭医生。而且是不付费的家庭医生,这就比奴才还不如了。有权利把大夫请到家里的人,谁愿意到医院里来排队呢?我克制着又一阵袭来的晕眩和恶心,不再说话。

撕开那封正阳县的来信,一张红格纸上写着几行拙劣的字:

汪大夫:

您对我的请求还没有给以答复。您还记得自己说过的话吗?我日夜盼着您能送给我一个好消息,指给我一条生路。

连下跪也不能的残疾人

刘莹

又是这个刘莹,她求我不是给她治病,而我只会治病再无其他本事。只有权力才能救她,要不要跟高经理讲一声?他有能力帮这个忙,可他会帮这个忙吗?我恐怕没有这个勇气,也决不会求他的。当官的对和自己没有关系的事总是十分冷淡的。

高群生经理,公用公司强有力的人物,我们医院的顶头上司。那肥厚有力的下颚永远像咬紧的老虎钳子,是铁的手段的象征。张开口的时候也一贯用强硬语气说话。据说公用医院就是他从市里捡来的,它的前身是市立第四医院,还没有完全建好就被"文化大革命"的狂涛巨浪给冲垮了。高群生出山后开始收破烂儿,招兵买马,自己有个医院用起来总是方便些。公用医院的人都感激他,包括我在内。这百八十号人毕竟有了个干活领工资的地方。谁管都一样,谁给钱就听谁管。这个医院里有两种人,一种是货真价实的医生,甚至是出类拔萃的医生,由于政治上失意或命运的捉弄等种种原因,变得爹不疼娘不爱,进不了像样的大医院,只好流落在此暂栖身。还有更多的人,不知以前是干什么的,也许什么都干过,唯独没有行过医。也不知都是怎么进来的,大概像我一样走投无路、饥不择食地送上门来或者为了图轻闲、图医院的名称好听通过社会上的各种渠道,特别是公用公司的关系流进来混进来钻进来的。对这些人来说,到哪里去找公用医院这样的好地方?有人给钱,没人管事。当然那是说别人,我可不愁没人管。只有好事人家才不会想着我。每天从八点开门到十二点吃午饭,下午从两点到六点,医院里就很少有病人不排队的时候。我老是奇怪哪来的这么多病人?十几年来我总感到全市有一少半的人被我切过脉了。别看大街上摩肩擦臂、万头攒动,能有几个没毛病的好人呢?我成天忙得连喝水的空都没有,似乎是白忙、瞎忙,治表不治本,越治病人越多,越治病越难治。真是医道高一尺,病魔高一丈。人类赖以生存的这个大地球,八成是出了什么毛病,把我累死也不管用。老实说,医院里像我这样忙的没有几个人。这是公司领导对我的照顾,谁叫你是头头呢?你不是不想叫别人说闲话吗?你不是名气大吗?病人不是都喜欢找你吗?那就成全你吧!他们总怀疑我会在工作时间写论文捞外快或者搞我的"子午流注"研究。只有上边的头头派车来接我去看病时,才没有人敢挡驾。虽然有人心里未必舒服,但嘴上不敢说什么。这心里未见得就愿意给头头看病,对一个医生来说这是没有办法的事情。占工作时间出诊,暂时逃离一下医院里拥挤的气氛,我也乐得喘口气,放松一下。至于门外那些病人……算了吧,我就是不吃不喝不睡也看不过来,这么多病人。他们身上多多少少都有点病,真是能要

命的病也不多。说到底还是人太多，生病的人太多，负责的医生太少。你稍微认真一点，不论是为了病人还是为了自己的事业，病人都会蜂拥而至，挤破你的门口。中国人生了病也是很朴实可爱的。等在门外的这些病人早早晚晚还得由我来给他们诊治，他们是有耐性的，今天轮不上明天再来。我是躲过了初一躲不过十五。

高经理的客厅我来过几次了，不论侯门多深，当医生的进来不用担心会受到慢待。经理的家人远接高迎，递茶送烟。高经理斜躺在长沙发里，穿着厚厚的用杂色毛线织成的衣裤，毛茸茸像只受伤的狗熊。但仍有几分威严，让人戒惧。脸上臃肿倦怠，强打精神睁开眼，眼底坠着的那个网兜更明显了：

"治国不抽烟，给他削苹果。"

经理夫人态度亲热而又得体："还数人家汪大夫是好人！"

我出诊有个习惯，不吃不喝，只管看病。有些家庭的气味，让我不能不警惕。作为医生我对任何气味都不在乎，病人身上无论多么肮脏、多么危险的部位我都敢触摸，且毫无厌恶厌感。作为一个平常人，我对进口的东西却格外挑剔，对气味出奇的敏感。上午有外人进过我的房间，到晚上我下班回到家里还闻得出生人的气味。妻子曾为此闹过别扭，以为我对她的品格产生了怀疑，骂我长了一个狗鼻子。狗鼻子算什么，据说嗅觉最灵敏的是苍蝇，能辨别五十公里以外的味道。中医大夫有一个有特异功能的鼻子，是多么幸运！不熟悉高经理的人，单凭他的头衔一定不会想到他的家里会是这种气味。这个家庭大概是喜欢吃虾酱、臭豆腐、大葱、大蒜等刺激性强烈的食物。气味说不上来的复杂和难闻，我每次来须过了十几分钟以后才敢顺畅地喘气。当医生就得有这个本事，鼻子特尖，还得什么气味都能闻，装做若无其事。

"哪儿不好受？"

"昨天脑袋淋了点小雪，实际是半雪半雨，回来后咳嗽头痛，恶寒发烧，浑身肉皮铁紧，碰哪儿哪疼。"

我让他伸出舌头："再伸长点。"舌苔薄白，脉浮紧，症属邪在太阳，肺卫不宣。我取出银制镵针,浅刺鱼际及肺俞穴。

"怎么不用金针?"

"不是金的就比银的好。哪种针对病有效就用哪种。一会儿保您出大汗,汗一出病就好。"

"也不给我放音乐了?"

"不必。"

"看来我真是老了,只烧了一天浑身的骨架像散了一样。治国,扎完针,用你那音乐如意按摩器给我通身到下好好揉巴揉巴。"

我嘴里答应着,心里却感到屈辱和恼怒。他是我的病人,可仍然是我的上司。我在认真地为他治病,可还得受他的指挥。我做医生的尊严和意志受到侵犯,多么可悲! 刚才我还庆幸自己能出来缓缓劲儿,偷点懒,扔下一帮眼巴巴想求助于我的病人于不顾。此刻我宁愿累一点儿多治十个普通病人,也不想伺候一个这样的特殊病号! 表大爷周如清的师祖据称是御医,常进宫给皇上看病。我常被召去伺候市长、局长、经理等等有头有脸的类似土皇上式的人物,算是什么医生呢? 医术越精越难保住自我。轻闲自在是庸医。医院里还有多少人在妒忌我,他们托我买电冰箱,买彩色电视机。"你常给头头看病,还有你办不成的事吗? 你说句话人家就会把东西送到你家里。"我不做解释,解释也没有人相信。

高经理开始冒汗,那张仿佛没有骨骼的平脸现出生气。

"治国,我算服了。你真是神医,手到病除!"他比平时亲切随和多了。

他的家人们也像其他那些因亲人得救而变得嘴灵舌巧的普通病人家属一样说着俗不可耐的却是真诚的恭维话。我拿起用宝石做的如意按摩器,准备再为他用气功点穴按摩。没有比当医生更下贱的职业了。他的儿子从里屋搬出一个巨型收录机:"放什么曲子?"

我从兜子里拿出《春江花月夜》、《渔舟唱晚》、《高山流水》,不直接问病人,而是吩咐他的儿子:"先问问高经理喜欢听什么曲子。"

"流水、流水!"

　　我感到恶心,一句话也不愿多说。医生是最善于克制自己的,任何情况下都能做到声色不露,排开胸中的不快,运气行功。按照"子午流注"的规律先朝开启的穴位下手。我的气血通过指尖的宝石变成一股热力注入他体内,传导经络内达脏腑,外通四肢。圆滚滚的指形玛瑙,坚硬无比,套在我的十个手指上,便于发气用力。它按到病人身上却是柔软的,并不感到硬邦邦扎肉硌骨。凉丝丝的玛瑙按摩器一会儿就变热了,我的双掌像烙铁一般。他心荡神驰,浑身酥软,悠然似仙,哼哼唧唧:"噢——好美!治国,你让我过电了——我好像喝醉了。晕晕乎乎,真舒服——我要睡着了……"

　　他的叫声让我那么厌恶!我本应该对病人的这种反应感到高兴。他昏昏然进入美妙的假寐状态。

　　我却越来越感到双手沉重,使不出力量。身体虚飘,头晕眩如飞转的陀螺,眼前一片白蒙蒙雾气缭绕。高经理臃肿庞大的身躯在我头顶上旋转,我的双脚倒似踏着天花板。但心里非常明白,手指并未按错部位。我这是怎么了?近来老出现这种空虚虚的头脚倒置的幻觉,是什么征兆?

　　忽然,气血倒流,如闪电般轰开了我的大脑。真浑,耍蛇的被蛇咬,这还用问吗?今天我要走麦城!

　　我四肢瘫软跌坐在地板上,心里仍很清楚,我不会出问题,只是不由自主地想闭上眼睛。我太累了,浑身的骨架都散了,像一堆烂泥瘫在地上。尽管脑袋轻飘飘地像气球一样要腾空而去,却被死沉的身体坠得飞不起来。

　　太阳像一朵枯萎的菊花,在肆虐的黄风里飘来荡去,转眼便四零八落,惨兮兮地掉进了正阳县城。剩下一点冷冰冰的余晖残瓣,也很快被飞沙走石所吞没。县城离着火车站还有四里多路。真不理解,当初的建设者们是怎么考虑的,如果是先有的县城,为什么不让铁路修得靠近县城呢?倘若是先修的铁路,为什么不挨着铁路建城池呢?这条路我以前走过无数次,可从来没动过这份脑子。看来还是灾难促进人思考。

天空翻倒红沙,如倾盆大雨。狂风自上而下,从地到天地加以搅拌。宇宙间便形成无数条黄龙,张牙舞爪,飞旋撕咬——倒也壮观。这大概是北方独有的奇景。这些年,每到冬天,总要下这么两回沙子。我喜欢在大雨或大雪中行走或骑车。我虽是北方人,老也不习惯喝西北风、吃沙子。幸好还是顺风,狂风助我七分力,我只要心里想着要抬腿,不必用力,狂风自会把我的腿脚抬起来,推着我大步朝前迈。意领气,气到力到,力到风到。路上寂寞,有风沙做伴,苦中想乐,倒也自在。戴上变色风镜,眯起双眼,紧闭双唇,只要不让沙子钻到眼睛里和嘴里就行了。我能随遇而安——中国的知识分子都有这点耐性。全身放松,借助风力,趺趺撞撞,像个醉汉。好在路上没有行人,一条大道任我逍遥。估摸走出了二里多路,鼻孔里仿佛浇注了钢筋混凝土,渐渐地不通气了,只好张嘴呼吸。这下可实实在在地饱尝了风炒红沙的味道,略腥,微咸,少汁,苦涩,一股不吉祥的味道。我在这条路上走了多少年?没有几千年也有几百年。耳朵眼儿好像长出一蓬草,大衣领和脖子的缝隙里长出一棵树,我分明感到那棵树的根须夹带着泥沙在我后背上痒痒地爬动,正吸取我皮肉里的水分。每一颗沙粒都像一根吸管附着在我的皮肤上,这沙子愈积愈多,干燥、麻痒、粗粝。我感觉得出来,自己体内的血液、水分,被这铺天盖地的红沙吸干,挥发掉了。我成了一个会移动的人干儿。如果有肌肉,也是沙子做的。我忽然明白,新疆的沙漠里为什么多出木乃伊。我如果不慎跌倒,被风暴卷进路边的田地里,红沙将我埋住,几百年或几千年以后,保准是一具有价值的木乃伊。

风声哪有鹤唳好闻。隐约真的有哭声传来。我并不惊奇,当医生的什么事情没有碰到过?愈是刮风下雨、天寒地冻的恶劣天气,人们愈是要出事,医生也最忙。要不还算什么行医行善、救死扶伤?见多了不怪。我歪歪斜斜一路胡乱走来,脑子里也胡思乱想,打发路途寂寞。哭声由断断续续的变成连贯的。再走几步我听得更清楚了,好像还是一男一女。前面有一团模糊的影子,像沙丘一样挡在路中间。我加快脚步,医生的神经绷紧了。没办法,这是职业习惯。我知道,前边那两人是在等我。尽管他们自己对这一点并不清楚。但是我清楚,这是天意的安排。让他们在这风暴中摔伤或者急病发作,此时此刻在这红沙弥漫的荒凉土道上决难再遇到人迹,更不要说是肯救苦救难的医生了。可老天偏偏就让我在这时候路过此地,救他们一把。有缘在危难中碰到我的人也绝非等闲之辈,不是命大就是有福。每隔半个月我才到这正阳县医院来一次,半天看门诊,半天为医院的疑难病症会诊。这还是因为我在"文化大革命"中落难正阳县东各庄,没受什么罪就被借调到县医院当大夫。回城后为报答这保护之恩,才有这每隔半个月我来出诊一次的协议。一般病人要挂上我的号也不那么容易。荒天野地的我自己送上来,能够消受得起这份机缘的人还不是福大命大吗?

看不清他们的面目,倒像两个用红沙堆出来的土人,紧紧搂抱在一起。中间支着两条木拐。我猛一看以为是有六条腿了,可上面分明只有两个脑袋。他们哭做一团,哭哭说说,说上两句就哭得更凶。一个声音苍老,一个声音娇弱。

他们在呼唤我:"汪大夫、汪治国!"我只要一睁开眼就可以回到高经理舒适的客厅里。可我宁愿在铺天盖地的风沙中和那个挂双拐的小姑娘多呆一会儿。大地震的前一天晚上,女儿还给我出过一个谜语:"生下来四条腿,长大了两条腿,老了三条腿。"我当时怎么也猜不出这是什么……

"小莹,跟爸爸回家吧,就当你疼我和你妈。"

"不,你们只当我死了吧!"

"你可不能走那一步哇!"

"女儿不孝,不能为你们养老送终。这是我攒下的七百元钱,只能一次性地报答爹娘的养育之恩了。"姑娘一只手把个小包哆哆嗦嗦塞到老人的棉衣口袋里。

"小莹!"父亲又紧紧地抱住女儿。

又是一阵大号。风卷沙团狠命地向他们的嘴里塞去,哭声被噎住。他们咳嗽几声,喷出一口红沙,也许是血浆。哭号更惨。

显然像是一场家庭内部发生的变故,用不着医生。只怪我当医生当得神经太敏感了。我应该走自己的路,不要打搅他们,却又于心不忍。还是解劝几句吧,即使对别人没有好处,也可安自己这颗喜欢多管闲事的心。

"姑娘,"我的话一出口,尚未送到自己的耳朵里就被大风刮走了,只好对着他们的耳朵大喊大叫,"在大风天里哭泣会损肝伤肺,何况你身体原本就不太好。"

爷俩哽咽着抬起头来。姑娘双眼通红,跟红沙一个颜色,脸上一团糊涂,泪水、沙土和了泥。老人脸上也是横一道竖一道,更显悲苍。

"前面就是火车站,爷俩有话到候车室里慢慢说,也可躲避风沙。"

老人叹了口气,姑娘挂着双拐竟自往前走去,歪歪倒倒,像根树枝支撑着一捆干稻草,随时都可能被狂风打散、刮跑。她刚走几步,就不得不停住,喘口气,稳定一下自己的身子。在风暴中她能站得稳身子也不容易,摇摇晃晃眼看要倒下去。老人紧跑两步将女儿挟住,几乎是向女儿哀求:

"小莹,我背你。"

"不用。"女儿好像在怄气,甩开父亲,踉踉跄跄地又冲向风沙。

老人十分着急,背又不让背,扶也无法扶,难受地看着她一摇一拐,艰难地一步一步往前挪。狂风抽打她,摇撼她,来自四面八方的沙石袭击她,她随时都可能摔倒,一旦摔倒就休想再站起来。可她始终没有让疾风把自己摔倒。我只好陪着唉声叹气的老人走在后面,随时准备帮助他。这位父亲是怎么惹恼了女儿?一般都是当老人的欠小人的,够可怜的!我的女儿要活着多大了?十二岁,该小学毕业了。我也欠她的,欠她一条命。她每天晚上愿意让我搂着睡觉,那天我出诊回来晚了,她才偎在妈妈怀里睡去,就此永远不再醒来。如果是在我的怀里也许会幸免。也许,也许……在生活里"也许"是最软弱无力的了。也许这就是命运,我可能今生都不会再有家庭和儿女了!可我老也找不到这种孑然一身的感觉,总觉得家里还有妻子和女儿在等我……

呜——嗖嗖!

嗖嗖——呜!

风的怒号夹裹着木拐戳地的声音。大气派的混乱之中也自有它的节奏。他们父女不说话,我虽然心里好奇也不便打听人家的私事。大家顽强地走哑路。只有坚实的木拐和傲慢的风沙在对话……

"汪大夫,汪大夫。"

"治国!"

我睁开眼。病人好了,医生倒了。我把高经理一家人吓了一跳。

"对不起,高经理,今天的按摩还差一点,我坚持不住了。"

"没关系,我感觉棒极了!"高经理一下子变成了我的医生,照顾我,劝慰我。我要真死在他的客厅里,对他也没有什么好处。他紧张,看我睁开眼又感到庆幸。"先别说这个,你是怎么了? 气色这么难看。"

"不要紧,这是因贫血晕眩,养几天就会好的。"我心里觉得今天有点丢人,心里窝着一肚子火气又无法发泄。

"你贫血?"高经理因对我真心实意的关怀而动了肝火,"你还缺钱花吗? 为什么不增加点营养? 自己是大夫还把身体搞成这个样子!"

我只有强迫自己被感动,只有苦笑:

"我的贫血跟吃东西无关。我施针按摩都用气功,这比不会气功的医生疗效自然大不一样。但对我本人的精血损耗太厉害。时间一长气血大亏,我早有感觉了。"

高经理及其家人悚然动容。他们还是好人,我心里感到温暖,好过多了。假死一次也值得。

"现在像汪大夫这样认真的医生不多了!"他夫人也不像是顺水人情随便说句奉承话。人心到底是肉长的。

高经理精神大长,威严中藏着亲热,亲近中透着居高临下的气势,寓关心爱护于批评之中:

"治国,你应该赶快结婚,这么大岁数没个女人怎么过日子? 不要挑花了眼,不要把条件定得太高,差不离儿就行了!"他越说越急切,恨不得立刻就给我办喜事,好像世上没有权力解决不了的问题。给身边的办公室主任下命令:"冠五,你那儿有合适的没有?"

周主任的眼神儿让我感到是在动物园里逗猴子:

"这好办,就看汪大夫喜欢什么样儿的了。"

我感到厌烦。最怕人们当众关心和议论我的私事,有些是真情实意的教训硬着头皮也不能不听。有些虚情假意的耍笑则难以忍受。我收拾好东西起身告辞。

"吃完中午饭再走。"经理夫人也许是真诚的。

"不,谢谢!"

"你不知道,治国从不在病人家里吃饭,怪毛病可多了。"经理给夫人解释,实际是调侃我。他怎么会知道,有本事的人都有自己的怪癖。何况经理家的饭是那么好吃的吗?

"看来我们当初选你当院长是做对了……"

我脑袋轰的一下——这就是他对我的感谢?也许高经理认为这是他给我的最好的报酬。我应该任劳任怨、服服帖帖地为他效力。当初提拔我当院长的时候有人就说过这样的闲话,说我靠给头头看病、对头头巴结的好才捞了这个油水不大麻烦不小的院长头衔儿!我当时真的为这话动了肝火,还想愤然辞职。可见这话揭到我的疼处了!后来只是因为我不想出自己的洋相,把自己搞得更尴尬,才没有干那种越描越黑的蠢事。自古医不叩门,我每次给头头看病不都是亲自上门?今天为给经理看病当场累昏过去,不是巴结又是什么?我并不像自己想象的那么清高。当宣布我为院长的那一刹那,突然感到自己另一个层面上的意识苏醒了。院长的头衔、权势,对我不是全无诱惑力。虽然只相当于科长,毕竟叫院长而不叫科长。虽然医院不正规、鱼龙混杂,有点像"联合国",毕竟能指挥百八十人,而不是让一个蠢才骑到自己脖子上拉屎拉尿。这一点最重要,我占住院长的位子,那些不三不四、不地道的人就爬不上来,好人就少受点气。即使我什么事也不干,占住位子不整人就是了不起的德政!一个人在荣誉地位面前要永远做对立面是困难的,哪怕是像我这种自视甚高,在事业上又小有成就的人。当官这种事可遇不可求,既然送到你头上来了,又何必像傻瓜一样拒绝呢？我原来以为这是很严肃、很复杂、很神秘的事情，其实既简单又偶然，简单得像闹着玩，偶然得像瞎猫碰上个死耗子。人生不就是一连串的偶然吗？哪个偶然都有可能改变整个生命。

当官自然有它的乐趣，权杖如魔杖，让你心里有股莫名的骚动，难以集中精神干一件事或想一件事，无缘无故地亢奋和惶惑。你突发奇想说出的一句话，转眼就可能变成现实，权力的滋味多甜！仿佛领导一个让人头疼的医院，指挥许多散漫的经常被人求的人也像给病人开药方一样灵验。连大家看你的眼神跟以前都不一样了。以前绝不会有这么多人注意你、观察你、品评你、妒忌你、警惕你、讨好你、嘲讽你，甚至不知该怎样对待你。所付出的代价也是沉重的，往日的淡泊、恬静的情绪彻底被破坏了。忙而不乱、目标专一的境界离我而去。周围的平和也不复存在。老是不安、不适应，这大概就是被那点狗屁大的权力给烧的！且老有一种岌岌可危的感觉。因此又常常提醒自己：追求权力是危险的，我肯定不是弄权的幸运儿，一个屁大的官位不仅会毁坏人的心性，说不定还会断送一帆风顺的业务前程。当今最有用又最美丽的头衔儿是"业务尖子"。专业无疑是一个知识分子生命的价值所在，舍此去换一个"科级"未必值得。

这是理智的考虑，而一个人的理智是有限的，是很容易被诱惑的。被诱惑之后更知道通过仕途我不可能达到辉煌，只能用它保护自己，保证自己的专业研究。只要社会把人分成等级，多一分权力就多一分自由和尊贵。它不只是标志着一个人令人敬畏的身份和地位，有时权力还直接代表他的业务水平。许多学术界的名人不都要挂个院长、副院长之类的头衔儿吗？

周冠五直接把我送回家，摘牌停诊，天塌了也不再管，需要关上门好好调理一下自己。不是调养身体，身为医生知道眩晕是怎么一回事，它不等于昏厥。对此早有预感，却一直不想或不敢正视它。今天当着外人不得不说出自己眩晕的因由并不轻松，承认它无疑是给自己的精神狠狠一击。这就是说，这么多年研究出的子午流注针灸法和音乐如意按摩器等，受到了严重的挑战——它能救人，却要害己。这成果是我的骄傲,也是我的灾难。人家知道你有绝招,就都来找你,请你看病就希望你使用绝招。不拿绝招就得罪人,再说见死不救也非医德医责所能容。然而无节制地长时间地使用气功针灸和按摩必定会损伤自己。

这个道理我岂能不知?只是太想成功,太顾惜自己的声名,急于要光大子午流注和金银针的神效,就不惜血本。如今则不得不关心自己的血肉之躯了。怎样少用针灸而又达到甚至超过针灸的疗效呢?只有求助于药石。医生嘛,就是那么几手,好医生每一手都能使得出神入化、奥妙无穷、效力无穷。既然按子午流注的规律针灸有奇效,按摩有奇效,服用中药也一定会效力不凡。只是中药太多,根据子午流注研究分类,工程量浩大。眼下分好了类也没有用,草药的品类极不完全,采药者只采那些能赚钱的药,虽有效而无利可图的草药奇缺!

一个人生活,常常连吃饭这种活着的头等大事也没有兴味,胡乱凑合几口就算一顿。身体不舒服、精神不愉快的时候尤其如此。身上懒懒的,往床上一躺就不想再动弹。真想美美地睡一觉却又睡不着。心里浮躁烦乱,意识极其活跃,像笼子里的猴群,忽而流向东,忽而涌向西,乱抓一气,乱摸一把。这种走投无路的感觉也许正是命运要发生转机的征兆。

惠英抱着女儿在墙上静静地看着我,她本来笑起来最好看,恬纯、迷人,我每天都看不够,一笑十醉。这张照片却笑得有点勉强,带点苦味儿。女儿张着小嘴,瞪着乌溜溜的圆眼睛,我好像闻到了她嘴里呼出的气息,那是人间最好闻的气味。

突然,寂寞像风暴般袭来。我孤凄凄人无所属,心无所系,屋里空空荡荡,一无所有。又一阵精血枯竭,头晕目眩。我原来住在三楼上,在一阵摇晃中醒来,睁开眼楼房不存在了。我躺在楼前的空地上,脑袋枕着一盆昙花。妻子和女儿离我有几米远,上半身压着一块四孔板。世界死了,周围没有一丝声息。我傻了!细细的雨丝落到我脸上,柔柔的,像女儿的小手在给我抓痒。流到嘴里是甜的,像露水一样清凉。天没有了,地也消失了,四周没有一样东西能遮挡我的视线。

发生了什么事？我是梦是醒？世界为什么这么静、这么空空荡荡？只有一个混混沌沌的、湿漉漉的、铅一样颜色铅一样沉重的立方体压住了我。

这就是天崩地陷！"惠英、惠英！"——我发出了一种连自己也感到毛骨悚然的声音。

惠英没有回答我，四孔板像水泥棺材一样死沉，我推不动，也掀不动，又怕弄疼了惠英母女。

待我跌跌撞撞地爬起来发出第一声求救的呼喊，受伤的世界才开始呻吟、号叫，连成一片。不像是从高级动物的嘴里发出的声音。

好端端一个城市，一瞬间就在地平线上消失了！屋顶变成了地皮，我的金银针全被埋在土里。什么时候让它们第二次出土呢？

大街上滚爬着无数不成形的人，少一只膀子的，掉了两条腿的，断了半截身子的。黑的血，白的脑浆，形成一股股浊流。末日一般的，恐惧充塞了整个宇宙。

我为什么没有死？

不知道。我本应该死。不该死的都死了，我活着就是一种罪恶。对惠英的回忆不论多么美好，也不能代替真实的、身体温热的妻子。我想取下墙上的照片，换成一个活生生的女人养在屋里。这几年认识了一些女人，有的也颇让我动心，每当要进一步发展关系时，就会在她脸上看见惠英的脸——被压在四孔板下那张破了相的脸，还有大地震发生的那天早晨的惨象。这是惠英站在我和别的女人中间搅和，她不同意我续弦或不喜欢我准备接受的那个女人。我只有大叫而逃——从一个又一个的女人身边逃开。

孤独像绳索，越缠越紧。这绳索的一端仍然抓在惠英的手里，再不可能有人代替她或让她松手。其实想开了这有什么呢？人从黑暗中爬出来，所谓人生一世就是借助世间的光明向最终的黑暗奔跑。惠英不过是提前到达了终点，她永远回到那坚固的干燥的黑暗中去了。人在黑暗中感到安全可靠，黑暗是一切生命的归宿。

她的骨灰盒是八十元买的，跟女儿在一起。应该给她买个最好的,有二百元一个的。当时我没有钱。死里逃生,一片混乱,没有把骨灰盒的事看得很重要。八十元的黑暗和二百元的黑暗会有所不同吗?我太算计,太对不住妻子。无论怎样辩解,都摆脱不了心里的阴影。婚后的头两年我们相互不适应,她一边做饭还得一边奶孩子,我只管看自己的书。她叫我帮忙做饭,我说:"我不吃还不行吗?"拿着书躲到外面去看,惠英气得把饭菜往地上一泼:"不吃就不做了!"我只好再走回来劝她:"别生气,二十年后我得成为一个专家。"现在我是专家了,没用二十年,可她还是等不及先走了。

是她命薄,还是我命苦?

肚子咕咕叫,想再吃点东西却又不想起来做饭。在外面有多少人尊敬我、羡慕我,可有谁知道我在一个人的时候过的是什么日子?人间的全部幸福、快乐、舒适对我来说就是墙上那两幅大字。一幅是中医学会王会长送的:

金 针 济 世

另一幅是政协主席皇甫老的墨宝:

岐 黄 新 绩

我真能济世吗?邻居一个十三岁的姑娘左腿被压在四孔板下,头上还悬着半截水泥大梁,再有余震,必死无疑。她哭着喊着求父亲把她拉出去。父亲也哭着喊着要把女儿救出去。他既搬不动四孔板,也拔不断女儿的大腿。急疯了扒出一把锯木头的锯子。"闺女,你不怕疼吗?""疼比死好!"父女俩都豁出去了,锯到一半姑娘就死了,没有等到下一次余震。

抗震棚里、大树阴下、飞机场跑道两边的草地上躺着一片片的伤员,让我感到整个宇宙都残废了。那不是世界的末日,是医生的末日。所有见过那场面的医生,终生都洗刷不掉心里的耻辱和愧疚。救死扶伤者,眼见死亡和伤残像烈火一样蔓延,却无能为力。许多人不是被当场震死的,而是被耽误死的,被抢救不得法害死的。每年到地震的纪念日,各种残废人都拥上街头,拥到还完整地保留着地震遗迹的地方,或发呆或默泣或叫骂或烧纸钱。城市立刻又残废了,如蚁穴般狭小拥挤。巨大的顶天立地的是几十万双各式各样的木拐。有的镶着铁头,有的镶着铜头,有的白森森,有的黑糊糊,在各条街道上行进——咚咚,咚咚! 使整齐划一的楼群相形见绌,愈显得丑陋和低矮。木拐在空中跨来跨去,阴影缭乱。奇怪的是我看不清拄拐人的面孔。只瘸了一条腿的人踩着高跷,踩着鼓点,空中有乐器为他们伴奏。木腿比真实的腿更结实有力,走起来横扫路面,踢荡一切。不幸的节日,不幸的威严,唯痛苦最强大。新建筑物被木拐砸得东倒西歪,城市在高跷的踢踏下变成一片废墟。每逢地震纪念日的那一天所有正常人都变成了残废。

我发誓要掌握起死回生之术,现在可以说有了一点门道。但很少有残废人找我看病。死了几十万,也会有几十万或十几万人落下了终生残废。他们现在怎样活着?我努力回忆在那个风沙之夜遇到的那一对父女——

登上候车室的台阶,我摘下帽子,浑身上下狠狠抽打了一阵,对身外之物能打掉多少就算多少。然后掏出手绢擦擦脸,多少恢复一下自己的本来面目。在正阳车站上不要指望找到能洗脸的地方。那位父亲也仔细地为女儿掸掉身上的沙土,替她擦了脸。

我先走进候车室。一股成分极其复杂的臭酸味道通过鼻孔直撞脑盖,我赶紧憋住气,几乎窒息。以后过了很长时间,我一想起正阳县车站候车室里的味道,还感到恶心,须立刻到室外空气新鲜的地方做几次深呼吸,以驱散深深留在心里的恶臭。但车站里发臭不足怪,不论什么季节,什么天气,车站里永远都是这么拥挤。那几排象征性的长椅子从未见过有空出来的时候,这里好像有长期住户。更多的人是坐在自己的包裹上、窗台上,能找到一块地方,铺张报纸坐下去也很不错。我不太容易地选择着落脚的地方。地上是痰、水、尿、脏纸、果皮、面包渣。空中氧气稀少,杂牌香烟和不同地区生产的烟叶燃烧后产生的烟雾,再通过无数次你吐出来他吸进去、他吐出来你吸进去的交流过程,带着烂肺的味道。由于外面风沙太大,门窗紧闭,屋子里的烟气接近凝固的地步。这是个巨大的病菌培养箱。我买好车票赶紧逃了出来,宁可挨点冻。我在路上碰到的那父女俩也没有进候车室,躲在背风的候车室南面的廊檐下。姑娘坐在石台子上,屁股底下垫着老人的棉帽子,两条提溜甩挂的腿无力地悬吊着。父亲站在后面,半拥半抱,遮挡风沙。看样子女儿仍未回心转意。我无处可去,也只得在旁边的石台上坐下。有风沙推助,使我比往常走这段路快了二十分钟,只好在车站上多受一会儿罪。姑娘把脸转向我,她想笑,表情却是苦涩的。双颊凹进去,带着残疾人的韵味。

“您是汪大夫吧?”

“是啊……”

她认识我并不使我多么惊讶。一个医生总有许多意想不到的人会认识自己。她在这种场所主动跟我搭话的勇气倒叫人感到新奇。我猜测一般的残疾人在公共场合是不愿多说话的,以免吸引别人的注意力,让众多的人盯住自己缺点。

“你的腿是怎么坏的?”

糟糕,这该死的职业习惯,一上来就不看人只看病,真是哪壶不开提哪壶!这是候车室,又不是门诊室,我何必要问人家未必愿意讲的事情呢?

“小儿麻痹症。”

她脸上挂锈,骨骼突出,双颊塌陷,没有年轻姑娘应有的饱满和鲜润。神色倒还开朗。

“你找我看过病吗?”

“没有,我听您讲过课,《‘灵枢九针’的施用和研究》。”

“哦!你喜欢医学?”

“我原在县医院里工作。我爸最早是县医院的院长。”

“哦!”

老先生始终不发一言，像所有好脾气的父亲那样娇惯自己的女儿，不论她跟别人说什么也不加干涉，只在一旁赔笑静听，完全突出女儿。所不同的是他并不幸福，也没有为女儿感到骄傲。神色凄苦，是个不幸的父亲。出于礼貌我向他致意：

"怎么称呼您？"

"刘玉昌。"

似乎听人谈起过这个名字。我在正阳县医院也曾工作过几年，竟从未见过这位也曾当过院长的人物。或许见过面但没有留下印象。依稀记得人们曾议论过一个短命的院长。那是个老实得近乎于窝囊的人。不懂专业，是个外来户，在正阳县一无根基，二无后台。生活中又常常是不老实战胜老实，四清工作队把他硬塞给了正阳县医院。院长的位子还没坐满三个月，造反派便开始夺权。他开始钻牛棚、进学习班、下农村被监督劳动，做了官场争斗和两派较量的牺牲品，很快医院就把他忘记了。也许他留给人们的记忆本来就太肤浅了——我模糊记得的这些事情是不是发生在这位老先生身上？或许另有一个前院长也未可知。

天已黑透，像翻沙浇铸出来的铁块，只听风吼已看不见沙扬。看来真正强大的还是黑暗，包容一切，消化一切，温厚而深不可测。火车披着一身风沙，像个可怜的爬虫，慢慢蠕动。车头前面的探照灯像软弱无力的触须，很快便被宇宙黑森森的大口所吞没。这种时候，这种气候，蹲在火车站上，更觉无限孤寂。大家都是过客，都有一种冷落的凄苦感，情不自禁地要互相靠近，共同抵御这孤寂。

"刘老先生，您现在又回到医院了吗？"

女儿抢着回答：

"倒霉的事有他，好事还能有我们的份儿吗？人家落实政策回来都是升官晋级，至少也是官复原职。等着我爸的是，平反的同时必须办理退休手续。如果他是院长，我会被逼到这步田地吗？"

她在外人面前竟用这种口气说自己的父亲。一个人太窝囊了连儿女的尊敬也得不到。

"你怎么了？治病遇到了困难？"

"岂止是治病有困难，简直是往死里挤对我！"小姑娘伶牙俐齿，比她父亲可强多了。她略微寻思了一会儿，也许是认为我还靠得住，便原原本本从自己的灾难讲起。

"我的腿是没有指望了，做过三次手术都不管用。从小就是四条腿在地上爬，像个动物。七岁开始挂着小板凳上学，学校就在家门口。上中学路就远了，来去都是爸爸背着我。初中毕业后就到县医院当了一名合同工，负责挂号。我心里暖和了，觉得活着有指望了，可以自己养活自己了。每天起来从心里就想笑，愿意跟人说话，喜欢交朋友……"

不错，我的脑子里似乎也有个印象，一个挂着双拐的活跃人物。她本来就很引人注目，再比正常人还活跃，别人说话的时候她喜欢插嘴，哪儿热闹，哪儿就少不了她，所以十分招眼。她只知道自己跟大家同样都是人，忘了自己是不同于大家的残废人。医院的人开始看不惯她，有人甚至对她侧目而视，讨厌她的叽叽喳喳和爱出风头。他们认为一个残废人就应该老老实实地呆着，不应该抛头露面，更不该结交那么多人。谁愿意认真去体察一个与自己毫无关系的伤残灵魂呢？她没有受过很好的教育，在家里又娇生惯养，哪知社会深浅，怎么可能深沉持重地演好健康人心目中的残疾人形象呢？

去年春天，医院改革，实行招聘。全院的人都被招聘了，就是甩下了她。她去求院长，院长叫她自己到各个科室去问，哪个部门愿意收留她，院长就招聘她。于是她挨个科室去打问，乞求人家接收她。这才是正常人能够理解能够接受的残疾人形象：可怜巴巴，伸手乞求施舍。但是已经晚了，没有哪个科室愿意收留一个他们认为是累赘的人。却怂恿她再去找院长："权力掌握在头头手里，他说要你你就留下了，他不发话谁敢要你！"

可不是嘛，她刚一离开挂号室，据说是院长儿媳妇的一个年轻女人就顶替了她的位置。嘟、嘟、嘟——小姑娘的木拐从楼下响到楼上，又沉重地从楼上响到楼下。爱多事的人故意打开门看她，不好多事的人见她来了赶紧关门。

我有一草莽朋友陆玉河,当年他没有职业,在老城隍庙的破墙底下练武卖艺,最拿手的是生吞活咽大铁球。比拳头还略大的铁球,吞吐自如,虽惊心动魄,并不恐怖,铁球上不挂一星一点儿的血丝。是真功夫,不是作假耍把戏。他模样粗粝,却藏着敦厚,身架奇高奇大,尽管双脚如船,也难以承受这庞大身躯的重压,看上去总有点摇摇晃晃。张开双掌,手指像一根根擀面杖,舞动起来呼呼带风,凛然生威。他不是喋喋不休地耍贫嘴,绝非江湖油条可比。但看热闹的人多给钱的人少。我感到尴尬,为他,也为自己,把兜里仅有的一块钱捏了半天,终于掏出来给了他。我不是心疼钱,而是不愿在众目睽睽之下出风头。我对他产生了好奇心:他的行气运功,他的吐纳之功,甚至包括他的生理结构。散场后他拉住我,从布袋子里掏出那张一块钱的钞票要还给我。我脸红了,十分不高兴:

"我尊重你,你倒把我当成了什么人?"

"同志,我走南闯北一眼就看出你是好人。没有你那一块钱就引不出后边这一堆钢镚儿。而且我还看得出你身上也有功夫。"

我把他拉到家里吃饭。当他看到我家里的气氛,知道我是个大学刚毕业的医生,显得很拘谨。唯恐我看不起他,吃完饭把那个布袋一翻,哗啦一声将钱全倒了出来,几乎都是钢镚儿。

"你别小瞧这些钢镚儿,至少有十七八块,你先留下。"

"你这是什么意思?"

"别看我这个德性,并不缺钱花。别看你是医生,来钱没有我容易。"

我假装恼怒地把钱重新给他装回布袋:"我这里不是饭馆儿,你要老来这一套就不如到外边把我的饭菜吐出来,走你的。"

我们成了铁哥们儿,至今仍然很铁。不知什么时候由于什么原因他瘸了一条腿。我很想帮助他治好瘸腿,对于像他这种会武功的巨人来说腿太重要了!他本人倒不在乎,在我面前很不愿意谈他的瘸腿。甚至不肯脱掉鞋子挽起裤管让我看看瘸在何处。

　　这个小姑娘的遭遇也让我动心。但我更关心的是她的双腿——这该死的无可救药的职业病。如果陆玉河也要拄拐的话，非得打造一副百八十斤重的铁拐方能支撑他那巨型身架。她像所有有这种不幸遭遇的人一样，恨不得见一个人就倾诉一遍心中的不平，倒把自己不幸的根源——残腿忘到了脑后。

　　"我爸爸最不愿意进医院的门口，为了我也只得硬着头皮去求吴院长，请他好歹给我安排个活儿干。每月给我点生活费就行，三十、四十不嫌多，十块、八块不疑少。我不在乎钱多钱少，只要能挣点就是个鼓励，活着就有指望，精神也似乎有了一根支柱。对一个残疾人工资不光意味着是钱，还是一种支撑活下去的精神力量。可他们偏偏就不愿意给我这种力量，不想让我对生活还抱有一丝一毫的希望。我和爸爸磨破了嘴，求了好几个月，院长才答应让我在门口负责分诊。他一句话就能救我一条性命，可求他开口有多难哪！"

　　分诊？坐在门洞里将进进出出、一时摸不着头脑的病人按科、按室地分开，有的病人很难缠，不排队不听分派，甚至要挑选大夫。一个架着双拐的姑娘干这个差事真够难为她的！我怎么从未留意过她？没有留下一点印象。说来惭愧，我进正阳县医院十之八九都有人陪着，而且直奔院长室。很少注意楼道里的闲杂人员。

　　"一到冬天我可受了大罪，双脚冻烂了，一挨地就疼得钻心。还有人说我瘸拉吧叽，损害白衣战士的形象。我请求换个室内工作，哪怕少给钱也行，只要给我一个希望——将来能有个位子安排我。院长说让我分诊就是很大的照顾，既然干不了只有回家吧。他们太残忍了，把自己的儿女安排得那么好，就是不拿我当人。院长还说现在只讲改革，不管你残疾不残疾。改革半天就把我一个人革掉了，整个医院就多我一个人？连碗饭都不给我吃，我也是人，不是残疾动物！国家这么大就真的没有我生存的权利？我到处写信告状、求援，没有一个人理我！"

　　"你这是想到哪儿去？"

　　"我也不知去哪儿，又哪儿都想去。"

一列火车驶过,震破黑暗,也更见黑暗巨口大张,令人胆寒。站台上昏黄的灯光如黑暗的森森獠牙,照得姑娘面色更加枯槁。她眼球凝固,神色苍茫,被风沙糊住了,声音也愈显凄厉——

"我整夜整夜地睡不着觉,快疯了,要死了。既然赖在家里也没有活路,只会加重父母的心病,还不如到外面去碰一下,反正死的方式有多种多样。"她像是对着漫天的风沙倾诉。突然转头,"爸,你别担心,我不会自寻短见的。顶不济还可以讨饭嘛!我还没去过北京,没见过天安门、大会堂,再想不开也要看一眼北京才能死。别看我腿脚不好,还梦想当个勘探队员。也许正因为我是残废才更羡慕在野外工作的人。我爱看书,好梦想……"

可以理解,残疾人的想象力往往发达而奇特。靠身体无法实现的理想要借助想象来完成。但也容易成为自己幻想的囚徒,毁掉自己。行医的地方应该布善,正阳县医院怎么会容不下这样一个小姑娘呢?我很想蹲下去检查一下她的双脚,可她现在需要的不是医生,而是权利——能够给她一席容身之地、给她一碗饭吃的权利。

"你们的院长不是吴诚吗?"

"就是他。"

吴诚给我的印象很好,经常请我来正阳县会诊的就是他。有时是我自己不信守诺言,每隔一两个月才能来一次,吴诚并无怨言,待人很热情。据说外科业务也不错,从表面看医院管理得比公用医院要强。他知不知道自己有可能在一个残疾姑娘身上栽跟头?也许还算得上是缺德。人生十誉不足,一毁有余。我该不该管这闲事?我想管就能管得了吗?

"你叫什么名字?"

"刘莹。"

"你不可意气用事,让父母的心里雪上加霜。我下次再来正阳一定跟吴院长好好说说你的事,求他尽力录用你。"

"真的?"我第一次见到刘莹的脸上闪过一道生气,"有您说话,吴院长不会不答应。"

我突然后悔了，我不知道吴诚的想法，怎样跟他说呢？他没有必要非得听我的劝告不可。我不像小姑娘想象得有那么大的道行，只好再泼冷水：

"你别抱太大的希望，我只能试试看。"

刘莹像个溺水者抓住一根木头一样，不肯让我滑走：

"您有这么大名气，连吴院长也得求您。有您给我求情，谁还敢不给面子！"

"刘莹，你刚才说得很好，先把自己看成人，其次才是残疾。不要凡事先想到自己是残废，忘记和其他人一样有权利要求应该得到的东西。譬如学习的权利，生活的权利，就业的权利。不能老是乞求别人的施舍。乞求跟要求可不一样。"

"我早就看开了，人间无正义可言，指望别人的可怜是极其靠不住的。您要真想救我还有个办法，收我当学生。"

"你想学医？"

"我想学会一门特长，到时候还怕没人求我吗？只要我也能当上大夫，就可以报仇！"

她狠狠的、恨恨的，似乎是轻而易举地就吐出了"报仇"这两个字。她真正理解这两个字的分量吗？她要向谁报仇？吴诚、正阳县医院？还是向社会报仇？在她残缺的尚未成熟的躯体里有一股可怕的精神力量。年纪轻轻就如此憎恶生活，憎恶人生，所受到的伤害想必是够深的了。她见我退缩了、游移了，不得不放缓了口气。

"我除去向您学医，不会再给您增加别的麻烦。吃、住我自己全能料理。您上班的时候我到您的办公室里为您叫号，看您怎样为病人切脉、开药。您空闲的时候给我讲几句就行了。"

她这是真的。

管闲事落闲人，今天算我好运气，从谈话一开始我就处于被动，让小姑娘逼得步步后退。

"您也烦了吧，汪大夫？我准知道会这样。嘴上说几句同情的话是一回事，动真格的又是一回事。不沾亲不带故谁愿意拖上我这个大包袱呢！"

我确实有点着慌：

"不，不是这样。你想的不现实，我不是私人开诊所，公用医院像你们县医院一样，决不会同意我私收学徒的。"

我心里盼着火车快点来。

刘莹眼里那点亮光消失了，重新被灰暗笼罩。硬邦邦麻木的灰暗。

"是啊，现实除了向我提供灾难，还有什么是我可以享受的呢？不会再有好事等着我，我早就应该明白这一点。"她又陷入深深的失望，我感到内疚，真不该再撩起她的希望。让死灰复燃只能再经受一次死亡的痛苦。不如给它泼上一盆冷水，让它快点冷却，和泥土融为一体，方是归宿。

刘莹年轻的生命一分钟也不肯在痛苦的谷底停留，立刻化作一股怨气向上飞升："别忘了我残废的只是双腿，我的上半身是好的，头脑健全，为什么不让我发挥这些器官的作用呢？"

好像她所有灾难都是由我造成的，我突然为自己的肢体没有残疾而感到惭愧不安。

我记下了她的地址，答应为她帮忙。以后我虽然在吴院长面前试探性地提过她的问题，但吴诚不接话茬儿，我也不便深追。近两个月干脆就没去正阳，实在是欠下了刘莹一笔账。我又很不习惯欠人家点什么，宁愿人家欠我的。

辛　未

惊天动地的砸门声,伴以惊天动地的叫喊:

"治国,治国,我是老陆!"

不报家门我也知道是他。不光我知道,连街坊邻居都知道那个陆师傅又来了。文质彬彬的汪大夫怎么交了这么个朋友? 他每回来都带着一身雷电,不论白天晚上,敲门如擂鼓,大呼小叫地喧哗,像房子着了火,像有人要跳楼,像"文化大革命"的打砸抢! 现在的房子极不隔音,搅得四邻不安。刚开始的时候邻居们都开门探头,不知我出了什么事。搞得我很不好意思,待他走了之后向邻居们表示几句歉意。但每次他的到来总能给我一些新鲜的快乐,听到一些在我的生活圈子里不容易听到的奇闻逸事。今天他想必听说我病了,赶紧来看我,到底是老朋友……

"治国,睡着了?"

我感动归感动,身子却极不情愿地溜下床,再不开门,门就要被他砸散了。据说小偷来行窃时总是先敲门,里面无人应声,无人开门,证明主人确实不在,才好放心大胆地撬锁破门而入。因此有谁家的门久敲不开,邻居们会出来关照一下。果真是小偷也就不敢再动手,装出一副找人不遇的样子怏怏而去。陆玉河把我的邻居都搞疲沓了,即使真有小偷来,邻居也不会再探头了。我心里老大不高兴,大声阻止他砸门:"等等!"

他紧堵着门口,黑糊糊像多了一面影壁墙。

"我的大夫,你干什么了,这么半天才开门?"他火气还很大,倒有权埋怨我。看来他并不知道我生病。我真的病了吗？我得了什么病？他不知道是最好不过，我什么也别提。陆玉河躬着腰，肩上背着个大麻袋，鼓鼓囊囊，有人头露在外边。

我吓了一跳："这是谁？"

"你快给看看吧！"陆玉河进屋来放下麻袋，那脑袋晃了几晃，从麻袋里挣扎着钻出一个肥头胖脑、痴呆痴笨的小伙子，一身脏兮兮说黑不黑说灰不灰的棉衣服，上面挂满了能够挂上去的各种脏东西，像垃圾桶翻了个个儿。他一点都不觉得狼狈，对我的惊讶也无任何反应，反咧开嘴嘻嘻笑了，口水顺势而下，眼珠上翻，比动物的眼睛还简单，还难看。陆玉河亲近地拍拍他的脑袋："傻小子，你活了？可真吓了我一跳！"

"嘻嘻。"

"饿吗？"

"饿、饿。"

"治国，你有吃的吗？"

门外有人答话："我有。"

"老郭，你什么时候来的？"

"我在这儿站了老半天了。"郭颢把一个面包递给陆玉河。陆玉河把它塞到傻子手里：

"走吧，认识家吗？"

"嘻嘻。"傻子啃着面包歪歪斜斜地走了。

我请他们二位到里屋坐。陆玉河要迫不及待地讲清他的来意：

"我们队上那几个坏小子在早晨一上班就把傻子装进麻袋，还用铅丝把麻袋口系上了。他们闹完了就忘了，一直到下午有人去库房拿东西看见麻袋才想起这回事，打开麻袋一看傻子断气了，我一摸他身上还热乎，就赶紧背上他来找你。"

"你怎么知道我在家里？"

"我先到医院你不在，就往家里奔。一边跑还一边寻思，如果到家里还找不到你，那就说明傻子命该归阴。想不到一见到你，还没动手治就把他吓活了。老弟你真是神仙人物!"

"是你在背上把他颠活的,或者说他根本就没有断气!"

一直默默无声的郭颢也来凑趣:"我从六号桥食品店买了面包出来,看见陆师傅背着大麻袋健步如飞。我感到新鲜,便尾随其后,以为是给汪大夫送什么好东西来了。真好功夫,背着个大活人居然让我这空着手的还追不上!"

"郭工,你是湿衣不乱步的秀才,怎么能跟我这粗人比!"

粗看陆玉河,风霜的雕蚀很重,皱纹深刻,皮肤粗糙,仔细端详就会发觉他很年轻,完全不像五十岁的人,生命力强盛,脸上那山形线似的皱纹实在漂亮,蕴蓄着成熟的力量。相比之下,年轻好多岁且春风得意的郭颢窄额头光光的,皮肤泛黄,衣冠楚楚。离近了细瞧却比陆玉河苍老,生机衰弱。幸好平军中午来为我烧了两壶开水,我为他们沏上茶。

"要是真把傻子憋死,你这当队长的怎么交代!"傻子也是生命,郭颢惊奇他的工人们没事干竟开这样的玩笑。

他们很有兴趣地谈论这个傻小子,人比动物更残酷的地方就是喜欢拿有毛病的同类寻开心。郭颢也许是在找话说,看我烧水沏茶出出进进,不愿冷淡陆师傅。我不大相信他刚才说的话,这位建筑设计院富有才华的工程师像我一样忙,没有闲心和闲工夫在大街上看热闹。他找我也许有什么事情。我们关系很深,却很少见面,一见面不用一句虚词就可谈得很投缘、很深刻。我同他的关系跟我同老陆的关系无法相比,不是一种性质。其实,我们相识的时间不算长,只因为他的夫人沈丹实是我的同事才彼此相识,平时也很少来往,但彼此相知甚厚。

"现在这些年轻人,见了傻子要不戏弄个够,就浑身痒痒得难受。他也有一样儿不傻,就是老想要女人,你们说怪不怪? 他对女人的事倒知道不少。"

我想起中性的表大爷周如清,小的时候也是这种谁见了都禁不住要拿他耍笑一番的角色。正常人要不要笑他仿佛是一种罪过。

陆玉河是老江湖,无论在什么场合也不会冷淡自己,更不让别人

冷淡自己或嫌弃自己。他端起眼前那杯滚热的茶水,吸溜吸溜眨眼工夫下去大半杯:

"我不影响你们谈正事,喝完这杯茶,抽完这根烟我就走。"

我笑了:"沉住气,别把上膛烫坏了!"

用暖壶再把他的茶杯斟满。他也没有拒绝,显然是口渴了:

"别人不知道我的嘴是怎么一回事,情有可原,你还不了解老哥吗?别说是一杯热茶,我打赌吃过一斤热饺子。锅烧得滚开,从锅里捞一个我吃一个,而且是嚼烂了往下咽。一斤饺子下肚舒舒服服,什么事也没有。另一个打赌的用热饺子蘸凉水,囫囵个往下吞,下得痛快,到胃里可开了锅,活活给烫死了!"

"你是铁嘴钢牙铜舌头!"

他的故事都有点玄。他吃东西的痛快劲我是见过的,不论好吃的难吃的到他嘴里都格外香甜,令人馋涎欲滴。他连喝凉水看上去也是有滋有味,就像他活得有滋有味、乐乐呵呵一样。他把烟头丢进煤炉子,扬脖喝干了杯子里的水,嘴里嚼着茶叶走了。像来的时候一样急,一样突然。不从后边仔细看,发觉不了他腿有毛病。

"真是痛快人,活得简单而快乐!"郭颢发出奇怪的感叹。房间里没有外人,不必出于礼貌做出某种样子应酬。他神色灰暗,眼睛淡然无光,窄而长的脸愈发像一条刀背。"治国,在陆师傅面前,你还有知识分子的优越感吗?"

"他教过我气功……你自己怎么啦?碰上不顺心的事啦?"

"还用碰吗,根本就没有顺心的事!"

一个人在生活中不可能什么都得到,他太贪心,所以快乐就少。和他相比我算结实的了,他不喜欢别人跟他谈病、谈身体。他从大衣口袋里拿出一卷纸,顺势脱掉大衣放到床上。打开纸卷是两张图:"你喜欢哪一个?"

"这是什么?雕塑?"我第一眼的感觉是喜欢那个怪异的东西,它令我骇然、愕然,通过视线的导索轰击我的智慧和情感。横看竖看它什么都不像,你心里想什么横看竖看它就像什么。忽而像两个巨大的缺筋少肉的头重脚轻的"人"字,绞缠在一起,粗头笨脑直撞霄汉。再仔细看又不像"人"字,倒像一对活生生的男女,似极度愤怒、极度痛苦,也许是非常安详、无比快乐。天压下来,地托起来,如闪电,似大火……鬼知道它是什么,但我还是喜欢它。

另一张图则比较好理解,亚赛一个很大的空心坟,底部雕着工农兵抗震救灾的画面。郭颢解释说:

"今年七月是大地震十周年,市里叫我们院设计一个抗震纪念碑。院长又把这个活儿交给了我。你猜,头头们相中了哪一个?"

我略一思索:"当然是第二个了。"

"不错。"他忽然挑起眼睛尖锐地盯着我,"你怎么知道,莫非你也喜欢第二个设计?"

"你的心血全下在第一个方案上了,看得出它是你的得意作品。如果头头相中了它你就不会这样问我,也不会这么垂头丧气了。不过第二个也不错,是名副其实的抗震纪念碑。空心坟的构思很妙,雕刻工农兵的抗震场面过俗。第一个是地震纪念碑,地震和抗震的意思不完全一样。头头要是不选中第二个倒是奇怪了。"

老郭眼里突然有了神采,频频点头。只有用智慧去撞击智慧才能使两个男人相互倾心,才能挑起谈兴。

"上午在'七二八'广场举行纪念碑奠基仪式,你想不到发生了什么事!"

"什么事?"

"在领导讲话的时候不知从哪里一下子钻出几百个残废人,缺胳膊缺腿的,少半截身子的,把参加奠基仪式的人团团围住了。他们显然早就串联好了,越聚越多,范围圈不断加厚。挂拐的、扶着木凳子当腿的、坐轮椅的、被别人背着的,像从前线退下来的伤兵从四面八方潮涌到广场上。带着怨恨,带着伤痛,带着一脑门子官司……真不敢想象,我们这座不算大的城市里竟藏着这么多伤残人!我知道大地震伤亡了几十万人,也知道几十万是个大数字。但大到什么程度,缺乏深刻、形象的感受。残废人成群结队给正常人以恐怖感、压迫感。我原以为这些大地震的受害者是自愿来参加抗震纪念碑奠基仪式的,谁知仪式结束以后他们仍然不散开,不放市里领导出去。要求解决他们的吃饭问题、就业问题。还有人大叫大喊与其建个没用的碑,还不如拿这笔钱救济伤残人。最后,警察好说歹说他们才让开一条路让参加奠基的人离去。但他们仍留在广场要静坐一天。你说,不论领导选中了我的哪种设计,又有多少实际意义呢?"

我受了他情绪的感染,仿佛也感受到残疾人强烈的不满情绪充塞了"七二八"广场——那里原是最繁华的市中心,大楼最多,被"七二八"大地震荡为平地。震后没有财力恢复城市昔日的风采,打扫一下便成了一个大广场。当你痛切地感受到人类存在的悲剧,再想象那个抗震纪念碑,简直就是广场上的一个肉瘤!我不想掩饰自己的这种感觉:

"你设计了这个纪念碑,后人是感激你呢——像美国人感激自由女神像的设计者和法国人感激埃菲尔铁塔的设计者一样,还是指责你?"

"当然是后者!"

"你就为这个不痛快?"

"不,为家里的事……"

我不再追问。尊重朋友就不该打听他不想说的家庭私事。我为他洗水果想岔开话题。他却不敢吃:

"不行,我怕凉。"

他可以长篇大论地夸夸其谈,也可以突然就一声不响了。他沉默起来像个严肃的和尚。眼圈沉重,带着劳累过度的痕迹。我还是看出了他藏在稳重风度后面的懊恼和忧虑。

让他一个人静坐,我去做饭,他并不阻拦。有朋友来我也有了下厨的责任和兴趣。鱼、肉、鸡之类的罐头全有,打开一加热就行了。土豆、白菜、胡萝卜外加一碟油炸花生豆。热气腾腾摆了一小桌,斟上我们都喜欢喝的五粮液。不管他感觉如何,我可是饿坏了。这样的朋友用不着谦让,大口吃菜,量力喝酒。郭颢渐渐地脸泛红色,有了生气。

"我看你这种生活更好,天马行空,独往独来,少了许多烦恼和责任。"

"也少了许多快乐和舒服。上午给高群生看病昏倒,中午回来只吃了两块点心,喝了一杯麦乳精。"

"你比我还强,我这有妻子儿女的,中午气得滴水未沾。要不是碰见陆师傅灵机一动想到你这儿来散散心,就回办公室茶水就面包了。"

他像一棵病秧子,连头发上都挂锈,还这么大火气。他找我来有事的时候不多,有话要说的时候多:

"伤残人算什么?丢了大腿比丢了智力要幸运得多。我的儿子才是真正废了,四肢发达,智力出了毛病!没考上大学就够丢人的了,你看看周围的同事,这个人的孩子出国留学去了,那个人的儿子考上了研究生,像我们这样的人,儿子居然连大学也考不上!托人走门子费了好大劲才给他找了个补习的地方,今天我才知道他根本没去。用应该缴学费的那一百五十元,烫头发、抽好烟,买了一身标明自己智力低下的时髦衣服。你说我的儿子怎么会变成这副德性?沈丹实的脾气你知道,爱管别人的闲事唯独管不好自己家里的事……"

喝酒不能生气。生气喝酒酒如同毒药。为了换换气氛,驱散他堆在额头的烦闷,我打开电视机。又是港台音乐会之类的玩意儿,剧场里充满喧嚣。一女歌星走上台来,身着蝉翼般的薄裙子,肌肤皆露,甜媚浮艳,向观众倾倒性感。前排一群青年人大放眼色,高喊:

"把户口迁到我们这儿来吧!"

"谢谢!"女星操着广东腔挑逗观众,"大家喜欢快节奏的还是慢节奏的?"

观众高喊:"要邪乎的!"

于是女星声嘶力竭地唱起了"邪乎"的流行歌曲,边唱边走下台子与观众握手。青年们更加放肆,挤到前面伸着手叫喊:

"姐姐,别着凉!"

连郭颢也禁不住哈哈笑了。

她或者提前三五分钟下班,或者错后一会儿出来,反正当她通过学校大门口的时候总是最清静,常常只有她一个人。那不过是几十秒钟的事情,有心把握几十秒钟的空当并不是很容易的事情。

这又为什么呢?

就因为姚克宗推着自行车在大门外等她吗?她收留了这个没家没业的小流氓,差不多轰动了全市,没有什么可背人的东西,更无必要隐瞒这种关系。她和丈夫杨康光明磊落,一片恻隐之心。这主要还是杨康的主意,他曾当过两年政教主任,学雷锋的积极性更高些,也和姚克宗死去的父亲有过一点交往。当然关键还是她同意背上这个包袱。她比姚克宗大二十四岁,当他的母亲都有富余。他愿意用自行车天天驮着她上下班又有什么不可呢?

他要报答她和杨康的恩情,他们给了他一个从未享受过的和睦舒适的家,还给他在街道工厂里找了个临时工作,拉着板车送货。她不图他的报答,但看到他良知未泯,通情达理,她感到宽慰。她爱激动也容易被感动。为什么要拂他的好意?让他感到失望。如果拒绝他种种过火的报答行为,就好像他们仍旧不信任他,拿他当外人。"如果我是您的儿子您还会拒绝吗?"——这好像是雷锋式的语言,从一个劳教释放犯嘴里说出来,她一点也没有感到肉麻。因为他说得真诚:"虽然道儿不算远,您步行也得二十分钟,坐汽车还得绕个大圈子。我有力气有时间,您不叫我多干点事,闲工夫一多又去惹是生非怎么办?"

他说得有理,就当他是自己的儿子。她正缺个儿子。

姚克宗站在学校旁边的商店门口等她。这里人多眼杂,没人注意他。冬日的阳光苍白无力,即便中午也感觉不出它的热度。风不大,但呜呜有声,像刀片一样冷飕飕的。他不戴帽子,没穿棉衣,上边毛衣,下边是蓝吧拉叽白吧拉叽旧吧拉叽的牛仔裤,紧绷绷箍出两条粗壮的大腿,上端顶着一个浑圆的屁股。他虽然穿得单薄,但不觉得冷,别人看着他也觉得他不冷,已经发育成熟的肢体火力旺盛,强壮得浑身冒火。脸上长了不少疙瘩,好像有劲没处使憋得难受。眼睛细小,但异常尖锐,像兔子一样躲躲闪闪。留着长发,已经抹掉了被劳动教养过的痕迹。几个月来他每天接送冯燕玫两个来回,估计她快下班了就提前来这里守候。她帮了他或者叫救了他。但不管治他,从不唠唠叨叨,也不要求他的感激。他工作以后每月发了工资都如数交给冯燕玫,他想至少应该缴自己的饭费。她拿出二三十元给他零花,其余的钱用他的名字存到银行里,说是为他将来找对象结婚做准备。存折就放在他们家放钱的那个抽屉里,并不瞒他,他也可以开那个抽屉,她还告诉他零用钱不够自己拿,不拿他当外人。到底是知识分子,他感激他们,更尊重他们。

冯燕玫穿着米色羽绒衣,紫色羊毛围巾连脑袋带脖子围了个严严实实,只露出两个眼睛:

"你又穿这么少,感冒了怎么办?"

"我一点都不冷。"

他骑上自行车,她很利索地坐到后车架上,双双拐进了僻静的胡同。刚开始的时候她坐在后边总有点害怕,现在对他的力气和骑车的技术已经完全信赖了,觉得很自在。这也是一种专车,一种更自由、更惬意的专车。记者的耳朵像狗鼻子一样灵,他们在这件事上做文章,并不单是为了她和杨康,更多的是为了他们自己出名或拿什么奖励。舆论闹得太大只会让她感到恶心!她可不想出这么大风头,已经出了风头就变成一种约束力。约束姚克宗不要旧病复发,约束她和杨康必须负责到姚克宗成家立业了才算完成任务。

"上午拉了几趟?"

"一趟。"

"你想不想上夜校?"

姚克宗犹豫了一下:"我听您的。"

冯燕玫心里笑了,感到暖暖的。他是个很有主意的小伙子,现在却学会了说听她的。看来真是白捡了一个儿子。他不仅能替她干许多事情,还给她这个没有男孩的家庭添了一股兴旺的气象——买煤有人了,买菜有人了,水管子坏了、电灯坏了等等有了需要修修弄弄的事不再求人了。左邻右舍对她客气了,连楼上那户蛮不讲理的没有丝毫公共道德的人家也不再在屋子里劈柴了,不再叽里咣啷天天在她的头顶上闹地震了。连门口副食店的售货员对她也恭敬了。十五岁的女儿不孤单了,野小子们不敢再欺侮她了。她做梦也没有想到收留一个小流氓还会有这样的好处,姚克宗能避邪!神鬼怕恶,人更是如此。恶比善对当今社会有更大的协调能力,因为恶有威胁力,现代人是多么崇拜霸道。她跟杨康是一对老实善良的夫妇,在一个有劣迹的年轻人的保护下少受许多闲气,岂不滑天下之大稽!不,认为这件事滑稽的人才是滑天下之大稽。

车轱辘轧上一块木板颠了一下,她突然抱住他的后腰。她一阵心跳,这结实的脊背是陌生的。他毕竟不是她的儿子。又不敢马上松开,怕他多心,使两个人都不自然。过了一会儿她刚想松开胳膊,自行车又颠了一下。往常他骑车很稳,今天是怎么啦?她没有问他,坚决地松开搂抱他的胳膊,双手紧紧抓住了车座底下的弹簧。

我供奉周如清灵位,不全因为他是表大爷。他是我心里的神明。现在我身上的本事一多半是他教的,一少半是医科大学教的。每当我医道上遇到难题,夜深人静,洗漱干净,就可以跟他对话,接受他的开导。不知为什么我们爷俩从一见面就心思相通。在我很小的时候曾不止一次和表大爷进行过这样的对话:

"人为什么要种地?"

"打粮食。"

"打粮食干什么?"

"吃。"

"吃了干什么?"

"拉。"

"拉出来干什么?"

"上地。"

"上地干什么?"

"打粮食。"

"打粮食干什么？"

……

又转回来了。大人都会兜圈子。表大爷怪模怪样地看着我,他的眼睛像烂桃,红吧拉叽,黏黏糊糊。人们都喊他"二尾子"。很久以后我才知道"二尾子"就是中性人,先天生殖器畸形,一天到晚啦啦尿,裤裆总是湿漉漉的,老远就闻到一股臊气味儿。脸上常年挂着鼻涕眼泪,目光离奇古怪,谁见了都躲得远远的。他只好成天去随一个敲着大镲串乡化缘的老道,那老道边化缘边给人扎针治病。表大爷就跟着他学认字,学治病。多少年以后那老道死了,表大爷就成了我们那一方的土地爷。没有人再敢叫他"二尾子",唯有我不怕他,像他追随老道一样我又成了他的小尾巴。他早早地就教我这个还不到上学年龄的小毛孩子念书识字。我最早学会唱的两首歌就是他教的《汤头歌》和《穴位歌》。他也是唯一对我那些没完没了的问题回答得最有耐性的大人。他一辈子没娶媳妇,但也需要有个说话的伴儿,这个伴儿就是我。我是家里唯一跟他说话最多的人,他也是家里唯一跟我说话最多的人。爸爸对我的刨根问底一烦了就回答一巴掌:"滚一边子去!"

对表大爷有什么话都敢问:

"鸡屁屁为什么那么亮？"

"它专门胡弄小孩子,因为它又亮又好看,小孩子都想摸摸它。"

胡弄我？我不信。在所有动物拉出的屎中,唯有鸡屁屁最好看,我真想摸摸它。我摸过牛粪、羊粪、驴粪、大粪。于是也怀着一种奇异的兴奋去摸鸡屎。一摸摸了一手,黏糊糊,臭烘烘。它亮闪闪果然是引诱我上当。

表大爷用蓝缎子袄袖擦掉一挂鼻涕,笑了,嘴像开花的肉包子。他的两个袄袖被鼻涕浆抹得像瓦片一样硬邦邦、亮闪闪。就朝这一点我就不像别人那样怕他,敢跟他犟嘴。

"表大爷,你是人呀还是黑仙？"

"跟你说话的时候是人,给别人看病的时候就是黑仙。"

村东有座凶庙,一年到头庙门紧闭。传说里面有个大黑蛇精,没

63

人敢进去。村里有几个坏小子想要笑表大爷，约好半夜三更去爬黑仙庙，谁临阵怯逃谁就是"二尾子"。待表大爷爬上庙墙，那几个小子一哄而散，他一个人跳进了大庙。第二天就是一年一度的大庙会，早晨村里人到庙前看热闹，还有许多外村人来烧香求药，见庙门上挂着表大爷的裤腰带，立刻众说纷纭，有的猜吉，有的猜凶。那几个打赌的小子也吓坏了，真的闹出人命也不是玩儿的。日上三竿，表大爷才从庙里大摇大摆地走出来，道貌岸然，像换了一个人。就在庙前摆摊治病，并声称他自己不会看病，是黑仙给大伙看病。长长的黑大褂飘飘甩甩的袄袖，俨然是黑仙转世，谁也看不清他手里握着一根什么针。取穴准，下针深，果然是治一个好一个。立刻轰动四乡八里，给他烧香的也有，磕头的也有。他白天看病，晚上进庙安歇。半个月的庙会结束了他也被捧成了仙人。这才是大智若愚。装疯卖傻，积蓄力量，时机成熟，一举成功。待到人们识破了黑仙治病的神话，却已经无法不相信他高明的医道了！

多灾多难的肉体凡胎，挤破门口找表大爷看病，包括一些长得挺俊的大姑娘小媳妇。他脸上的表情仍然还是那拒人于千里之外，鼻涕眼泪可是少多了，裤裆也不再是湿的。即便还有臊味，也带着一股仙气，非凡间俗物可比。他身上所有那些遭人嫌恶的毛病都变成了不同凡响的标志！

活到八十七岁，他的肉体还给了大自然。精气神却还跟着我，呵护着我。

我有难以决定的事，就向他请教：

"表大爷，假如你是我，遇到了眼前这种非要害己才能救人的问题怎么办？"

"傻小子，你治病太认真了。"

"救死扶伤，性命攸关，不认真怎么行？你当初给人看病不认真吗？"

"认真得要搭上自己的性命算不得是高明的医生。以己之命救人之命，以己之劳养他人之逸，恐难长久。"

"怎么办呢?"

"你每天看的病人太多,该用一根小手指的时候你使全身的力气。该用嘴的时候你用心。该用药石你用精血。该简单的你复杂。滥施医道,浪费真气,并非都是舍命救人,实乃成名之心过切!"

"你每天治的病人更多,多的时候达到六七十个,怎么解释?"

"傻小子,你真笨,你还没有成精,怎能跟我比!这时的病人跟那时的病人怎么能比?现在的社会跟那时的社会怎么能比?眼下的城市跟过去的农村怎么能比?人心怎么能比?空气怎么能比?土地怎么能比……"

如醍醐灌顶。他自己身体有残也喜欢把我看成是"傻小子"。我并不怪他。

学会傻,才算学到家了。

我每次吃亏上当,都不是因为想学傻,而是认为自己精,自己有本事。事后才明白是假精明真吃亏。

学傻——想必是做人做到了炉火纯青的境界……

壬　申

新闻天天有,今天又不同,公用医院的三个巨头——正副院长外加助理在捏咕评职称的事儿。怪不得有股搞运动的气味,和尚、沙弥、火居道士都拉开了架势,大锅粥不抢白不抢!

不错。沈丹实讲了"上边"对评职称的种种要求:

"第一步,我们院先得成立职称评定领导小组……"

汪治国首先想到这个领导小组的组长一定得让她当。他自己倒不是怕得罪人,实在是从心里发怵。评职称、分房子、调工资,不亚于过去搞的"阶级斗争"。当时人们嘴上都说阶级斗净争复杂的,搞起来其实倒简单。轰轰烈烈一边倒、一股风向,谁敢乍刺儿就是"螳臂挡车"。哪有现在这种新运动更激烈、更复杂、更难搞?何况公用医院在业务上归卫生局领导,人事关系由公用公司领导,能管你的不爱你,爱你的管不着你(公用医院有人爱吗? 一较真他并无把握),必然严格卡你,少给你指标,处处刁难。如今难得碰上父母官,倒是处处有后娘。想起这些事汪治国就头皮发麻!

沈丹实摆弄着手里的一沓文件,有中央的、省的、市的,扼要地介绍了文件中对自己医院有用的东西,条理清楚地对照文件分析了公用医院的情况。她对医院的情况如此熟悉,比较起来也算德高望重,这一摊子工作由她抓再合适不过了。她似乎已经吃透了文件,而汪治国无论如何也不会下工夫啃这些东西的。在医院里沈丹实也属于"业务尖子"一类的人物,身上有一种神秘色彩,她知道许多别人的隐秘(处在她的地位想不听这些隐秘也不行),正像汪治国的耳朵也会不时地要塞进去一些闲话一样。别人却很少了解她,甚至与她共事多年的人还不知道她住在哪里,家里都有什么人。没人见她跟病人或手下的医护人员发过脾气,也没人见她畅快地大笑过。和蔼的严厉,不容犯规的亲切,总能给人以权威的感觉。谁都会相信她的智慧像她的外表一样稳重可靠。也许是那副红框眼镜帮了她的忙,一种深沉的持重美,显得医术不凡,人们愿意信赖她。

汪治国敬重她,两人能够在同一个层次上对话。三年来配合得不错,从不因意见不合争吵得脸红。当然还有郭颢那层关系制约着汪治国。实际上沈丹实的行政领导能力、组织才干也比他强。

平军听得心里毛咕了:

"二位院长,听这意思不在业务岗位上的人这次评职称就有点悬了!我明天就回放射科,请你们找别人来当助理吧。"

"你看,别人还没争你倒先闹起来了。"汪治国瞪他一眼。

"你别瞪眼,这是大事,要跟工资挂钩。我是正经八百的大夫,因为给你们当助理评不上医师多冤哪!"

两位院长为难地对视无对策。平军说的是老实话。他们心里也没有底,刚才还嘀咕自己能评个什么呢?相当于教授级的主任医师不敢奢望,不是自知能力和成果不够,而是多次深刻领教过的中国国情和多年积累的参加运动的经验,不敢想得太好。根据贡献评副主任医师绰绰有余,但考核资历却不一定没有问题。如果评个普通医师那就太亏了……自己尚且如此又怎么替平军打保票呢?大家都是这么好的同事,关系又是上下级,下级喊冤叫板,上级多么尴尬……

在这方面沈丹实的脑瓜比汪治国来得快:

"平大夫,你说我跟院长有资格参加职称评选吗?"

"你们二位是手拿把攥,到时候可别只丢下我一个人!"

"既然院长是业务领导,你这院长助理是行政干部还是业务干部?"

平军多机灵,立刻领悟了:

"当然是业务干部。"

"是业务干部就有资格参加评选。"

"沈大夫,有您这句话我就放心了!"

平军高兴,汪治国也松了口气:

"沈大夫,这个职称领导小组的组长得你来干。"

"不行,文件规定组长必须由每个单位的业务领导担任。"

"你也是。"

"我是副的,工作可以做,组长的名义还得你挂。"

沈丹实精明透彻,话也跟得上去。在这些事情上汪治国向来听她跟平军的。

正事谈完了。平军谈起轻松的小道消息想换换空气。

"你们听说没有,昨天全市的残废人在广场闹事……"

汪治国知道原委,是郭颢告诉他的。奇怪的是这消息让沈丹实感到震惊和新奇,甚至连抗震纪念碑奠基的事她也不知道。老郭会不告诉她? 这两口子到底是怎么回事?

"治国,你知道我想什么吗?"平军又露出自鸣得意的仿佛是智高一筹的狗头军师相,"眼前有个赚钱的好机会。你知道各大学全都纷纷开办各式各样的自费班,为什么? 捞钱。官价是一张大专文凭可卖四千元,一张本科文凭一万元。各地的气功协会、作家协会、出版社、杂志社、电台、报社、群众组织争先恐后地举办这个班,那个讲座,为什么? 捞钱! 各中学都办升学补习班,有的班朝一个学生张口就要三百六,有的要五百,是不是培养人才谁也说不清,反正先赚一笔钱再说。可是有一种最赚钱的班,谁也没有想到——残疾人职业培训班!"

"赚残疾人的钱你不觉得缺德?"沈丹实问。

"正相反,是积德。胜造七级浮屠。教他们技术,代谋职业,指给一条生路,找他们收多少钱他们都乐意。我们不学正式大学把竹杠敲得那么狠。取中学收费标准的平均数,每人四百元,不算多吧? 十个四千,一百个四万,开它四个班收二百个学生,收入八万元。印讲义、请老师、杂七杂八的活动最多花去四万元,还净剩四万元!"

平军的神态好像钱票子已经到手了。这家伙既精明又敏感,有时还会装蒜。

"会有那么多残疾青年来报名吗?"

沈丹实似乎真的动心了。这年头谁跟钱也没有仇。公用医院穷得叮当响,四万元可不是小数目。汪治国的心大动了,却一声不吭,只默默地听着。他的智慧过度严谨,审慎内向,横溢的才气常常被深邃的沉默吞没。

"这您就别管了,我有办法叫这个培训班人多得关不上门。你知道全国有多少残疾人吗?"

"多少?"看来医生都是只关心某个具体的人,对笼统的概念很模糊。

"五千万!"

"五千万是多少?"

"差不多相当于七十个我们这样的城市,比全国的党员还多!"

他的联想奇特,怎么会把残疾人跟共产党连在一起。

"那又怎样?"

"还说怎样,证明我们这个培训班前途无量,财源茂盛达三江。"

又是钱。这好像是他看世界的唯一角度。

"你说得这么好,在哪儿办呢?"

"咳,好房子没有,抗震棚有的是。把前边那排棚子一收拾就是很好的教室。"

"就这么定了!"汪治国站起来,表现出少有的决断,"牌子叫残疾人职业学校,不为赚钱,正像你说的积德行善。再仔细测算一下,把学费压低,把收来的钱用到学生身上,只要不赔本就行。先开两个医科班,大部分课程我们自己就能讲授,个别课程请医学院的老师来讲。将来把我们的医院办成一个康复医院,就有了自己的特色,也可跟市里的其他大医院抗衡。比现在这样跟在人家后边跑强得多……"

平军设想的那一套走了样儿。汪治国哪有经济头脑,按他的主意办岂不是赔本赚吆喝? 愈是这种呆子愈有自己的铁主意。他若是已经拿准了主意,平军也没有办法。

自行车的轱辘不蹬自转,轻飘飘如一叶小船,载着我在河面上悠悠荡荡。阳光冷飕飕的,天净如洗。我不紧急,被大流挟裹其中,缓缓向前流动,大流的方向正是我的方向,安然惬意。因为我知道自己并非凡俗。用一种宽容的旁观者的还有几分居高临下的目光浏览着人群大流——一片活跃的铁灰色,偶尔翻起几簇花花绿绿的水泡,一闪而逝,最后都被铁灰色吞没。沉重的骚动,浮躁的生机,可爱而又可怕。每个人都试图驾驭它利用它,而又瞧不起它。我虽心在俗外,却愿置身俗中。办残疾人学校的消息传开,医院里说什么话的都有,我同样也被挟裹在一个浑浊的人欲的大流里,身不由己地向前飘游。医院的秩序肯定有点紊乱了,大家正按照我的指示把前面一排抗震棚腾出来——其实就是简易平房。这破棚子平常有人出出进进还像排房子,一旦把东西搬出来,人去屋空,简直不像样子。残疾人住残疾房,会不会让人误解为一堆破烂配破烂一堆?管它呢,重要的是先把牌子戳起来。也许正像有人挖苦的那样,我是被院长的权力烧昏了头?当官的哪有不办蠢事的。人不变权权变人。心里犹豫也打不了退堂鼓了,开弓没有回头箭,眼下不是计算得失的时候。反正我已经告别了从前那种恬静、宁和、忙而不乱、目标专一的境界。

我拢不住自己的思想就像拢不住这两条腿一样,身上的细胞格外活跃。但愿自己的编码程序不要紊乱。谁知道呢,文明史上许多伟大的思想都是在一瞬间偶然产生的。单身男人的生活就应该不断有变化、有刺激,否则我真要躺在惠英的遗像底下了!

人道的概念首先是要有具体的人构成的。人有残疾还是人,不等于降格成为动物,同样有生存的权利和就业的权利。哎?眼下要真是有一头像人一般大的动物,说不定比人更有生存的权利。民政局应该是个慈善机构——中国没有"慈善机构"这个部门。勉强可以叫做人道单位。残疾人职业学校理应由他们办。他们不办我来办,我是在帮他们的忙,他们倒拿捏着架子,酸溜溜的。那个不冷不热地撇着蹩脚官腔的李局长,领导着几个呆板僵硬的家伙,怎么看也不像是一个做善事的机构。麻木是现代人的流行病,他们看着我的目光让我感到自己是外星人。我并不企图获得民政局行动上和物质上的支持,尽管他们应该生产道义。就连这廉价的道义支持也不肯给我! 我又何苦呢? 受人冷遇,遭人白眼,对别人也许不算什么,我可受不了。我什么时候吃过这个! 非是我不善辞令,只是不愿低三下四说求人的话。以前我也曾是小神仙式的人物,不怕碰撞。那时我一无所有,我却什么都有;现在名利都有一点了,却常常处于一无所有的境地。我不善交际,特别不习惯处在一种被动的对人有所求的地位上去搞什么"外交活动",实际是内交活动。我应该是被人求的,为什么变得要经常去求人? 沈丹实留在医院里守摊儿。平军算得上是医院的"外交家"了,跑教育局也碰上了钉子,得到的答复是教育局对我们的残疾人职业学校不反对也不承认。他们不承认就等于我们的学生毕业后不能获得国家的承认。当今社会风气是重文凭不重真才实学,学历不被承认岂不等于白学,人家花钱买的是文凭,文凭是就业的敲门砖。我脑袋一热,自信办医科班不会误人子弟,哪知道办个学校竟会这么难。办什么事不难呢?

不好,信号灯突然变红,我急忙下车,碰上了紧跟在我身后的一辆十分漂亮的蓝色坤车,车把一晃连同它的主人一块摔倒了。花团锦簇,像碰到了一个时装模特。我支好自己的自行车,正想说句道歉的话把人家扶起来,想不到她手扶着地就骂上了:

"你没长眼哪? 你去打听打听,姑奶奶什么时候摔过跤!"

"对不起"三个字到了我嘴边又卡住了,被骂傻了,不知该怎么办。

后边人催促:"快起来,别挡着道儿!"

我帮她扶起自行车,车子并未摔坏。问她:"你摔着没有? 要不要到医院检查一下?"

我不怕去医院,也不怕她装病赖我。她却不领情继续撒泼:

"你会骑车吗? 不会骑车别到马路上来!"

她好像没有摔伤,甚至没有摔疼,不然就没有劲头吵架。看热闹的人越围越多,她赖在地上不起来,我也走不了,十分尴尬。

"这货!"——这声音是从我身边的岗楼里发出来的,里面坐着个年轻的民警。那口气显然不是责怪我这个肇事者。

姑娘一跃而起,冲到岗楼跟前,气势汹汹冲着那民警质问:

"你说谁? 什么叫'这货'!"

民警还真被问住了。"这货"是一句骂人的粗话,称你是"这货",就说明你不是好货,更不是人。

看热闹的人起哄:"对,叫他说,什么叫'这货'!"

姑娘愈发得理不让人:

"今天你不说清楚咱就没完,在家里跟你娘跟你姐姐妹妹也这样说话吗?"

马路上的闲人们又一阵欢呼:

"对,没完!"

民警脸红脖子粗,被逼得张口结舌。没人再管我这个当事人。我不知该溜走,还是该留下来……

一个老警察喝开围观者走到姑娘跟前,脸上挂着笑,慢条斯理:

"你不是问什么叫'这货'吗? 汽车跟汽车相撞叫大祸,自行车相撞为小祸,你躺在地上不起来妨碍交通,是险兆事故,就叫这祸!"

看热闹的人又倒向警察,哄那女郎:

"对,她就是这货!"

"这货!"

姑娘语塞。老警察却不放过她:

"懂了吗?"

"懂了。"

"懂了就好,你违犯交通规则,自行车先留下,回单位开证明,明天到交通队去取!"

姑娘灰灰地走了,群众还在哄笑:

"这货,真是自找倒霉!"

我开始同情这姑娘,真想把自己的自行车让给她,又怕再挨她的骂。她现在肚里的火气肯定比刚才还要大。

我重新加入人和车的大流。人骑车,车挤人。前面无路,发生碰撞,产生一条裂缝。裂缝就是路。大家又继续往前流动,于是裂缝弥合,大流阻塞,再发生新的碰撞。裂缝又出现,又可以前进。不断地碰撞和摩擦,前面总是有希望。大家目标不同,动机不一样,却挤在一块并朝着一个方向流动。东挤西挤,总会让你达到目的地。我看见卫生局的大楼了,双腿不再轻巧有力,自行车变得沉重了,我突然对自己的使命失去了信心。教育局不发文凭,如果残疾学生毕业后能得到卫生局颁发的行医执照,比文凭更有用。有了执照就有了饭碗,也不枉是"职业学校"。倘若卫生局也像教育局一样毫无同情心呢?刚才那个被称做"这货"的姑娘或者那个老警察若是我,一定能办得成。我习惯于被人求而不习惯于求人。而且大地震之后我讨厌走进任何一幢楼房。似乎因大难不死而得了恐楼症。

对痛苦最没有记性的就是人。动物在一个地方吃了亏都会迅速逃离那个地方,再遇到类似的不吉祥的标志也会远远绕开。大地震把建设了几十、几百年的新旧楼房全撂倒了,包括几座固若金汤的号称能抗八级地震的现代大厦。很快新的楼房又盖起来了,仍旧如堆积木,墙壁像残疾人的木拐那么单薄。也许还不如旧楼结实。如今建造这些危险大楼的人有许多都是在当年的大地震中捡了一条命,再次为自己和自己的后人埋下祸根。我为此曾请教过郭颢,他的解释是中国老百姓讲究不起,对付着有个窝住就不错了。严重地相互欺骗造成恶性大循环。造汽车的糊弄开汽车的,开汽车的糊弄坐汽车的,坐汽车的又去糊弄造汽车的,造汽车的也得坐汽车。大家骗来骗去,最后谁也没得到便宜。有的建筑工人故意往烟筒眼儿里丢砖头塞鸡毛,带着一股怨恨。反正自己住不上这大楼,让那些有福分住这所楼的人都被煤气熏死或者有一天再天摇地晃时砸死吧!不一定是恶毒,只是一种普遍的不负责任和对无可奈何的生活的一种发泄。

倘若不是我决定办这个残疾人学校,自己对这个学校负有不可推卸的责任,是不会轻易走进这座卫生局大楼的。硬着头皮走进来也心存惕惧,总疑心那钢筋水泥浇筑的大拐随时会砸下来!结果还是砸下来了——木拐似的脸,木拐般的神情,连伸给我的手也像木头一样没有温度。楼里阴沉的手也没有温度,像木头做的假手。楼里阴沉沉,一切都是冰冷的,没有生命,不怕任何病毒侵染。不愧是卫生局,果真是个最干净最卫生的地方。这个最干净最卫生的大楼死沉死沉地压住我胸口。我越是急于想摆脱它,越找不着能解决我的问题的门口和神灵。串了一个屋又一个屋,问了一个人又一个人。我这个三流医院的院长只适合在简易平房里发号施令,要想做这样一幢楼房的主人就得当局长。

总算碰到了愿意管事的人。他怪模怪样地打量我,森森黄板牙,挂着烟丝、饭渣,厚嘴唇兜不住过多的口水,湿漉漉肮脏而又结实。我总感到那张嘴是个巨大的陷阱。"你这事好办,求到我算你找对门了!"他相貌可怖,办事倒痛快。几乎没有认真看我的介绍信,就拉开抽屉拿出了卫生局的公章,我长出一口气。那象征权力的木头疙瘩却停在了空中:

"我听说你们的校舍太不像样子了。你这样的大夫教出来的学生错不了,但学校总要像个学校的样子。这样吧,我找几个人给你们整修一下,你出两万块钱的劳务费。"

我吓了一跳:

"我们是办残疾人学校,不是开宾馆,用不着太讲究。我们自己已经把办学用的房子打扫干净,也做了必要的修饰和美化,我看可以了。"

"你们干这个不行,我手底下有个私人承包的小装修队,绝对靠得住。"

我明白了,他利用职权给包工队揽活。包工队当然也不会亏待他。这个残疾人学校是我脑袋一热的产物,至于为什么我突然对残疾人的事热情高涨,连我自己也不清楚。也许因为我的医术是残疾人教的,我有义务再把它还给残疾人。到目前为止还没有一分钱的经费,我原想这个学校也花不了多少钱,讲课基本上靠自己,学生在本医院临床实习,还有什么地方花钱呢?原来花钱的地方很多,我都没想到。还没有干什么事情先不得不考虑钱的问题,我替自己叫屈。幸好碰上了痛快人,直来直去地要钱,让我心里明白,长了见识。刚才那些绕弯子拒不接待我的人也许是因为无利可图。他以为我是借残疾人发财吗？看他的样子是认真的，两万元从他黏糊糊的嘴里吐出来就像是两元、二十元那样轻巧。连他咧嘴一笑都让我感到碰上了一头食肉动物。也许平军是对的，你办一件事情是为了赚钱，光明正大，大家都能理解，别人想来分一杯羹也是正常的，你也应该理解。像我这样不是为了赚钱而办学，出于真心和善意，反而无人理解，别人分不到羹就以为我想吃独份儿的。

"怎么样？两万元不算多，到工商局买一个营业执照差不多就是这个价儿。想不到你们医生要想赚钱也很有一套。"我实实在在的愚钝，在他眼里好像是故意装傻充愣，根毛不想拔。

这是赤裸裸的交易，我没有别的选择，只能接受这笔交易。花两万元替我的几十个学生（先招收两个班，我估计至少会有八十人）每人买张行医执照，还是合算的。先不想去哪里能搞到这两万元，也不必跟他多费口舌再解释什么或进行一番我并不擅长的讨价还价。两万元没有，两千元照样也没有。反正都是没有，为什么不痛痛快快地答应呢？眼下我最需要的是卫生局的大印，让他们承认我的学校，承认我的这几个教员的医术。我真希望他立刻躺倒，我一针就能让他变成哑巴或半身瘫痪，让他尝尝当一个残废人的滋味。看他还用什么办法把自己的阔嘴涂得油腻腻的。知识分子无能，只能在心里发狠，给自己的精神上出气，事情真轮到头上又会手软。

我也算没有白跑这一趟。有损失，损失的是金钱，金钱算什么！重要的是有收获，而且是重大收获，卫生局同意了我们的教学内容，学生毕业后可得到行医证明。但我的感觉可不像刚才那么美妙了。手里没有一笔数目可观的任由自己支配的钞票，我这个院长兼校长就一钱不值。我有天大的本事也不能包打天下。如今办什么事都离不开钱，我好像刚开了点窍。既然办学校就要像个学校的样子，学生要开好几门课，还要请不少老师。请本院的医生讲课虽然好说话，也要付给一定的报酬。现在白使唤人或搞义务劳动是不可能了。还要到医学院请个正经八百的懂得教学的老师，做我们的顾问兼任解剖学的课程,不知又会给我开出一个什么价码?试试看吧。

接近中午,天色仍不开朗,浑沌的空气里带着一股土腥味,却并无风沙。太阳似有又无,清冷而凄苦,说有吧没有光芒,说没有吧又确实挂着一个浑圆的影子。愁容惨淡,仿佛得了黄疸病。我不也给自己找了一块病吗?医学院全是新房子,但没有一栋房子有精神,格调大不如前。从前那些式样不一的青砖楼房,虽是旧的、有的已经建成几十年甚至上百年了,但稳重优雅,组成一个错落有致的清静高深的高等学府。如今这一片新楼毫无出众之处,像普通居民区,像臃肿庞大的无所事事的行政机关。医学院的黄金时代过去了。找我看过病的一位副院长向我介绍了白星春。讲她是教解剖学、生理、病理最合适的人选,是医学院深受学生欢迎的讲师。绝顶聪明,其聪明甚至逼退了许多追求她的男人。可见女人不可太聪明,除非你想以男人为敌。她当初如果分配到医院里很可能会成为林巧稚式的人物。据说她至今还没有碰到一个比成功更有魅力的男人。很刻苦,自己写了不少文章也翻译了大量国外的东西。但有没有时间和兴趣到残疾人学校去兼课就很难说了,完全取决于她本人有没有兴趣和时间。听了副院长的介绍我估计残疾人对这样的人物不会有太大的吸引力。医学院也不可能动用行政命令强迫她给我的学生上课。我靠什么吸引她或动员她来给残疾学生讲授《解剖学》和《生理学》呢?

她的情况倒惹起了我的好奇心,成不成也要见她一下。今天我运气不错,不能辜负这运气。副院长派人把我领到白星春的教研室。她正要下班,眼前闪烁着一片白光。乳白色的滑雪帽,乳白色的拉毛围巾,古里古怪的我从未见过的但又不得不承认跟她的身材、容貌、肤色极其般配和谐的外衣——也许是羽绒的也许是纯毛的也许里面是裘皮的鬼知道是什么质量的。果然有点怪,这身衣服在全市恐怕也找不出第二件。冬天里,白色格外醒目,白得令我晕眩,不敢正眼瞧她。她的脸却愈益向我逼近。有股时兴的傲劲。黑黑的两只眼睛连在一起,像一条窄长的乌云,偶有闪电从云中迸出。我本能地躲避着这闪电。一股奇香钻到我身上,我又想扑向闪电。这样的老师往讲台上一站会使整个教室飘满诱人的香水味道,学生们会怎样想?可以肯定学生们会喜欢她。只有这样的同行才配得上"白衣天使"的称号。我是知道自己身上永远都有股刺鼻的药味,这药味仿佛是与生俱有的,脱光了衣服,洗完了澡,也无法除去药味。妻子曾挖苦我从一出娘胎,在骨子里就带着药性。糟糕,我又想到了惠英。亡妻一出现再看白星春,光环退去,并不是美得天上难找,地上难寻的人物,她的嘴有点大,两颊太瘦。不像我第一眼看到她时感觉的那么漂亮,那么光彩逼人。

"您找我?"白星春眼睛闪亮,充满生气,没有让座,想三言五语就把汪治国打发走。

"我们想请您讲课。"

"对不起,我没有时间。"她清晰而骄傲地说。她甚至没有兴趣打问站在她面前的人是谁,请她去讲什么课。可见这类事情很多,她已经厌烦了,不愿浪费口舌。只是出于礼貌还站在那儿,因为汪治国没有走且又堵着门口她不好丢下客人拂袖而去。

美本身就是一种优势,它构成对别人的压迫。汪治国无法保持如常的镇定,感到窘迫智短。愈是窘迫愈看她美得独特、新得惊人。不甘心就这样被她一句话把自己堵回去。卫生局的大衙门都闯过来了,白星春也算是同行,看上去还是晚辈,干吗要被她吓唬住。

"我们不会占您太多的时间,每周少则讲一次,多则讲两次。"

"每周都要讲一两次您还说占我的时间不多,那占多少才叫多呢?您好像有支配别人时间的权力!"她好厉害,语气里没有温度,更没有他。

"不敢,我当然知道时间对于您是多么宝贵。可我不想那样恭维您,因为时间对我也不是毫无价值。我所以赖在这儿不走,是觉得您给我的学生讲课不会是白浪费时间,尤其对像您这样的新派学者甚至是不无益处的。"他想杀杀她的傲气。

她面露微笑,眼前这个人不是一般的办事员,可也真有股软磨硬泡的功夫。

"这么说我得感谢您的照顾了？我能问您是谁吗？"

"对不起,叫您吓得忘记自报家门了。"聪明的谈话使他变得聪明和轻松了,"我是汪治国,公用医院的中医大夫。"

"噢,中药界的风云人物!"她特殊的机敏且有尖锐的幽默感,"有您在还用得着请别人讲课吗？"

"我们办了个残疾人职业学校,既叫学校就不能误人子弟,一开始要打下一个较为全面和牢固的基础。贵院的崔副院长推荐《解剖学》和《生理学》以您讲的最好。"他体味着一种微妙的心境,她的一双眼睛很漂亮,两手细白,嘴唇极有表现力。

"不胜荣幸,给残疾人讲课的确很新鲜。"

"他们的文化程度很可能也参差不齐,更需要有经验的老师。所以我不揣冒昧恳请您的支持。"

她又神秘地不出声地笑了,露出可爱的玩世不恭的神态,通过思想的视线仿佛洞穿了汪治国心里的一切:

"妙论,悲天悯人,堂而皇之,无懈可击。据传您的医术高超,医德高尚,怎么在拜金的潮流面前也按捺不住,干起这赚钱的行当来了？中国现在什么学校没有,官办的、私办的,为当官的办的,为想升官发财的人办的。函授、走读、进修、培训,投其所好,谁送钱来就发给谁文凭。唯独还缺个残废人学校,叫你想到了。这真是棋高一招进钱多,无本万利,还没有风险。"

有着温婉秀逸的气质,而谈吐却如此惊人地尖锐泼辣。她不同于卫生局教育处的那个俗物。让一个漂亮女人产生误解别有一番狼狈滋味!大家都不往好处想他,他又不能拨头而去,他甚至没有想到要生她的气。她说得多,暴露得也多,反而不像刚才那么神秘了。为了回答她的嘲讽,他敢正视她了——洋溢着才智的奇特的眼睛,别致的鼻子。但增加了她的骄傲的是她的嘴,略大,涂抹得恰到好处,嘴唇菲薄、温润、轮廓鲜明,衬出满口洁白整齐的牙齿。从里面施放出一股勾魂摄魄的也许是恶毒的磁力。正常的男人谁不渴望去碰碰这样一双精美灵巧的双唇,跟化了妆的女人接吻不知是什么滋味？由被奚落激起了反抗从而放肆从而勇迈，表现出比较玩世不恭更成熟的自信心，眼射精光，像盯视普通病人那样终于逼得她的眼睛开始躲闪他了。他说："我真不敢相信刚才这番话是从您这样一位人物的嘴里说出来的。"

她不想收回锋芒，而是继续进攻：

"别客气，许您干得不许别人说？您的主意太妙、太会赚钱，真是百闻不如一见。"

他并不辩解，显出一种平和的力量：

"谢谢您的恭维。这么说我没有白跑这一趟，可以骄傲地向残疾同学宣布您将给他们来上课。"

"我并没有答应您！"

"可您说了许多关于我们学校的不正确的话。您或者当面向我承认错误，收回这些话。或者去教课，亲自验证一下我到底干了一件什么事。我想您不会选择前者，更不会轻易收回自己的话。"

她的脸热烘烘的有点不好意思，想不到这个看上去书卷气很重、一副年轻的老正统样子的大个子，倒有她根本猜不到的深度。这刺激了她，吸引了她。由于他耽误了自己的时间，出乎一时的不耐烦，她说了有失体面的带刺儿的话，不仅没伤害他反而中了他的圈套。

他又为她铺了最后一级台阶：

"医学是跟社会连在一起的，人性说到底就是怜悯之心。您是医学硕士，更不缺少同情心，我代表残疾青年如此坚决诚恳地相请，想您也不会拒绝。改日我派人来送聘书。"

汪治国告辞，白星春也一起下楼。她总觉得还应该再说点什么。

"真对不起，只顾说话忘了给您让座。您连杯水也没喝，太慢待了。"

"我倒无所谓，只是您的右腿今天夜里恐怕还要疼。"

他说得漫不经心，愈显得高深莫测。白星春掩饰了自己的惊讶，感到他有巫师般的气质。这几天她的右腿确实一阵阵地突发性地酸疼，夜里有时能把她疼醒，白天则轻得多。她没有太往心里去，更没有告诉别人。

"您是怎么知道的？"

"我也不清楚,刚才您大发宏论的时候我走神儿了,突然感觉您的右腿有毛病。"

"您真神了。医学本是科学,到您手里变成了神学。"

"科学本来就很神。不神还叫科学吗?如果您信任中医,我很荣幸能为您除去这点小毛病。"

"谢谢!"转眼间自己成了他的病人,他成了自己的大夫。

汪治国轻舒一口气,他请到了白星春是个重大的收获。他为什么这么重视白星春,是单纯尊重她的知识和教学能力,还是更看重她这个人?一时还理不出个头绪。他身上有了那种久违了的熟悉的被异性刺激起来的感觉。这美妙的感觉已经丢失好多年了。他没有回头,控制着自己不回头。她已扭头朝与自己的方向相反的学院深处走去,她想必就住在学院里。整个人带着一种韵律和生气,体态敏捷优美,高高的鞋跟踏出笃笃的令人怦然心动的声音。她的脸消失了,眼睛里那奇特明亮的骄傲的目光还在追踪他。他逃不掉,也不想逃。她身上仿佛有股魔力,消蚀了他那种受人敬重的医生所惯有的尊严。表现得像个大傻瓜,只能用骄矜掩饰自己的虚弱,他很不满意自己,慌里慌张地跳上自行车。他一直认为自己喜欢或者说更适合已故妻子那种类型的纤纤淑女,恬静、内秀、贤惠贞洁。对医院里那些愿意接近他,却又扭捏作态、喜欢卖弄的姑娘总觉浅薄,难有好感。白星春比她们高一个格儿,更放得开,更有魅力,且不小家子势。

他突然想起还没有跟她谈报酬的问题。这也是最难于开口商量的问题,按规定每节课只能给她四块钱,这是眼下打发要饭的标准,绝对和她付出的劳动不相等。她的时间远不止值这些钱,可他只能拿出这些。她更有理由像别人那样嘲骂他:"你们还没捞够吗?你们拿大头也应该给别人分小头,吃独份儿的可不够意思!"她如果说出这样的话,他宁愿把自己的工资给她。她凭什么要他的工资?他又为什么甘愿搭上自己的工资呢?他把她当成了什么人?她又会怎样看他呢?

他兴奋异常,有一股柔软的水波在胸中荡漾扩散。中午就找个馆子美美吃一顿。好长时间没有这么痛快过、没有好好享受一下了。

癸　酉

　　趁这两天还有点闲工夫,汪治国要把金银针、音乐如意按摩器和强力球的专利权办下来,这才是真正属于自己的东西,是积十几年的心血研制出来的。那些热热闹闹的事情多是为别人做嫁衣裳。等到一开学,医院将有一段时间会大乱,他恐怕天天救火也来不及,不会有工夫想自己的事了。他之所以乐善好施并不是生性大公无私,只是比别人更聪明。因为他更懂得中国是个"祖传秘方"的国家,一个药方、一套拳术、一项绝招都要藏好了,传子不传女,因为女一出嫁便是外人。中国是个人活着就要造墓的国家,而且墓地也要保密。中国还是个连人带秘密一块埋葬的国家。总之,中国是个聊斋式的国家。一个人要立足于世最根本的是要有自己的东西,要有出类拔萃的成果。人家之所以尊重你,社会之所以尊重你,决不仅仅因为你是人。世界上的人多得很,每个人所体现出来的人的涵义都不同。

　　他需要平军跟他一块去,办这种事他习惯于依赖平军。而他这位忠诚能干的助手眼下却顾不过他来了。一天他不知要接多少个长途电话和市内电话,医院的电话被他一个人包了。还要收到不少电报和汇款单,按时跑邮局和银行,把学生寄来的学费取出来再存起来。来自外省市的报名者比他们预料的要多得多,新疆的两个残疾姑娘怕不被录取先每人寄出二百块钱,然后搭伴儿上了火车。接站的任务也是平军的。外地的学生多,麻烦也多。且不能择优录取,人家大老远瘸里吧叽地奔来了,怎能再退回去。虽然早就发出了"名额已满"的通告,平军还是多招收了十六个学生。他看到的是钱:"反正一个羊是放,一群羊也是赶。"

汪治国感到的是责任:"教室本来就是穷凑合,每个班再多塞进八个人,学生受得了吗?"

平军不知从哪儿搜罗了一帮哥们儿,被他支使得团团转。有司机,有木工,有跑腿打杂儿的,总之都是能吃苦敢受累在社会上又打得开兜得转的人物。平军则指挥一切调动一切。那司机今天开来一辆面包车,拉着他跑来跑去。明天又换成一辆卡车,后天也许是小轿车,反正不花钱,都是通过哥们儿或哥们儿的哥们儿弄来的,什么方便弄什么。凡是不花钱弄来的东西平军都不挑不拣,派人到中小学用买破烂儿的价钱收购了一百张旧桌椅,两个木工敲敲打打,重新刷漆,俨然一派新气象。这群小哥们儿以及哥们儿的哥们儿当然不会白忙乎,平军口袋里有钱,一次性使用的关系用过之后就点票子。手底下的几个铁哥们儿说一定要捧着他到残疾人学校正式开张为止。他们每天都干到深夜,印讲义、造预算、装备教室、筹备开学,有干不完的活儿,也有哥们儿凑在一起聊不完的七荤八素。说着干,干着玩,吃完夜宵再各自回家。平军有时就睡在医院里。不要说普通医护人员眼红他大把大把地向外人撒钞票,连沈丹实也看不下去了。她也只能向院长发几句牢骚:

"治国,这还像个医院吗?"

汪治国也知道乱了章法,又能怪谁呢?大主意都是他定的。向他表示不满和忧虑,咒骂平军侵吞学费、胳膊肘向外扭的又岂止是沈丹实一个!他只能搪塞:

"平军也很辛苦,在这么短的时间里办起一座学校来,不这样干也不行。"

"你可要把握住他,在钱和物上不要出问题。"沈丹实的眼镜片上闪着两个光点。

汪治国怎么能把握住平军?恰恰是在钱和物上他对自己这位助手最没有把握。他不想为平军打保票,也不能在这种节骨眼儿上怀疑他、釜底抽薪。但沈丹实的话对汪治国是有影响的,甚至能构成威胁。这不仅仅因为她是老副院长、年龄比他大。年龄真的比他大吗？也许她是成心往大里打扮自己，以示和那些跟她同辈不同级的医生相区别，让装束跟自己的医术相一致。也许还因为她确是医院里几个为数不多的受人尊敬的人物。汪治国看得出来，她对公用医院附属一个风马牛不相及的残疾人职业学校毫不感兴趣，之所以没有激烈反对是碍着汪治国的脸面。况且让他这个幻想狂去办学校，医院的工作由她主持未必不是好事。如果平军搅得医院无法工作了那就又当别论了。

汪治国去找郭颢，他们两个互为对方的智囊。有些事情郭颢请他帮着拿主意，他表现的好像比郭颢更聪明。有些事情也禁不住想去请教郭颢，郭颢在剖析他的疑难时果然表现出更优越的智力。连说几声"值得干！"值得当一件大事去干，培训残疾人的确是一件有前途的事业，发达国家称其为慈善事业，是一股世界性的潮流。他批评了汪治国的"书生办学法"，教私塾的办法是小打小闹，办什么事情都要有钱，办大事要有大钱。眼下至少要按平军的办法干，赚钱就是集资，滚雪球，年年招生，不断扩大。干得好完全可以养医院，跟公用公司脱钩，建成一个中国一流的残疾人培训中心附属康复中心、游乐场、体育馆等。知识分子最善幻想，郭颢又是搞设计的，描绘未来的花花蓝图是他的专长，甚至能做出模型。汪治国被说得激动起来，郭颢也为自己的设想眉飞色舞："咱们今天就说定，这个残疾人培训中心和康复中心由我来设计，也许是我的最后一件作品，倾全力留下个能传世的对得起自己的作品。"汪治国蓦然一惊，近来他们不论谈论什么事情，哪怕是很高兴的事情，郭颢也能不知不觉地流露出阴郁和不吉祥的情绪。他感到不安，但拿不准是为朋友担心还是为自己的残疾人事业担心。

他眼前能做的是再提醒一下平军：

"在财务上可别出问题！"

"你放心吧，我是干什么吃的？决不会在这种事情上栽跟头。我叫钱瑛当学校的兼职会计，任何时候都经得住查账。"

平军的语气轻松而又肯定，眼睛并没有离开他手里的一沓学生登记表，他什么时候都是这么大包大揽敢打保票的样子。汪治国知道他对自己的提醒根本没有听进去,对医院的闲言碎语满不在乎。也许心里还埋怨汪治国多事。他早就渴望有这样一种冒险的机会,试试自己,展现自己。不然活得就太没劲、太没意思了!平军最敢干最有信心的事情正是汪治国最不放心的地方:

"你能不能谨慎点,别这么大手大脚地花钱如流水。要知道这钱是……"

平军抬起脸,那光溜溜的大下巴像一块冰冷的石头,抢过汪治国的话:

"你怎么变得唠唠叨叨,老了还是提前进入了更年期?交给我办的事你就别管了,我什么时候骗过你?当初制定收费标准的时候你要拼命压低,现在又怕钱不够用。你看哪儿不用钱?没有钱什么事也办不成,必须用钱去买关系、买效率。"

他是对的。汪治国后悔当初没按他的意见办。可仍然想问问他那些神头鬼脸的哥们儿靠得住吗?汪治国终于还是忍住没有再吭声。又不是请他们给学生讲课给病人做手术,靠得住是受大累的靠不住也是受大累的。既然平军需要这些人,自己又何必多嘴呢!

不能怀疑忠诚,任何忠诚都是宝贵的,包括狗的忠诚。他也不忍心再把平军从埋到脖颈的事务堆中拉出来,带着自己去跑专利的事。残疾人学校眼下离开谁也不要紧,唯独离不开平军。他本人也离不开平军,除去给人治病和学术研究平军不能代替他,其余的大事小事,抬脚动步都要依靠平军。这也是叫平军给惯的,好像当了院长有些具体事情就不能干了,越不干就越不会干,办事的能力越来越低下。院长这个官儿不大,腐蚀性可不小,以前他可不是这个样子——

七九年六月,有三十三个国家的医学专家参加的国际针灸针麻学术大会在北京召开,他们不可能邀请我参加会议,可我觉得自己非得参加这次会议不可!买到车票带上针盒就进京了,顶不济也要在会场的大门外摆开我的针,只要有人看见就是旁证,别人再想偷走我的成果就不那么容易了。先闯卫生部的中医司,我想中医司应该是替我说话的地方。进了屋先不忙着自报家门,打开针盒行医,针是我打开一切神秘宇宙的工具,镇定精神,对付可怕的事物唯针最灵。"诸位,谁有什么不舒服,我愿为大家效劳。"中医司差不多就是过去的太医院,谁会想到世上还有我这种不知天高地厚的医生居然敢跑到太医院里来行医。我的金银针引得他们惊奇,证明我不是不学无术的江湖骗子。我的精气神表明我不是疯子,敢闯卫生部叫板打擂就不会没有点道行。正患腿疾的老司长李鼎奇伸出左腿给我当试卷。他是中医界的泰斗,我要不是出此奇招,通过正常的渠道想要见他一面恐怕都不大容易。司长试针,其他"长"们便不敢怠慢,很快我和这些医术高手们建立了信任。我们毕竟都是中医,使用大致相同的语言,如果不抱有同行是冤家的敌对心理,感情是很容易沟通的。我提出想参加国际针灸针麻会议的要求。他们也愤愤然,想不到中医司里许多声名赫赫的权威人物也没有得到会议邀请书。

"咱们中医就是受人欺侮,不是外国人欺侮而是自己人欺侮自己人!"

老司长给我出了个主意:"你只有拦轿喊冤,也许还有一线希望。每天早晨五点半左右部长都要在办公楼对面的小花园里跑步,你等候在他必经之路上,看我眼色再上前搭话,成败与否就取决于你自己了。"第二天我三点钟就起来了,换上一件干净的衬衣,把见了部长应该说的话在心里又预习一遍。四点半钟就来到小花园,李鼎奇已经在约好的地点打着拳等我。还是在医大上学的时候同学们就曾称我是独往独来的小神仙,想干的事就要自己去闯,不成不休。我最喜欢洛阳龙门石窟的一个碑刻:"开张东岸马,奇逸人中龙。"学医不读《易经》还行?人脑子里有一卦,人身上也有一卦。他们不会想到,我自己也想不到会在首都一个小公园里用拦截的方式晋见卫生部长。人本身就是个奇迹,野兽一生下来就穿着自己的皮袄,没人管也死不了。人若生下来无人管连三十天也活不成,人离不开人,人也最怕人。活着就要有气魄,只要你神正,别人就会怕你。机缘是有的,看你有没有勇气去追它、碰它。表大爷碰上老道是机缘,我能从医也是机缘,金银针成了我的看家宝贝更是机缘。

六八年我听说满城出土了西汉古针,立刻跑去,说好话求人情见到了古针。针为方柄,柄上还有孔。天经地义针应该是圆的。是古人笨拙还是古人精明?脑袋也像换了一针,忽然开窍,思路自由了!当时身上没有纸笔,从地上捡了块旧纸片用力将古针摁在纸片上,印迹标出了针的形状和大小。回到旅馆赶紧画出各种古针的正确图形,才算正式开始了对古代金银针的仿制和研究。金针补气,银针泻实,导电性能更优于钢针,用做电针治疗更佳。金银的微量元素能进入病体组织,强化经络传感。柄方便于医生行针时提插捻转,准确而细致地掌握补泻手法。柄上有孔便于通气进气,有气功的医生掌握此针如虎添翼……

五点二十分,一个白发老者缓慢而轻松地沿着园中碎石小路向我跑来,李司长的眼睛告诉我这就是我要找的人物。我打开首饰厂制作的非常考究的针盒,十根粗细不等长短不一的金针和十一根不同型号的银针,被丝线扣整齐地平锁在紫红绒布上,立刻从我手上射出一股光芒迎接东升的旭日,黄的醉人,白的耀眼。金银就是不同于钢铁,宝物终究是宝物,连外行人也看得出来它的价值不一般。我托着针盒,挡住了慢跑者的去路:"部长,您好,这是我的研究成果,可我没有办法参加国际针灸针麻学术会议,请您把它带到会上去,让外国人开开眼,也等于向世界宣布我们占有金银针的专利权,不许外国人仿制。"

我的话我的针使部长不能不停步。他一边看针,一边向我提出许多问题。我用眼角招呼李司长,希望他过来帮腔,助我成功。可老先生躲得远远的,装傻不往这边看,原来他也怕部长。部长是识货的行家,很快就把针还给了我:"把它收好,不必在大街上展览,八点钟到我的办公室来。"说完他继续跑步,我也跑步把这一喜讯告诉给我出谋划策的人。

第二天我坐着卫生部的汽车去参加国际针灸针麻学术大会。要知道我们省的卫生局长在北京活动了十天,也没有捞到进会场的出席证。我成了全省唯一的一个参加这个大会的代表。

美国太阳谷针刺研究所所长高维伦在会上展出他的电针,并愿意当场为人测试,以验证其仪器之灵。中国人没出息,抢镜头的也有,抢做试验的也有。果然是测一个灵一个。洋大夫洋洋得意,深信他的电针神灵无比。我忽然感到浑身不自在,我是干什么来的,不能躲在后边光是看热闹、生闷气。这个风头得出,我走到前面请高维伦为我测试,然后运气发功。他的电针突然一下子失灵,数据紊乱,全无规则。高维伦对电针又摸又敲,以为是自己的仪器出了故障。我告诉他,电针对气功全不适应,人体经络中的气是无法测定的。各国记者纷纷拍照,高维伦立刻没了精神,又不得不感谢我让他知道了自己的电针的局限性,并当场讨教中医理论。我出示自己的金针、银针,并解释简单的物理性刺激不能代替奇妙无比的针灸术。中医学中的经络学说也不是神秘学,至少在两千多年以前我国的西汉时代就使用金银针。我摊出自己把金银针用于临床的种种数据,证明西汉的金银针在今天不是落后而是先进,非不锈钢针所能比,不相信者也可当场试验。惊讶有之,怀疑者有之。世界上无法解释的事情多得很,中医学里充满奇迹。有人当场就想买我的针,我本意要保住自己的金银针,其效果却是促进了外国人对中国针灸的研究兴趣。金银针制作工艺简便,倘若作为医疗器械出售则要高出金银本身价格的许多倍。世界上有数十万学者在学习推广中国针灸,这是个金银针的巨大市场。国家如果采用我的技术,还愁无外汇可赚吗?一个日本医生曾用挑衅的口吻对我说:"汪先生,能不能把你研究过程中失败的资料借给我?"

"失败是成功之母,在我的研究过程中没有毫无价值的资料。"

日本人真是精到家了,也蠢到家了。因为老觉得别人比他们傻,又想要人家东西,又摆出一副对人家的研究不屑一顾的样子。

——汪治国讲了上面的故事,拿出一兜子文献资料,有著名专家做出的鉴定,有权威人物写的吹捧文章,有用于临床的总结报告,有自己获奖的论文。总之用一切手段和文件证明了他的研究成果非同小可。负责颁发专利证的人把玩了金银针,试验了强力球和按摩器,很

容易便获得了通过,汪治国一次得了三项专利权。回到医院他想请几个同事吃饭以示庆贺,沈丹实首先表示为难:

"老郭和孩子们还等我回去做饭哪。"

"你不回去他们就不吃饭了?老郭就不能做饭?"

"他可从来没做过饭,最近又老闹唤不舒服,回到家就往床上一躺。"

喜欢热闹、从不拒绝别人请客的平军也扫了他的兴:

"不行,今天是我女儿的生日,我必须回去。该你省钱。"

他们都有自己的家、自己的亲人。他也有自己的窝,这时候却不想回去。心里空寂,莫名的孤独像数不清的蚂蚁突然从不知什么地方爬出来咬扯他的心。刚才的兴奋立刻化为乌有。

白星春在干什么?

他不明白为什么会想起了她。两个黑亮的眼洞,他不用跳也能被吸进去。他太想进去了。

"治国……治国……"

声音轻轻的,柔柔的。我感到妻子就睡在我身边。迷迷糊糊,似乎听到了些微的响动。

"你睡着了?又是不锁门就睡觉。"

真是惠英。有多少个温馨的夜晚,就是这种带着一股我所熟悉的香甜气味的嗔怪,把我从沉沉睡意中唤醒。现在我却不敢睁眼。我知道一旦睁开眼,惠英就走了,眼前只剩下一个我所厌恶的空荡荡孤寂寂的现实。

"治国,你没有睡着?"

我哼哼唧唧,闭着眼翻个身。

"你还没有吃午饭吧?"

"没有。噢,吃了。"就算吃了呗。回到家昏昏沉沉,冲了杯牛奶,咬了两口蛋糕便躺下了。

一只柔软而凉丝丝的手掌贴上了我的脑门:"倒是不烧。"

我猛地清醒了,仍不敢睁眼。

又有一只软绵绵的小手试着摸到我脸上来。它们带着一股麻醉人的电荷,在我脸上轻轻滑动、揉搓。先是脑门,再是太阳穴,然后是脸颊。全无章法,又无力量,这不叫按摩,只是放电,能驱赶男性的寂寞,有阵阵温热的气息扑到我脸上,更刺激的是浑身燥热,越来越紧张。她是谁?这样继续下去还会发生什么事情?

我睁开眼。有一张脸几乎压在我的脸上,眼对着眼,嘴对着嘴。由于挨得太近我反而认不出她是谁,甚至不辨男女。大得可怕的黄褐色的眼球放射着灼烫的光芒,我的眼睛几乎承受不了,不自觉地躲避着这种光芒,免被烧伤。皮肤决不细嫩,毛孔看得清清楚楚,还有星星点点的米状褐斑,嘴边长着细而长的绒毛,这就是胡子吗?分明是一张男人的脸。我猛地翻身,摆脱控制坐了起来。

"你醒了?"是钱瑛。我揉揉眼,神思恍惚,不知该说什么好。她倒能沉得住气,照旧大大方方地表达自己温柔的关切。

"我给你这样揉一揉,是不是好受点了?"

这叫我说什么呢?我本来又没有病:"是很好,谢谢。"

"你的肉皮又细又滑,按摩起来一点不费劲儿。"她倒把我说得不好意思了。星期天她不在家里呆着,跑到我这儿来干什么?她是怎么进来的?莫非我又没有锁门?为了打发沉重厚实的寂寞只有拼命工作,周末的晚上和星期日是我的黄金时间。我什么时候躺下的?本想休息一下却稀里糊涂地睡着了。

"你怎么来了?"我仍有些慌乱。

"怎么,我就不能来?没事来看看你就不行?"她眼里有火在腾腾燃烧,身上散发出一种刺激性的浓香。"听说你得了专利,来向你道喜,看你这个样子我还以为是病了呢!"

她忽然想起了什么,移动身子下床,从手包里拿出一个食品袋,"我带来一点三鲜馅儿的饺子,等我用油煎煎再给你吃。"我想自己动手,被她拦住了。

饺子,我有多长时间没吃过饺子了?这种东西是一个和美幸福的家庭的标记。没有家庭便难以吃上真正的薄皮大馅儿的三鲜饺子。把馅儿包在面片里煮熟了味道就不一样。把同样的面片同样的馅儿，分开放在水里煮，再吃起来就是另一种味道，完全不能跟饺子相比。钱瑛的脸远瞧并不难看，再配上那热辣辣大胆的目光，很有一种成熟女人的风韵。为什么贴近了就变成一张男人脸呢？她的嘴边确实有一圈儿黑色的绒毛，只不过比男人的胡子细而软，不注意是看不出来的。一旦发现了她脸上的某些近似男人的特征，越看她就越像男人了。是不是所有女人都经不住近瞧细观？自古来男女交欢总忘不了关灯，即便是在现代电影里表现情人接吻也往往让演员闭上眼睛，以免相互看得过分真切，破坏情绪。

"你怎么这样瞧着我？"钱瑛手里端着一盘焦黄的油煎水饺，双颊绯红，像饺子皮儿一样可爱。

我呆愣愣不错眼珠地盯着她，一定让她多心想到别处去了，只好遮掩一下："你今天打扮得真漂亮，一副明星的派头。"

"是真的吗？听说你请到了医学院的大美人来讲课，眼里还瞧得上我吗？"豁得出去的女人总要给自己武装一副刀子嘴。我只好低下头先对付饺子。

饺子实在好吃，用油一煎又多了一种香，增加了一种脆。钱瑛坐在桌边看着我吃，神情像个心满意足的贤惠的妻子。我感动而又不安。两人离得这么近，我在她眼里会不会变成女人或其他东西？正像她离我太近会变成男人一样。莫非我心里真的有什么毛病？今天有这么好的说话的机会，她居然一句也没有提为我介绍对象的事。也许她认为我们接近再不需要那样的借口。这么亲密的气氛，实在不该让那种事情疏远我们的关系。男人就应该由忠诚的女人守着，她琐细而又知疼知热。钱瑛脱去外套，露出闪闪发光的豪华丝织衬衣，配上玫瑰红的毛背心更加鲜丽撩人。这回该她不错眼珠地盯着我瞧了，这眼光饥饿而诱人，一副怀春动情的样子。我也越吃越饿，精神勃振，血脉贲张，似有电流刺激腰部。预感要发生什么事情。渴望这种事情快点发生，一股莫名的恐惧同时在心底隐隐扩散。又害怕发生什么事情。

这恐惧更强烈地诱发了我肉体的多年饥渴,迫不及待地想有所作为。嘴里的饺子不再有滋味,随便嚼两下便囫囵吞下,如风扫残云。我们面前不再有障碍,再也没有什么事情可做,两人面面相觑,她是否也在等待着进一步突破我们的关系? 她笑了,双唇潮湿而甜美,也有些紧张。

"香吗?"

"很香。"

"还吃吗?"她眼睛里射出一种情欲。

"吃!"同时也给自己打气,生命提供给我的东西为什么不可以享受。体内有一种生物的欲念在鼓胀。

"吃什么?"她凑上来,粗糙的毛孔,突出的骨骼,我又看见一张绝不柔媚的男人的脸形,立刻犹豫了……

"吃你……你丈夫是干什么的?"也许我想说的是:你不是跟平军不错吗? 平军可是我的朋友。

"别提他……"她的脸压过来,身子贴上来,双臂紧紧缠住了我的脖子。

我渴望的事情可以发生了,却突然失去了一个男人在这时候应有的感觉。用脸颊挡住她急眉火燎地攻上来的嘴唇,双手还在抱着她的腰,可自己的体温却在下降。

她的身体由大动,变成了小动,渐渐地不动了,只有肩膀在轻微地抽动。她哭了,眼泪倾泻到我的脖子上。双臂仍紧紧地抱着我。我不知所措,语无伦次:

"你别哭,你怎么啦?"

"你嫌我长得丑?"

"你不丑,很有魅力。"

"你嫌我是结了婚的?"

"我也是结过婚的,但你不一样,你还有丈夫。"这是借口,她丈夫并不是真正的障碍。

她显得冷静了,松开我去擦脸。

我无地自容,不敢看她,不知自己是怎么了……

我显然犯了错误,一触即发的态势松懈了。尴尬、恼怒、猜忌使我们从各自的位置上向后退。堵在两人中间的那块冰在不断膨胀。我在心里咒骂自己是个废物蛋!不废物又怎么样?我并非不了解女人,这种时候也不是不懂得她们的需要,但不知道自己这时候是否需要她?我感觉自己在生理上非常需要女人,为什么临阵又怯场了?是不想要她,又怕跟她有了关系被缠住?是我平时近距离观察死的男人、生病的男人的脸太多,还是看女人的脸太少?或许是因为长期不接触女人得了一种什么病,一个人的时候想想女人还蛮有劲,女人真正送到眼前又厌恶她们,缺乏征服的兴趣和勇气。以前我从未发觉妻子的脸有时也会像男人。我必须找一个近到接吻的距离观察起来仍然是女人脸的女人!距离稍稍拉开,只要神经正常的人谁能说钱瑛不是女人呢?脸上挂着爱情,内衣充满性感,紧绷绷包裹着滚圆的躯体,熟得发烫,应该说十分诱人,肉感十足。肉感从来都是女人骄傲的资本。我却不再有刚才的激动了。

"你是神医,看能不能治我的病……"

钱瑛侧过脸去。她居然也有不好意思的时候,也有难以启齿的话。

"我不说他是坏人,但我非常厌恶他!不论他碰到我的哪儿都很疼,挨我一下也难以忍受。当他压在我身上干那种事的时候,我不能看他,如果看他那热火朝天的熊样子就恨不得把他勒死!可闭上眼睛又会突然看到一个堆满破烂的大广场,广场的每个角落、每一堆脏东西旁边都有人在交媾。不论我往哪儿看,都会看到这种令人极端厌恶的肮脏场面。你说我的神经是不是出了毛病?一回到家自己好像麻木了,不再是女人。"

她眼睛里的火焰熄灭了,漠然无神。那个他自然就是她丈夫了。

我感到惊讶,对钱瑛充满同情,还有尊重。像她这种在男人面前敢于撒得开的活跃人物居然还有这种痛苦!离开丈夫完全变成另外一个人,是对痛苦的补偿,也是一种变态。我安慰她:

"你这不是病,是心理障碍。既然这么讨厌他,为什么还要跟他结婚?"

"结婚的时候不是这样。"

"有你喜欢的男人吗?"我真该死,提了一个无法再蠢的问题。

"有。"她的语气像堕入一个巨大的梦乡,目光突然咬了我一下。

"跟他发生过性关系吗?"我在女人面前不断犯错误。

"没有。"

"你希望有那种关系吗?"医生的职业习惯在支配我。

"你这是治病还是审问?"她突然又泼辣起来,"告诉你,只要他敢要我,我什么都给他。一见到他我才感到自己又是女人了,他如果想娶我,我马上就离婚,他只叫我做情妇我也心甘情愿。只要跟着他我就无比幸福,没有比做个女人更幸福的了!即使他不要我,我也不希望叫别的女人霸占他。我不断给他介绍对象,却并不希望他成家……"

她说得嘴唇干燥,露出饥渴的样子。这是个女人拒绝贞操的时代。

"他有什么特点让你这么动情?"我感到对不起她。

"他很干净。他身上的所有东西都是干净的,我都可以用嘴去亲它。"

"干净。"我差点笑出来,"天下干净的男人有的是。你讨厌丈夫未必是因为他脏吧?他很脏吗?"

"不……"

我又抱住了她,但下身很平静,带着一股温暖的情意,一种被感动后的柔顺,在她耳边轻轻地说着废话:

"对不起,我不想给你和自己惹麻烦,也不像你想的那样干净……"

甲　戌

　　空气中有了土腥味儿,这大概就是春天的气息。城市对春天的感觉绝不是水暖、树绿、花红,是天上下沙子,马路被刨开了——要埋设各种各样的管道和电缆,尘土飞扬,管子漏水,满街黄泥,行人绕道走,前面还不知哪条马路又被开膛破肚了。现在干净的是农村,脏的是城市。无限度地恶性膨胀,生存空间逐渐缩小或人工化,人与人的关系取代了人与自然的关系。传达室的人多了一项工作,向当院、门口、大道上洒水。

　　医院这下可热闹了。不,"热闹"这两个字绝对概括不了来自十几个省市的九十六名残疾学生对医院的冲击。甚至可以说是对全市的冲击。有的身子向右倒,有的上半身向左歪,有的胸凹背凸,有的全身萎缩变形,有的缺腿,有的少臂,有的什么器官也不少却又不是应该有的样子。看上去他们和她们的身体是那样僵硬又那样嫩弱,仿佛一碰就断。走路时弯来扭去,任意拉长,又相当柔软。出出进进,没有两个人走路的姿势是一样的。大家都是残疾人,却没有两个以上的人的残疾是完全相同的。一张张被不幸蛀蚀的脸。脸上或带出一种令人尴尬的谦卑,或隐藏着深刻无声的愤怒,或遮遮掩掩神情困惑。美好的生命一旦残缺就如此丑陋,可怜而又可怕。我突然感受到人类存在着多么巨大的和多种多样的不幸!

　　但是,他们每个人又都是一个奇迹,有着独一无二的生命力。无论他们是怎样的残疾,无一例外地全能生活自理。这也是我们的招生简章上所要求的。他们是陆陆续续来的,关于他们的故事也陆陆续续

94

在医院里传开。

那个左祆袖空空荡荡、右腿不会打弯的小伙子叫王志强,还算得上是一表人才,就是脸上过于清白清瘦了。地震那年才十六岁,一家七口砸死六口,一根房梁砸坏了他右半边身子。被疏散到山东省的一个医院里,路上耽搁了一点。医生可怜他,下不了狠手,老想给他多留下点胳膊多留住点腿。这反而害了他。非常舍不得地截下去一块,不久勉强留下的那一块又坏了,还得再截。三拖两截得了浓度败血症,被迫做第三次截肢。这一次截得彻底干净,才算保住了肩关节和胯关节。先后有八个人为他输血,国家花了几千元。他知道自己现存的这条生命的真实情况以后,偷偷绝食七天,想悄悄死去。在医院里他是为数不多的从地震灾区来的伤员,人们同情他,议论他,有人来慰问,有人送东西给他和为他拍照片、写文章,他是灾难造就的明星。医生、护士成天围着他,病友们捧着他。出院以后,地震给他造成的灾难还在,周围的同情却渐渐消失了。他无家可归,也找不到工作,没有人需要他,社会把他当成累赘。靠救济或施舍他能凑合着活下去,当然那不能算是人的生活。愈是身有残疾,精神愈格外敏感,自尊心畸形强大。当初要真是死了倒也干净。既然活下来了,他不想也无权再次成为自己生命的叛徒!要活得像人,没有本事不行。无论什么本事,只要能降得住人就行。降得住正常的健康人,让他们不再怜悯你、小瞧你,而是怕你、求你、尊敬你。

刘莹当然也来了。我才有机会看清,她的脸色苍凉微黄,皮肤萎缩。走路双拐画着×。医生们也议论她,她来学医不是因为喜欢当大夫,而是仇视医务界。用自己的方式对大夫这个职业实施报复……

每个学生都有他们自己的故事。有些是他们自己讲出来的,还有的故事是好奇的人们从送他们来报到的亲属嘴里打听到的。一开始大家只是看热闹、瞧新鲜,为自己是个肢体健全的人深深感到庆幸。以前可从没有因为自己是正常人而感到是巨大的幸福。我的医院里有了同情的气氛,滋生了一种慈善心理。他们不再嘲笑我是"发神经病"。他们背后对残疾人说的那些难听的话,现在没有一个人敢当着残疾学生的面说出来。在这群年轻的残疾人身上凝聚着一种莫名的然而又是十分强烈鲜明的反抗情绪——连他们自己也未必察觉。当然不是反抗我们医院。但凡受过伤害的人,本身就会变得危险可怕。不幸也能产生一股奇特的力量。这力量分散开来微不足道,残疾人聚在一起,这力量就足以能震慑健康人。大家说不出,是感觉到了。

令人想不到的是先把平素医院里那游手好闲、不学无术,专门指天说地或指地骂天的"闲话大王"、"新闻大姑"、"中式嬉皮"给镇唬了一下。他们在残疾学生面前变得规矩了,人模狗样,表现出正派人应有的同情心。大家自发地搞了两次"义务劳动"——好多年没有听到这个字眼儿了,我也不知道大家哪来的那么高的热情,把教室和学生宿舍打扫得干干净净,油漆粉刷,装纱窗安玻璃,整修一新。这简直是近几年来医院从未有过的壮举。

久违了!——共产主义精神或者叫人道主义精神。办这个残疾人学校有助于提高医院的素质,这真是意外的收获。连不赞成办这个学校的沈丹实,也忽然变得热情高涨,跟平军一块安置学生,分班分组,指挥他们,帮助他们,解答各种问题。

我把开学典礼定在下午两点钟开始,有太阳,天气较暖和,让医院的全体职工都参加。医院里没有能容纳二百人的大房子,我也不想花钱到外面租个礼堂或电影院。在医院的后面有块空场。空场的南边是两栋奇怪的楼房,作为地震遗迹被保留下来——一栋原是六层楼房,地震时变成了三层,留下的是上面三层,底下的三层不见了。哩啦歪斜,七裂八瓣。看去像豆腐渣一样酥透了,十年风吹雨打却硬是挺着不倒塌。另一栋是四层楼房,地震时被神力将整座楼平端起来向东横移了五米。楼房居然没散架,四角八线的轮廓基本完整。一到申时,太阳就会坠落于楼后,整个空场被两幢怪楼的暗影笼罩。天气有点凉,但也不是冷得受不了,唯愿开学典礼开得简短热烈,不要冻坏残疾同学。我叫人在空场上摆好木椅板凳,也许在这样一个弥漫着灾难的味道、充满着对威胁的回忆和惊心动魄的环境里,举行一个节俭简陋的又有誓师意味的开学典礼是很有意义的。老老实实地向世人宣告,我们很穷,一点也不堂皇,办这个积德行善的学校决不是图钱,更不是想捞什么稻草。我就是在这种残破不堪的条件下办起了这座残疾人职业学校!

平军请来了医学院的崔副院长和白星春,以后我们需要求人家的地方还很多。白星春没有化妆,戴了副秀逸的太阳镜,镜片把太阳的光谱变成两块浅红投射到双颊上,胜似涂脂抹粉。式样少见的米色羽绒外套,磨洗得露出蓝白线的牛仔裤,银灰色高筒马靴,又高又细的鞋后跟像锥子把儿。这身装束不算奇特,跟医院里很有几位恨不得把自己打扮成一株盛开的花朵的女护士相比,显得普通而又朴素。却一下子招来了大家的目光,她确有令人瞩目的素质。毫不做作,礼貌的微笑中带着一种聪慧自信的深意。当她看到操场上的残疾学生时,似乎被震动了,眼睛不再看别的人,神色沉静深长。我很想知道她此时陷入残疾人之中的感觉。不能跟她多说话,甚至不能多看她两眼。钱瑛、赵力力她们几个女人的目光像刀子一样在后面、侧面盯着她,流露出明显的妒忌和艳羡。我知道这是为什么。白星春不知感觉到没有?

我盼望的高经理或公用公司的其他头头都没有露面。我的顶头上司还没有正式对残疾人学校表明态度呢!我也没有认真请示,怕的是领导如果认真答复不同意办这个学校该怎么办呢?要个滑头采取"打招呼"的办法告诉领导我们办了这样一件事,眼下提倡"开放搞活"、"横向联系",又不向公司要一分钱,估计头头不敢轻易反对。不公开反对就是默许,先干起来搞它个既成事实。满心希望利用今天这个场面让公司的头头讲几句话,就等于公开承认了残疾人学校的存在。事已至此,骑虎难下,公司不支持我也得干下去。时间已经过了半小时,不能再等了,我叫平军请客人坐到前面所谓的主席台上,马上开会。

全国残疾人组织的代表、本市民政局的一位副局长、卫生局的一位处长、跟我们有关系的单位的头头或代表、拉来壮门面的各路名人、报社及电视台的记者都来了。主席台上坐满了,很热闹,很有点隆重的气氛。没有人会注意缺少了我的顶头上司。即使发觉了也只能怪公司的头头失礼。还有一大群莫名其妙的男女,或自找座位,或站立两厢,或围着会场转悠,不时地选景拍照。拍电视的强光一亮,摄像机一响,使危楼前这一片不伦不类的人群变得肃穆庄严了。搭在学生腿边的木拐,闪着一排白光,给会场增加了硬邦邦的悲壮。不要说残疾学生,就是本医院的正经大夫也从未在摄像机的镜头下亮过相。一向默默无闻的公用医院,突然声名大噪,出了风头。这真使我始料不及。难怪平军说我是老实人有老实办法,歪打正着,一举成大名。我研究"子午流注"多年,成果不凡,只在中医界小有影响,从未敢奢望能惊动电视台和这么多记者。想不到我和医院都沾了残疾学生的光。出点风头对这个学校也许会有好处,社会永远不会冷淡风头人物。倒是我还有点不适应这种风头上的活动,飘飘然毫无准备。风头出得太快太容易就让人昏晕。

主席台上的人们一开口说话,会场上奇特的悲凉气氛便被破坏了。我灵机一动办了个残疾人职业学校为什么要由这些毫无干系、为办学校没出过丝毫力气的人先要发表一通冠冕堂皇、空无一物的贺词呢? 在中国语言的汪洋大海里,领导者的语汇是一片神秘的死水:最平静也最能激起翻江倒海的波澜;最平庸也最庄重;最千篇一律也最字斟句酌;最枯燥乏味也最费心计;最少光彩也最有智谋;最落俗套也最能套人;最难听也最好听;最不容易记住也最该记住。唯有这样的话才适合所有的人放之四海而皆准。同一篇讲话能让一部分人兴奋、激动、感到骄傲和温暖,也能让另一部分人沉闷、瞌睡、自卑——我们怎么会在这样一个人的领导下生活? 随便找一个人上去胡诌几句也比他说得明白。岂不知全部老谋深算都在这"糊涂"中。不然为什么做个领导演说的机会最多,演说的技巧却总也不见长进呢? 领导者不能说全部是人中的优秀分子,但也决不是最没有智慧的一批。领导者的语言艺术是当代关系学中一门最伟大的学问。我不谙此道,自知没有当众演说的才能,习惯于不多说。但好医生说一句是一句,别人必须照办。因为从我嘴里说出来的话都是"医嘱",找我看病的人都恨不得让我多说几句。"医嘱"不同于评书,开药方不同于写小说。我还没有掌握说废话的艺术。在开学典礼上也只能开药方下"医嘱"了——我们做了哪些工作，打算怎样办好这所残疾人职业学校，对领导有什么希望，对学生有什么要求，一是一，二是二，实话实说，虽不精彩还有点用处。

轮到学生代表讲话时，会场上又出现了刚开始时的肃静气氛，赵培并不紧张地从第三排最靠边的位子上站起来，他那张白净团脸很有几分姑娘气，眼睛盯着右手里的那几张白纸。大脑炎后遗症只把他的左臂萎缩成一根干柴棒，腿脚看上去还是好的。

主持开学典礼的副校长沈丹实，像个骄傲的母亲，禁不住有点唠叨，见缝插针，不放过一切机会总想把她的每一个学生都介绍给轻易见不到的各路头头和神通广大的记者们："赵培是江苏人，家在苏州附近。三年前以优异的成绩高中毕业，因左臂有残不能参加高考。在社办厂的食堂里当过采买，给工厂画过广告，当过办公室秘书，在县报社当过记者。在《萌芽》、《青春》、《新华日报》上发表过小说、散文、诗歌，是我们学校的小才子。"

这几天我发觉，沈大夫对她分管的医院的工作远不如对学校的事情更关心。她能叫得出大部分学生的名字并知道他们的经历。这么短的时间我就无法做到这一点。她是个公认的好大夫，但是当教师也许更适合她。这决不仅仅是富有同情心，她的神态似乎想告诉人们，她完全有理由为这些残疾学生感到骄傲。由哪个学生发言，都讲些什么（听她说，到最后还要由残疾学生表演几个小节目），这一切都是她和平军亲自导演的。由于残疾人突然闯进我们的生活，使我不得不重新认识周围的同事。有人在残疾人面前难以掩饰自己心里的残疾；有人则表现出在正常人当中无法施展的特殊才能。我为什么不公开明确一下今后让她多管点学校的事呢？医院的工作我自己代管或多依赖其他医生……

赵培的话把我的思想重又拉回到他的身上。果然是写过小说的人，并不像一般人猜测的那样只是简单地要表达一下自己学医的决心以及对学校的感谢一类的话。而是——

"……我是在听中央电台'一句话新闻'节目的时候,知道中国诞生了第一所残疾人学校。有些同学是从报纸上和好心的甚至是兴冲冲跑了许多路专门来告知这一消息的亲友嘴里,知道了这所学校招生的简章。还有一些幸运的同学直接收到了学校寄去的招生简章。总之,当我们对人性彻底失望了,对生命的丑恶和黑暗已经厌烦,感到四周布满威胁,生命极端脆弱的时候,命运突然出现了转机。我们这些残废人在生活里选择的机会太少了,因此格外珍视这次机会,不能不慎重选择。自己想要的东西,一经选定便抓住不放,非要达到目的不可。每个同学都想在这个会上发言,因为社会提供给我们说话的机会也不多。昨天晚上经过讨论,一班的同学每人都说了一句话,让我记录下来集中宣读。现在就让我先念同学们的话,最后再念自己想说的话。"

他念到谁的名字,就把目光投向谁,于是大家就把话和人对上号了。

"谢兆敏是我们班上年纪最大的一位同学。来自新疆,丈夫是汽车司机,有个四岁的女儿。她是趁着女儿睡觉的时候,吻遍了她那娇嫩可爱的小脸蛋,跟着另外一个同学上了火车站。她表示学成后回去开个诊所,或者也办一所这样的学校。"

有人鼓掌。是为谢兆敏。

"王文良同学说,一走进这个学校自卑感就消失了,大家都是残疾人,彼此平等。杨健同学说,我这个人很狭隘自私,不为别人只为自己,为自己能为得好就不错。来时跟家里吵了一架,立下军令状,不学好不回去。"

有人笑。有人紧张。

赵培解释:"我刚才还问他,要不要照着原话念。他叫我照念。胡强同学说,他在二十九岁的时候因工伤丢了两条腿。这两年当残疾人的体验胜过以前二十九年的经历,人在顺境中是不可能知道什么是生活,什么是人生,什么是社会! 陈力同学说:'只有我们才最能感受生活的黑暗,而心灵越是在黑暗中越会闪光。正由于我们的肢体行动不便,才把脑力劳动当做唯一的运动。因而思想就多,智慧也决不贫乏。不开发残疾人智力的国家是落后的表现。'王坤同学说,她最讨厌的是自己能干的事情别人非要抢着替她干,她最害怕在公共场所健康人那偷偷的、紧追不舍的、放肆的、拼命盯着她不放的眼光以及在她背后指指戳戳。她还嘱咐我,如果时间来得及就给大家讲一两个被全世界传为美谈的残疾人的故事。美国一对连体姐妹照样被大学录取了,无论她们去教室、去图书馆、去咖啡厅或走在大街上,没有人对她们那奇特的身体多看两眼,更没有人鄙视她们。她们处处受到正常人平等的对待。我们真不敢想象会有那样的幸运。英国二十岁的美女艾曼达深深地爱恋并最终嫁给了身高只有六十四厘米的小矮人保罗。她对丈夫充满希望并相信他们的爱至死不渝。但是别人却把他们称做'美女与野兽……'"

我心灵里突然产生出一股强大的力量。我不后悔办起了这样一所学校,吸引来这样一群残疾人。看着他们,脸上都有一种不健康的颜色——柴色。干瘪的枯燥的说黑不黑说黄不黄说灰不灰的颜色。他们的生命力却有足够用的强度和韧性。因为他们都是经过九死转不死的人,敢于直接呼唤死神,而死神又惹他们不起。主要是由健康人组成的社会显然是低估了他们生存的分量。不给他们学习、接受训练和就业的机会。不仅是人道上的缺陷,更是对人类文明和生命智慧本身的嘲弄。今天不是我为他们举行开学典礼,倒好像是这些残疾人在为周围这些正常人举行开学典礼。

赵培最后朗诵了一首诗,用以表达自己想说的话:

秋降生在春的故乡
据说是人间天堂
可我对生活的第一个印象
是地狱
幸好还有父亲的墨水
母亲的眼泪

做我的乳汁

世界上没有一种秤
能称得出残疾人痛苦的分量
我都不敢称自己
是一架造粪的机器
因为我只是一堆破损的零件

我希望怜悯又厌恶怜悯
愿意碰到施舍又憎恨施舍
祈求有奇迹降临
又深知奇迹是势利小人
只对幸运者献媚
属于我的只是嘲骂和鄙弃

现在我无权再埋怨命运
那等于嘲讽自己
理想不一定能战胜现实
可我决心要试一试
并毫不游移地承担起
理想的责任和义务

虽然开学典礼的时间拖得够长了,沈大夫利用她大会主席的权力还是坚持让二班的于青为大家唱了两首歌才宣布散会。并反复跟我说,于青若不是两条腿残废一定能当个歌星或电视演员。她口气肯定,态度极端认真。谁要敢说于青成不了歌星她一定会跟人家展开一场激烈的辩论。我可不想伤她的心。尽管知道于青即使有着两条健壮的腿也成不了一个好演员。大家所以认为她唱得还不错就因为她是个残疾人。带着一种特殊的感情欣赏她的歌声,那仿佛是在她心灵里开放的一朵朵小花。

想不到这个开学典礼竟开出了这样的效果,我激动了自己,刺激了自己的兴奋点。客人们都走了,我还不想去吃饭,也不能静下心来回到办公室去坐一坐、想一想。像个服务员一样在学生宿舍和教室里串来串去,帮助他们打水端饭。正因为我四肢健全,反而不认识肢体的价值。也许只有失去了这些东西才像残疾人一样懂得身体的宝贵。我忽然觉得自己身上似乎少了点什么,某个部位也像残疾了一样。转眼间跟残疾学生的感情拉近了。我开始理解沈丹实的突然变化。我若早投入到学生中也会像她一样。不知白星春对这个开学典礼及残疾学生印象如何?我很想但终究没有找到机会跟她单独交谈几句。在整个开学典礼过程中,她也几乎没说什么话。

报纸遮住了他的脸,遮住了台灯平射的光亮,巨大的黑色方块在房子里移动,这种由他亲手制造的幽暗,更增加了应该行乐、必须行乐的气氛。他闻到了肉欲的味道,这令他厌恶的肉欲!夫妻间这天经地义的必不可少的肉体交合对他来说已不再是温柔的享受,而是一种威胁,一种压迫。当肉欲不能连接幸福时便通向灾难。

他最后的一次成功还是去年夏末秋初的一个星期天的早晨。凉爽突然赶走了暴热,煎熬了两个多月第一次舒舒服服地睡了一夜好觉。连女儿什么时候走的他们都不知道。女儿是个有主见的姑娘,昨天晚上找她母亲要了五块钱,自留了一兜食品,准备第二天一早去参加青少年活动中心的剪彩仪式。四周很安静,家家都趁着凉快睡懒觉。他毫无准备,只是碰到妻子的身体时不再汗腻腻黏糊糊,光滑凉浸。他侧过身来,妻子也正看着他,眼里突然流光溢彩,一股仿佛不是来自他体内,而是自天而降的暴风骤雨式的冲动鼓舞了他战胜她,莫名其妙地成功了。也就是说他有半年多没有尽丈夫在床上的责任了。他很想满足妻子,自己也享受男人正常的欢乐。一次失败就会引来一连串的失败,一连几个月抬不起头来,想性色变。自己的力量不够就想借助别的力量,他翻阅了大量文学作品中关于性的描写,还偷偷买了不少专门介绍性知识的书籍和报刊,低级庸俗不怕,所有交媾都是低级庸俗的。世界上难道还有高尚无私的媾和吗?只要有刺激性欲的段落他就做上记号藏起来,不能让妻子和女儿见到。临睡前的一个多小时,他就开始做准备,拿出那些珍藏的宝贝段落,希望能刺激起他男人的力量和勇气。岂料有些东西看第一遍时很刺激,待到目的明确带着任务看第二遍时反倒平平常常无动于衷了。他只好改变阅读方法,看到渐入佳境,估计后边会有刺激的地方便断然打住。克服先睹为快的欲望,留待临阵时再看。此招果然奏效。妻子每天晚上该干的杂务尚未收拾完毕,他已蠕蠕而动淋淋漓漓了,真的一切都准备就绪。当隆重的时刻就要开始了,他却平静得如一条死蛇,不战而败。所幸妻子对这方面的要求并不强烈,干也可不干也可。只是有一回他想用理智能够支配的手代替理智发动不起来的器官,百般温柔,按照书上写的程序和节奏对妻子进行抚摸。妻子被挑逗得有了行动,他也跃跃欲试。身子动了真格的,脑子里还不免有些紧张——但愿这次能坚持下来。杂念一生,立见萎缩,终又半途而废。急急渴渴的妻子也只是推开他,轻声骂了一句:"废物!"

从此他连挑逗性的动作也不敢有了,怕逗起妻子的性欲来自己又顶不上去,让妻子更难受。隔一段时间,妻子躺下以后也许会问他一句:"今天行吗?"他如果老老实实地承认不行,妻子并不埋怨他,自己掉头睡去。也许并不是她想这种事,而是看他可怜,主动提供机会,鼓励他成为一个男人。今天晚上他有一种感觉,妻子上床后很可能又要问那句话,他羞于说不行,实际又真的不行。一张晚报举了有半个多小时了,他在拖延时间,拼命回想能够鼓舞自己的美事,希望能感到自己的大腿间有了搏动再上床。

"这张报纸你还看得完吗?什么东西这样吸引你?"妻子等得有点不耐烦。多少年来没有特殊情况他们都是一块就寝。发昏脱不了死,他只好放下报纸,遮掩地说:

"公用医院办了个残废人职业学校,汪治国这个人很有办法。可惜他们只注重形体残疾的人,忽视了心灵残疾的人。不然姚克宗也可以去上这个职业学校……"

"别唠叨了,快关灯吧!"冯燕玫带着火气喊了一声,一股突然袭来的莫名的烦躁控制了她,自己也感到吃了一惊。她没有觉察或觉察了也不愿意承认这是因为丈夫在这种时刻提到了姚克宗。这个壮硕、粗俗、狡黠、敢于直言自己劣迹的小流氓愈来愈赢得了她的好感。不用理智强迫自己她也不再厌恶他,自自然然仿佛是合情合理地容纳他成了自己家庭里的一员。她为自己的变化,为对姚克宗的好感而不安,甚至害怕。有时她闻到自己身上有一种变态的灾祸的味道。

老实而废物的杨康心里发虚,理所当然地把妻子的变腔变调理解成是对自己的不满了。他小心翼翼地钻进被窝,既不敢有所动作,也不敢没有动作。谨慎伺候。妻子没有问他行不行,直接用手摸他。他紧张而惭愧,何敢言战!妻子失望地抽回手,离开他,转过脸去自睡。他吓得一动不敢动,等妻子睡着以后他才能松口气,再想自己睡觉的事。静静地躺了好半天,妻子还是没有一点声息。没有声息就是没有睡着,他太熟悉妻子睡着以后那均匀的呼吸声了,有时脖子没放好或鼻腔有炎症还会打几声轻微的呼噜。妻子突然又转过身来,把他的脑袋紧紧搂进自己的怀里哭了。泪水弄湿了他的脸,他仍旧不敢动弹,真应该有个地缝让自己钻进去。他盼着妻子眼他大吵大闹一番,把他踹下床,赶出家门。那样妻子把身上的邪火发泄出来会好受些,他罪有应得心里也会安稳些。妻子不怪他——这种无言的责备更使他受不了,男人的自尊心被钝刀子宰割。妻子终于平静下来,他跳下床到厨房弄了条热毛巾替她擦了脸,赤条条的身子被冻得冰凉。为妻子效了点力,仿佛也有勇气和资格说话了:

"燕玫,明天你陪我到公用医院去一趟吧。"

"干什么?"

"我找过汪大夫了,他说治这种病必须夫妻一块去。他好像很有把握……"

"我可不跟你去丢那份人!"

"丢人的是我不是你。"

"你不看看我们都是什么岁数了？人家会以为我老不正经,对这个要求很强烈哪!"

杨康作难了,带着老婆去治阳痿实在太难堪。对他来说倒无所谓,不是在外边丢人就是在家里丢人。自己这个人反正是丢定了。

妻子反过来安慰他:

"我也不知怎么了,好好的就哭起来了。并不是埋怨你,你这样是正常的。我们都老了,快到更年期了嘛。"

"还不到五十岁怎么就说老了! 按理说男人到七八十岁也没有问题。"

"那不是你这种男人。"冯燕玫忽然觉得这话很容易被误解为挖苦他,便偎过来,为他宽解,"别胡思乱想了,快睡吧。这种事有没有对我都无所谓。这几天可能有点累,我情绪反常,一过更年期什么都好了。"

她希望近来心里时时出现的骚动和不安真的是更年期的反应。

杨康终于忍不住又来找汪治国了。汪治国告诉他,如今有这种病的男人太多了,多到令人难以置信的地步。但多为精神原因,而非生理原因。最后还是为杨康开了药——其实最好的药是为他提供一个有经验的女人。

如今假男人很多,假女人也不少,有的硬邦邦雄性化了。有的表面很风骚,到关键的时候却没有女人味儿,不能成就男人,创造男人。

——这也是一种残疾。

汪治国突然又想出个主意:如果办个男科病诊室或性科学学会,既是善举,又能发财。

他却警告自己:决不可把这个想法说出来,让平军知道了不知又会干出什么事情……

乙亥

在残疾学生身边忙来忙去的还有他们的家长。他们中的绝大多数是由家长送来的。这很好理解,那些四肢健全的孩子参加升学考试,还都要家长护送哪。有时等候在考场外的家长比考场里的学生还多,因为有的家庭双亲或更多的成员一齐出动。即或智商不错的小伙子、大姑娘去大学报到也要家长陪伴。他们躲在阴凉地方吃冰棒、喝汽水。替他们站在太阳底下排队、领表、填表、交费的几乎都是家长。时代变了,老小的位置也可以颠倒,"孝子"为什么不可以解释为老子孝顺儿子呢?何况我们的学生都是伤残人。他们的家长跟那些考上大学的学生的家长,心情又不一样。忧多于喜,紧张不安,对自己的孩子不放心,对我们的学校也不放心。从外地来的学生家长几乎都要在学校附近的旅店里住下来,他们要看一看,尽量对自己的孩子再多照顾几天。他们坐在教室的窗户跟前或站在平房的墙根下列席了开学典礼,明天学生就要正式上课了。不论他们放心还是不放心,也不准进教室旁听,都该回家去了。心急的已经买好了今天晚上的车票。明天走的也得在今天晚上跟孩子告别,再千叮咛万嘱咐一番。每个家长离去也都要找到我千恩万谢一番,无非是希望我对他的孩子多加关照。我全都答应着,说着千篇一律的客气话。其实谁是谁的家长,姓谁名谁,我大都记不住。这两天我手忙脚乱,晕头转向,一下子哪能记住这么多学生、这么多家长的名字呢?

但是,当于青陪着一个中年妇女来向我告别的时候,我一下子就猜出那可能是她的母亲。女儿在开学典礼上出了一下风头,也给当母亲的脸上涂上一层光彩,暂时盖住了因长年焦虑和愁苦所形成的那一层灰。我领她们回到办公室。

照样是可以理解的谦卑和客套。这些家长们之所以如此,就因为养着个伤残的儿女。最看不起残疾人的也许是他们自己和他们的亲属。面对于母的谦卑,感到尴尬的却是我。她为什么像其他家长一样也认为非得求别人的施舍与照顾呢?他们的孩子心里怎样看待这一套?

我想赶紧把谦卑和客套岔开。从我嘴里说出的仍然是一些没有多大意思的应酬话:"于青很聪明,歌也唱得不错,大家都很喜欢她,您尽可以放心。"

想不到于青的母亲突然哭了。我心里愈发不自在,对一个自己很熟悉的女人突然掉眼泪都没有办法,更不知该怎样应付一个陌生妇女的哭泣。特别是还当着自己的学生。盼着沈大夫快回来为我解围,她肯定比我有办法应付这些养育灾难也被灾难养育的母亲。窗外漆黑,各个房子里都有说话声,不知沈大夫被什么样的学生或家长围住了,她又是怎样应酬的呢?于青看出了我无所措手足的窘相,解劝她妈妈止泪。

妇女眼泪来得容易,收回去也容易:

"汪校长,我是打心里感激您才忍不住哭的。于青这孩子从小就爱唱歌。她是先学会唱歌后学会说话。上完小学二年级就休学了,天天抱着收音机学唱歌、学识字。能有现在这点文化知识全是通过唱歌学来的。"

天哪,靠背歌词认识的那几个字能够学医吗?她是怎么通过考试的?靠唱歌把平军的心和耳朵都唱软了?

"她没有伙伴,也不能跑出去玩儿,只有歌声是她最幸福的收容所,一钻进去就把一切忧烦都忘了。她醒着的时候知道自己永远成不了一个演员,只有在做梦的时候才敢登上舞台,有好多人听她唱歌,为她鼓掌。想不到今天她的梦变成真的,真的比梦还要好。有这么多领导,这么多记者,给她录音,为她拍电视。校长,这对她太重要了!她长这么大还从来没碰上过喜事,谁会用正眼看一个残废孩子呢?要不是你们办了这个残疾人学校,怎么会轮上她出头露脸?也许从今往后她的生活真会发生改变……"

我不知为什么突然走神儿又想到了杨康,他的妻子和那个姚克宗,也许他们该把那个流氓送到我这儿来……

她的眼泪随着她的话又流出来了。于青也在旁边陪着母亲抹眼圈儿。让一个残疾人当众说几句话或唱一首歌对他们的心灵竟有如此强烈的复苏性震撼,抑或是巨大的慰藉。今天这风头可出得有价值!以后我为什么不多为学生组织一些让他们有机会表现自己的社会活动呢?

母女俩并不想马上告别离去。我请她们坐下,有一句没一句地搭讪,等待着她们说完她们准备好要跟我说的话。在她停顿的时候,出于礼貌我也问一两个无关紧要的问题,实际上我的脑子很难集中,眼睛看着她们,心里常常想到别的:

"您做什么工作!"

"在中学教书。"

难怪她的语言表达能力这么好。她的女儿即使一天学没上过也不会成为文盲的。

下面我似乎应该询问于青的腿是怎样残废的。对这个问题不问不合适,好像你对人家的残疾一点不关心。问也不大合适,触动对方的痛苦不是一件愉快的事,非道德君子所愿为。医生则除外。有人愿意向别人讲述自己的不幸,有人则非常厌恶讲述自己的事情。健康的正常人又总是对残疾人抱着某种不同程度的好奇心,他们残在何处以及因何致残的等等。我固然多年行医,常见伤残,特别是最近,几乎天天都是满眼伤残;由于我跟伤残人的关系不再是简单的医生和病人的关系,我看伤残的角度也不一样了。好奇心不仅没有减弱反而加强了。也许是对他们加深了理解和同情的缘故。

作为一个残疾姑娘的母亲,她心中的忧烦积压太久太多,需要疏导,需要宣泄。跟别人谈自己不幸的女儿的不幸,几乎是她唯一重大

的永恒的话题:

"于青从来不知道健康人的生活是怎么回事。到五岁还不会走路,以后能走了也是一拐一拐的。到八岁才上学,每天都是我用自行车把她送到学校。刮风下雨同学们有时也会把她背回家。当然有更多的人是嘲骂她,公开地喊她'小拐子'!对一个身体有缺陷的人来说,歧视无处不在。她还太小太嫩,自卑感来得快,忘得也快。凡是学校组织的活动她都参加,居然第一批加入了少先队。"

于青在母亲身边没有丝毫娇气,倒有些不耐烦:

"妈,你又说这些!"

母亲却不愿意让女儿打断她:

"跟你们校长我什么都可以说。于青十岁的时候后脚掌磨起一个水泡,剪破后露出红肉,住院两个多月不合口儿。医生不让她下地,她憋不住有时偷偷拐出去看看外面的世界。后来脚跟的骨头就露出来了,发展成骨髓炎,连续发烧。我们带她到北京积水潭医院去治,大夫一检查就说得截肢。我当场就背过气去,眼看她就没救了。人的一生既漫长又迅速。她父亲也不敢做主,叫她自己拿主意。当时于青还不满十五岁,却已经有很强的自制力。被病魔缠的不论心里承受了多少痛楚,脸上也不表露出来。她不同意截肢,叫我们把她背回家去。她说就是脚后跟起了个水泡,破皮后还不愈合哩,截去双腿剩下两个碗大的口子怎么能保证会合口呢?既然反正都很有可能要死,不如留住两条腿。坏腿也比没有腿强……"

听着她的叙述,我感到自己的下肢开始发麻,似乎也要瘫痪。对面的学生宿舍里喧哗声愈来愈高,还夹杂着一些叫骂:

"混蛋,就不替你老子想想!"

不知发生了什么事,我只好请于母原谅,起身往外走。

于母话未说完,只好长话短说,跟在我身后边走边托付:

"于青这孩子早熟,也许是肢体越残废的人神经越健全、越敏感。因此对痛苦的感受也就越强烈。她又不愿多说话,宁肯一个人唱歌。务请汪校长多费心,有什么问题及时通知我。"

"妈,我不是小孩子!"于青不高兴地停住了双拐。

"你也不是大人。"母亲也只好停住脚,准备在黑暗中随时可以搀扶女儿,"我在跟校长说话,你干什么老插嘴!"

我趁机跟于母握手告别,叫她放心回家。然后循吵闹声来到一间男生宿舍。这里已经拥挤着很多看热闹的人,沈大夫也在场。大家闪开路让我进屋。有人喊:

"校长来了!"

"好,我让校长管管你!"

说话的是位秃发老者,站在临窗的单人床前,一脸无可奈何的凄苦相。坐在床上的是个独臂少年,低头不语,任别人说得天旋地转,他岿然不为所动。

老人求救似的望望我。

"怎么回事?"

我在沈大夫旁边坐下。沈大夫向我解释这件事的始末:

"他叫高长起,都十九岁了还像个小孩子,离不开家,离不开大人。他父亲在这儿已经陪了他三天,买了今天夜里的火车票要回去,他死活不让。要么他父亲留下来陪他一块上学,要么他跟他父亲一块回家。反正他父亲去哪儿他就要跟到哪儿。"

不用问,高长起在家里准是个剩宝贝。他认为自己是给他爸爸上学,留下何益?我这里不是幼儿园,不能因为他晚熟就像哄孩子一样娇惯他。

老人见从我这里得不到帮助,只好再去求他的儿子:

"长起,咱在家里不是说得好好的吗?我把你送到这儿就回去。你得学点本事,将来自己养活自己。我不能养你一辈子、管你一辈子,有一天我蹬腿闭眼了,你靠谁呀?"

他儿子照旧不吭声、不抬头。

屋里的热心人又开始帮腔,这个重申残疾人掌握一门一技之长的重要性,那个自告奋勇愿意照顾他,保证让他比在家里过得还舒服。我可不赞成打这样的保票。大家为什么都爱管别人的闲事?难怪中国人老是长不大。

老子总是往好处想自己的儿子。高长起的极有个性的沉默,被他父亲认为是动心了、听话了。老人想趁机脱身:

"就这么办,长起,要听老师的话,过几天我再来看你。"

高长起那只尚好的手突然死死抓住父亲的衣襟:

"我跟你一块走。"

"长起,你就当是给你爹上学还不行吗?我求求你啦!"

老人扑通一声冲着儿子跪下了。

屋里人一下子全都傻了,谁也想不到一个慈爱的心强命蹇的父亲在儿子面前竟软弱无能至此!也许他们还有说不出口的隐衷……

沈大夫劝说老人起来,其他学生的家长则申斥高长起:

"你这孩子怎么这么不懂事,想把你老子逼死吗?"

"你白活这么大!"

他的父亲也觉得老脸丢尽,不再答理儿子,竟自往外走。高长起也不怠慢,一瘸一拐地紧随其后,如同其父摇摆的尾巴。那只手又毫不犹疑地从后面揪住了父亲的衣服。其父怒极,转身朝着他的脸抽了一巴掌!

儿子一个趔趄,但抓着父亲的手并未松开。老子又怕儿子摔倒,赶紧扶住。突然悲从中来,不禁抱住儿子放声大哭,老泪滂沱。儿子依恋父亲,并非心如铁木,爹哭他自然伤情,也抱着老爹大声哭号起来。

我示意大家赶快离开,不要在这儿给他们增加额外的精神负担,这种事情越有人看越坏。

开学后的第三天有白星春的课,我搬着自己的椅子提前坐在教室的后面。公司找我,病人找我,平军和沈丹实还有一大堆大事、小事、正事、闲事要找我商量。天塌下来也不管,我必须听白星春讲课。出于礼貌,以示隆重,给她捧场,满足自己或者还有其他想不透、说不出的原因。反正我是校长,想听谁的课就听谁的课,理由充足,光明正大。谁又说我不够光明正大呢？何必心虚。无非让赵力力、钱瑛她们几个多是多非的闲女人斜瞪你几眼，多甩几句不咸不淡的话。又奈我何？

她又换了一身衣服，恬静庄严。冬天的衣服谁能经常换得起？她有多少套衣服？——我为什么老注意她的打扮？医院里谁穿了件什么新衣服，我向来不特别注意。以前连惠英有几套衣服，她喜欢穿什么样式的衣服也没有留过心。对白星春身上最细微的变化都格外敏感，我还不敢对自己承认，心里有一种隐秘的感情在萌发。

"人体的构造和功能是非常复杂的，到目前为止，人类对自身的认识落后于对客观世界的认识。从今天起我们要学的这门课是正常人的人体解剖生理学。一个医生必须透彻灵活地掌握并运用关于正常人体的构造和功能的知识……"她忽然停顿了，可能顾虑刚才这番话会伤害残疾学生。正常人给残疾人讲课双方都很敏感，她这门课是最难讲的。"残疾人除去某个受残的部位外，其余的跟正常人一样。从现在起你们要以未来的医生的热情和专注来学解剖生理学，不要老忘不了自己是残疾人。按理说残疾人学解剖学更迫切、更容易。但要克服心理上的障碍，这障碍就是对正常人体的忌羡和仇视。我讲授的是科学，科学不受感情的影响。当然我会尽力理解你们。最近几天我把能够找到手的描写残疾人生活的文学作品都看完了，最让我感动的是一个下肢瘫痪的作家写的自传。他说残疾人都有阴暗和反抗的心理，常常抱怨健康人不理解他们。他们更不愿意理解健康人，总以为健康人会鄙视他们，可怜他们。这位作家知道这一点，所以就格外宽容、厚道、乐观，克服自己的局限性，去理解健康人。几个健康的朋友邀他去逛五台山，朋友们抬他上下山，他丝毫不说客气话，不做被感动状，不自惭形秽，不自卑。想上就上，该上就上，谁想抬就让谁抬，只要想上山就不愁没人抬他。游人围观，他也很大方自然。谈笑风生。买纪念品、买食物，他的朋友们也不是全包下来，该让他出钱的就让他出，以示平等。完全把他当做一个不能走的健康人。今后我对你们也是如此……"

不管同学们以为如何,我被她的话感动了。为了适应这个残疾人的讲台她居然去阅读大量关于残疾人的书籍。我还没有做到这一步。

听她讲课是一种奢侈的精神享受。我不必动脑子跟她对话,却可以大大方方地盯着她瞧个够,仔细观察她感情细微的变化,一言、一笑、一扬眉、一举手,教养有素,风韵稳重。但她的口才像她的智慧一样锋芒逼人,话音如乐声,清晰、优雅。真好听,带着聪颖的信息轻轻揉搓我的脸、耳及每一处暴露的部位。我的存在看不出对她有什么影响。假如我们两个换个位子,我没有把握将分寸能掌握得这么好,不炫耀,不紧张,认真而又轻松,应付裕如。她并没有讲出什么惊人的东西,却始终牢牢地抓住学生的注意力。像指挥一个乐队,她的一个眼神儿,一个手势,一句话,写出一两个字,都会牵动整个课堂上的气氛。只偶尔用目光朝我这边轻拂一下。我立刻感到有风在心头徘徊。静静地坐在她的课堂上,想自己愿意想的事,看自己愿意看的人,听自己愿意听到的声音,妙不可言。往后我将经常躲到她的课堂上来。她的声音似乎能将一切烦恼都挡在教室外面。

她不用站起来拿粉笔往黑板上写字,随身带来一个精巧的幻灯机之类的玩意儿用粗铅笔在纸上任意写写画画,黑板旁边的墙上立刻就出现清晰的投影,比粉笔字还要大几倍。有些人体生理图是现成的幻灯片,放进机器就等于挂在了墙上,而且放大了几十倍。效果很好,又省了吃粉笔末。她身上穿的手里用的都是新鲜东西。我应该记住,每逢她的课就提前把黑板摘掉。可惜我不能永远躲在她的声音和目光里,时间由她支配就过得飞快,丰富而单纯。下课后走出教室,属于我的仍然是一团鱼龙混杂的现实。白星春也帮不上多大忙。

权力无所不在,任何一个有人群的地方都要受它的支配。过去没有创办这样一所"残疾人职业学校",公司的领导很少过问医院的事情。"公用医院"也像垃圾箱、电话亭、邮筒、公共厕所等许多只有人用而无人管的公用设施一样。现在,领导突然对医院有了热情。而批判和纠正我主持医院工作上的错误又能集中体现领导的关怀。领导对我的不满意通过正式的和非正式的渠道散布开来,很快地、很容易地动摇了我这个本无根基的小小院长的座椅,受残疾学生的影响,我们都变得格外敏感,心智脆弱,公司打来一个电话,在医院就足以引起一场地震。

"你是谁?通知汪治国到公司党委来汇报。什么?汇报什么他应该心里明白。你们办残疾人学校请示谁了?谁批准的?"

我不善于不喜欢汇报、请示之类的形式,也说不上惧怕这一套。骑上自行车一通猛蹬,赶到公司,头头刚走。至于干什么去了问谁谁也不知道。只好再追回医院。来回一个半小时白白扔掉了。屁股还没坐稳公司又来电话催我快去汇报,说头头回来不见我的人影儿很恼火。这纯粹是戏弄我,他们会发火,难道我就不是人,就没有火性!吃过午饭再去,趁下午刚上班的那一会儿堵住高经理。据说头头们一上班先到公司打个照面。我准时踏进了公司的办公大楼,里面空空荡荡,许多办公室都锁着门。从一楼走到四楼竟没有碰上一个人,楼道里非常清静。我怀疑走错地方进了一栋还没有使用的空楼,要不就是记错了日子今天是星期日。到哪里去找高经理或党委书记?

我只好耐着性子文雅而又没完没了地挨个敲响公司办公室的门。打电话叫我来汇报的那个人就自称是办公室的,公司里有这么多办公室,我的人忘记问他是哪个办公室了。堂堂一个庞大的公用公司,上班的时间其他科室里没有人,办公室里总该留个人看摊儿吧?我突然明白了,有人敲我的门的时候为什么像打砸抢!那些人也像我眼下的心境一样,心急火燎,撞上了巨大的铁围墙似的官僚体制和像慢性疾病一样无边无际、无孔不入的懒散风气,一肚子怨气、怒气无处排泄,就都撒在门上。敲一个迟迟不开的门是需要很大勇气的。

周冠五睡眼惺忪,没有歉意反倒一脸不耐烦:"你有什么事?"

"不是你们叫我来汇报的吗?"

他睡得迷迷糊糊,居然没认出我来或者认识我但记不得我的名字了。天气这么冷他们还有午睡的习惯,春天未到,"春困"先来。"秋乏"大概也将变成一年四季都乏。

"哦,是汪院长,快请进。"

　　办公室里热烘烘的,暖气很足,怪不得他们发困呢。周冠五还不错,大概是看在过去他常找我给头头治病的情分上,给我倒了杯水——虽然我决不会用那油渍麻花的杯子喝水。他也能抬起眼皮跟我说上几句话。

　　"你怎么不上午来?"

　　"上午我来过了,找不到人。"

　　"下午就更没有人了。"

　　公司的干部们是这副样子,有什么资格领导和批评下边?

　　周冠五给我出主意:

　　"你要想见到高经理只有两条道,一条是到他家里去找,还有一条就是明天早晨一上班来办公室堵他。"

　　叫我来汇报工作而又不让我找到他,这是什么意思?平军也劝我到高经理的家里去谈残疾人学校的事,容易得到他的理解和支持,至少在他的家里他不会轻易发火,便于对话。我还是决定明天再来第三趟,这是公事,就要公办。他不见我,我就不汇报。我没有也不敢怀疑和蔑视高经理及公司党委的权力,我不花国家的一分钱,有积极性办一点善事,有什么不好?难道非要哀求领导的准许吗?

　　"汪院长,这回你们可大发了!"

　　周冠五的话引起我的惊觉:

　　"这是什么意思?"

　　"别装傻呀,有好处也想着咱这公司的穷干部一点。"

　　这也许就是症结之所在。他们以为我捞了大钱而又未给公司上供。我对这种猜度和误解厌烦透了,不想再解释。实际也无法解释,解释了他们也不信。

　　周冠五告诉我一个消息,马士殿很快就要从拘留所放出来了。这个人真有办法,出了那么大的事,居然没事了。他是不是还要回医院?周冠五告诉我这件事是什么意思?

　　第二天我踩着上班的铃声在高经理的办公室里果然堵上了他。他正翻找文件急着要去市里开会,没有耐性听我说话,甚至不愿意看我一眼。我为自己感到悲哀,这是何苦呢? 又没有勇气掉头而去。

经理高高胖胖的体魄,堆满厚肉的冰冷而死板的面孔,阴郁的眼睛,陌生的拒人于千里之外的官腔,六亲不认、忘恩负义的官势——都对我构成一种巨大的压力,能够把我碾碎! 他的身体好了,但愿他今后永远不得病,永远别再求我。

他求我和我求他,前后判若两人。他求我是为公,我求他是为嘛,人心不古若此,我还有什么可要汇报的呢?

"汪大夫,我们任命你当院长,是想叫你把医院搞好。谁想到你会把一个好端端的医院让一帮瘸子拐子给占了!"高经理终于找到了他想要找的文件,有心思训斥我了。

瘸子拐子碍了他什么事? 碍了公司什么事? 我想不通,公司的头头为什么会讨厌残疾人职业学校? 他们扭住了哪根筋? 人跟人之间就是这样,一碰面,刚发生甚至还未发生关系,一切都已确定了。不喜欢就是不喜欢,说不出为什么,就是不喜欢。

"你怎么不说话?"他用一片晦暗的目光打量我,我有一种不吉利的感觉,今天该我倒霉。他惯于自说自话,却又怪我不吭声。

"这叫吃家食下野蛋! 办残废学校是民政局的事,有社会效益没有经济效益。我们公用公司能管得了那么多吗? 你们只图自己出名露脸,还不知经济上会捅出什么娄子!"他锁上办公室的门。我跟在他屁股后面,听他粗鲁而直率地发泄着对我的不满。这就是全公司的最高长官!

从经理的话里我似乎品出了一点什么味道,终究还不是太明白。他叫我来汇报却不容我开口,没有时间也认为没有必要听我说话,他有自己固定不变的思路,只要求别人适应他。而且惯于发号施令,每句话都带着尖刺刺的命令意味。我跟他下了楼,看他坐进小汽车,屁股一冒烟儿,眨眼没影了。

领导毫不含糊地打了这么响亮的喷嚏,小小的公用医院还能不得感冒吗? 各种闲话像中国人的鼻涕和黏痰一样到处乱甩、乱吐。我这个自封的残疾人职业学校的校长上任后的第一把火倒先把自己烧煳了。

我可以不理睬别人的碎语闲言,甚至包括顶头上司的误解,人世间的这些玩意儿是永远打扫不净的。我该怎么办就怎么办,谁有意见让他们当面来找我谈吧,这样既简单又干脆。作为中医大夫的汪治国完全能豁得出去。作为公用医院院长和残疾人职业学校校长的汪治国就豁不出去了!医生们需要评定专业技术职称,一般职工希望能晋级发奖,哪一件离得了公司领导的恩准能办得成?涉及每个人切身利益的事情,大家早就心里想着、眼睛盼着,我能豁出去得罪头头从而被他们卡掉群众利益吗?犯众怒是非常可怕的,且非我本意。我不能以牺牲众人利益保全自己做人的尊严。既当官就要随俗。现在哪个当头的不是用多给群众谋福利的办法买人心?用国家的钱给自己换个好声名是聪明的。反正是用河水洗船的事,何乐而不为呢?我不能给大家带来一些额外的实际的好处,已属不幸。摊上了我这么个院长就是大家的大不幸。倘若再把大家应该得到的东西弄飞了,岂不缺德,于心何安?上边压加上窝里反,我将无地自容。

我本人有恃无恐,当院长混不下去了还可以去当医生。那些残疾学生怎么办?早知如此又何必当初?画虎不成反类犬,无异是雪上加霜,又一次坑害了他们。再说真要丢掉院长的职位我也并不是完全不在乎。如果从来没有当过官(哪怕是芝麻绿豆大的官),那是另一回事,当了几年已经尝到一些滋味——苦辣酸甜都是滋味,让人上瘾的滋味不一定都是甜的。正需要这个位子的时候忽然又被罢黜了,则是另一回事了。现在我明白了,为什么越是当官的越怕官。公司里没有任何迹象要撤掉我的职务,自己倒先神经过敏了。明知可笑复可悲,还是禁不住要这样想。天才戴上乌纱也容易变得平庸,聪明人一朝权在手也会愚蠢,他想不愚蠢都不行。任何个人都无法改变权力本身那铁板一块的规律和巨大的销蚀性。我似乎看见了自己将来会变成一副什么样子——委曲求全的、牢骚满腹的、可怜巴巴的、精明奸猾的、充满痛苦的、脾气古怪的、说年轻不年轻、说老不老的一个兵头将尾巴。

还不知马士殿回来会有什么动作?!

丙　子

忙得连尿尿都忘了——话糙理不糙,对我正合适。当然跟厕所太远也有关系,去一趟厕所,需要有远征一次的决心。那实际就是古老农村式的茅坑,通过一条长长的拐弯抹角的砖石小路连接着医院的两排平房。隔十天半个月不打扫,气味也不会熏着医院。

我在远征回来的路上被赵力力堵住了。这么冷的天她就穿上了裙子,总想领导时装新潮流。说她不怕冷吧,脚上又穿着羊皮靴。她提前进入了春天,还是夏天?

"你不冷吗?"

我愚蠢的问话让她得到一种很大的满足。女人们大概最喜欢眼下这种初暖乍寒的天气,竞相穿出各种时装争奇斗艳,行将隐退的冬装还有机会回光返照,各种新潮流春装纷纷亮相。我的惊讶就证明小赵的打扮是成功的。能引起别人的注意就不枉费一番苦心。美得自然,美得舒适是次要的,重要的是能够触目惊心。

"校长先生,又去听白星春讲课了?"

这语调让我极不舒服。娇美的化妆术掩盖了她脸上的雀斑。

"怎么啦? 我听她讲课有什么不对吗?"

"瞧你,谁敢说你不对,干吗绷脸? 你可真变了……"

"我哪儿变了?"

"以前你脾气多好,从没见过你红脸发火。谁不知道你是出了名的年轻老正统,夫人震死以后再也不用正眼看任何一个女人。有人说因为你以前的夫人美得空前绝后了,也有人说你用情专一空前绝后了。可现在……"

"我现在怎么啦？你今天怎么尽说半句话！"

我听出自己的声调也极不自然。我知道她要说什么，我成天围着白星春的屁股转啦，我办学校的目的不是为了残疾人而是为了跟白星春接触啦……我这一变颜变色，赵力力反而不敢讲下去了。女人是因妒忌才好奇，还是因好奇才妒忌？其实，她想刺激我提醒我的目的已经达到了，立即换了一副脸色和腔调：

"治国，你的官儿越当越大，连跟你说句话的空儿也没有了。"

"有事吗？"我话里果然有股官腔。

"没事就不能找你吗？聊聊天、说说闲话就不行？"

我憎恶闲话，也许因为自己现在成了闲话的中心，再也不能忍受她那尖细而又响亮、放得开收得住而又自我陶醉其中的声音散布出一连串无聊的望风捕影的甚至是恶毒的信息。以前我的诊室里多是病人，她可以来去自由，甚至任意把病人撵出去或拒之门外，然后毫无顾忌地跟我海聊一通。现在除去原来的诊室我还有了一间属于自己专用的办公室，到我办公室来的大都是本院职工和学生，或开会，或谈正经事情——即使在我看来绝对不是什么正经的事情，来人也要摆出一副正经八百的样子。而小赵只有滔滔不绝的废话，缺少正经内容，自然难以排上队堂而皇之地走进院长兼校长的办公室。

小赵手心里捏着两张花花绿绿的硬纸，把其中一张塞给我，十分神秘：

"我好不容易只搞到这两张，你可不许蹾我，不许把票子让给别人。"

她自认为是我的什么人？好像有权利对我说这种话。就不想想我也可能会断然拒绝她？站在这个地方说话，而且嘀嘀咕咕，明天又会成为全院的一条新闻。她也许正是要追求这种效果。

"这是什么票？"

"哎呀，还能是什么票！当然是香港歌星的音乐会。全城的人都像疯了一样抢票。要不还用得着我费这么大牛劲！"

"谢谢你,我恐怕去不了……"我差点说出更煞风景的话,无论如何不该让她难堪。毕竟她是出于一番好意,又是个姑娘。我放缓了语气,"什么样的歌星有这么大的魅力?"

"呀?你是真不知道还是装傻?"我是严肃认真的,为什么别人总以为我在装傻?她的眼光让我感到自己是个乡巴佬。这样珍贵的票子给我这样一个对现代歌星一无所知的人实在可惜。我为她难过,为让她对我如此失望而感到不好意思。

"你成天就知道瞎忙,过的这是什么日子,连罗文、汪明荃来了都不知道!他们在广州演出每张票的黑市价格卖到一百元。散场后坐在前排的女孩子都不走,等着握一握他们的手,如果再被罗文拥抱一下,简直是至高无上的幸福和荣耀。"

她明天晚上是不是也想让罗文抱一抱?何必拉上我碍手碍脚的。想把票子还给她,却又怕伤害她:

"哎呀,这么难得的票,如果我去不成浪费了多可惜,不如你另找个人陪你去。"

"不行,我就要你陪。我知道你喜欢音乐。"

我称得上是酷爱音乐的,年轻的时候也喜欢唱,真要亮开嗓子放歌一曲,自信医院里没有几个人能比得过我。现在显然是跟不上趟了,成了该死的年纪不老的老正统。我真正欣赏的还是六十年代出版的《中外名歌200首》里的歌曲,对千部一腔的、做作的、歇斯底里的、沙哑粗嘎的、含混不清的纯港台、准港台和仿港台的所谓流行歌曲,只敢说能够忍受,决不会像听云南民歌《小河流水清悠悠》和青海的《花儿与少年》那样,两句一进耳就心醉神迷,通身的每个细胞都融进了音符之中。那没有音乐的怪模怪样的吼叫,那缺少文化的搔首弄姿的低吟浅唱,怎么一下子取代了中国民歌和极丰富优美的各族民歌?中国有自己的通俗歌曲,这些一哄而起的时髦玩意儿不能算是真正的艺术。音乐会上没音乐,艺术节上无艺术,文化活动少文化,一个文明大国和文化大国怎么可怜到如此地步!然而老百姓一哄而上,像赶大集一样追逐时髦。不管什么货色一律都水涨船高,你有再好的东西群众却不认账。你了解自己的同胞吗？你还敢说自己是中国人？也许是我自己真的落后了？跟不上这个时髦的社会了？

"哎,你又想什么了?"

"啊……想歌星。"我对不住她,缺乏应有的礼貌和热情,更谈不上感激。她经得住近瞧吗？会不会也有一张男人脸？为什么她和钱瑛一样都是这么大胆、这么主动,如果像白星春那样自重一些,含蓄一些,也许会让我更动心,说不定我会主动追她……

小赵不怪,反而扑哧一声笑了:"校长当了还不到两个月,脸倒瘦得小了一圈儿,天天神不守舍,脑瓜不够用的。"

"的确不够用的,一开课学校就走上了正轨,必须保证教学。还有一大摊子医院的工作。"她关心着我的胖瘦,我有点得意,有点发热。其实对于中年男人来说瘦是一种精炼,未必是坏事。

"我不管那些。明天晚上开演前一刻钟我在和平剧院门口等你。不见不散,别忘了,啊!"

她不放心地、急切地、狠狠地盯了我一眼。这莫名其妙的、感情复杂的一眼似含有无尽的意味,不等我答应就匆匆走开了。好个"不见不散"！这约束力可不小。我真的要去赴她的约会吗？

她似乎很愿意让大家看见我堵住她而不是她把我堵在小道上谈个没完。但不想让人看见她给我的音乐票。可还是被有心人撞见了。钱瑛也去远征,好像无意间跟我走了个对面。她满脸狐疑,头发揪得紧贴脑皮在后面系成个黑炊帚,突出的略凹的大圆脸上男人的特征更明显了。我为她难过。

"小赵刚才跟你嘀咕什么了?是不是给你送戏票来了?"她声音不大,但很有力量。她在暗中监视我,还是监视小赵？

她们好像都有权利用这种语气跟我说话。别人跟我说什么与她何干？我对付这些女人的武器就是不吭声。不管她说什么,你只盯着,只听着,她自己讲来讲去就会感到没有味道了。这种漫不经心是对女人最大的残忍。你不论说是说否,都容易造成两个女人之间的矛盾。

"她不是看上了你这个人,而是看上了你的名誉和地位。臭巴结!"小赵看不看得上我跟她有什么关系?她自己又是什么呢?

她看上了我什么?我本来也认为她似乎比小赵更适合我,现在不可能了。理由我将永远不会说出口。她有丈夫孩子,虽然她说不和谐。要拆散一个家庭也不那么容易。她为什么要吃着碗里看着盆里?并因此迁怒于想跟我要好的女人呢?女人间的敌意真是神秘莫测。我应该寻找机会采取最近的距离观察白星春和小赵,看她们的脸上是否也有男人的特征,果真如此一切麻烦都没有了,证明我心理上有毛病。说来可笑,还是可怕?我身为医生,又是残疾人学校的校长,说不定自己也是残疾人,又如何救得了其他残疾青年?

我摆出的肉头阵很快取得胜利。钱瑛不再唠叨,被妒火烧得漆黑锃亮的眼睛变得温柔了:"治国,你咋啦?"钱瑛近来对我的态度变化极大,在我面前不再百无顾忌地胡数乱骂,不再跟别的男人嬉笑打逗。正经了,话少了。只有那时刻都在追踪我的目光永远是饥饿的。我有点怕她。进入这种状态的女人可以不顾一切,什么事都做得出来,你即便不答理她她也不会放过你。闹不好会成为仇人,那又何必呢?又可怜,又可气。

"你看,"我转移了她的视线,有几个孩子轰赶着一个黑糊糊脏兮兮的庞然大物,慢慢吞吞、东摇西摆地晃悠过来。我还从未见过这么大的猪,简直就是一头象。脊背如同一块凹形铺板,小孩子可以躺在上面睡觉。下面吊挂着一个半瘪的大麻袋。麻袋上坠着两排灰污污的奶头,像倒挂着的几十个荞麦面的大窝头。身上沾着黑泥、泔水、烂菜叶、孩子屎,带着一股臭烘烘的腥风臊气。那张举世闻名的极富个性的长嘴还在到处瞎拱,不管地上有什么都要插上一嘴。任孩子们在它屁股后面大呼小叫,甚至把砖头瓦块投到它身上,也全不在乎,照旧慢条斯理地东伸一头西啃一嘴。毛长皮厚,何惧小疼小痒。即使真的被重重的石块打疼了,顶多也是摇晃几下尾巴,摆动长耳,做出要跑的样子,待孩子们哄然闪开,它的长嘴又向垃圾堆伸去。它的骨架很大,身上的肉不多,只有一个沉重的十分突出的囊膪。它永远都是这么懒、这么饿,似这样东一嘴西一嘴,何时才能撑圆那个大肚子?

钱瑛皱起那可爱的塌鼻子,想要跟我说点什么悄悄话的兴致全没了。一尘不染的、闪闪发光的银灰色高跟鞋把一双秀足包裹得比女主人的脸更娇媚可人(把一团药布塞进这样的鞋里,让男人看了也会激动),带着女性挑战般的诱惑力,也在不自觉地往后退,本能地躲避着猪祖宗卷起的尘土和臊臭。她拉了一下我的衣袖:

"快回屋吧,这儿太脏了。"

我的兴致才刚来,看得正入迷:

"小钱,我跟那群孩子一样也在轰赶着一头猪祖宗,怎么赶也赶不动、赶不转。所不同的是孩子们是闹着玩儿,我却是认真的。因为这是我的工作。真可以急死你,累死你。而我的猪祖宗明明还活着就已经不怕开水烫了。"

"人家跟你说真格的,你尽打岔!"

钱瑛抡起眼睛斜睁了我一眼,径自进屋去了。我没有幽默感,平时也极少同人开玩笑,怎么会跟她打岔?

说真格的,我不会在本医院找对象。大家彼此太熟悉了,有几个可以考虑做候选人的姑娘,在背后都曾被别人的闲话扒光过衣服。我一想到某个姑娘背面的形象就一点情绪都没有了。何况我也决不会冒将来有可能做乌龟或准乌龟的风险。

我舍不得丢开那头猪祖宗。看看孩子们能不能摸准它特殊的习性,找到它生存的规律,从而把它赶得跑起来。我不急于回到办公室。不错,办公室里有人在等我,或为公,或为私。有的需要我出主意、拿办法、发号施令,有的只是想利用我一下,说穿了也不是利用我,而是利用我手里的权力。我动脑子,动感情,有时还动肝火,努力履行自己的职责。布置下去的事情却往往碰上鬼打墙,推哪儿也推不动,到处都是半身不遂。我或者发疯,或者也得半身不遂。

下午五点钟一过,医院就开始退潮,到响下班铃的时候人也差不多快走光了。我正好可以清静一会儿,从里面把门锁好。或躺,或坐,或闭目养神。任大脑的血液在这一瞬间突然全流光,只剩下一团意识的空白。什么都不记得,什么都不走去想,心里舒服得很。

咯噔、咯噔,有人推门,实际是撞门。明知门已上锁,还要不死心地重撞几下,门锁被碰得噔噔乱响。一下子把我从入定的空灵境界拉回到沉重嘈杂的现实中。同事们进我的办公室如同回自己的屋,不懂得需要跟我打招呼,不认为先要征得我的同意,不会轻轻地敲门,上来就推门而进。进不来再敲,亚若重锤。带着一种不耐烦、不信任,似乎知道我藏在屋里故意不开门。此时我想开门也不能开了,心里紧张,愤怒而不安,只能屏声敛气。没理的倒有理,有理的反像做贼。待来者确信屋里没有人,不解气地朝门上踢了一脚,才嘟嘟地离去。

是谁对我这么大火气?简直是带着一股仇恨。我当医生的时候不记得有人敢这么对我不尊重,更没见有人把对我的火气撒在门上。当院长以后我经验得多了,有人对我一无仇恨二无火气,也是这般打砸抢式的捶门法。他们认为到院长的办公室来是官差公干,用什么方式进去都无所谓。看来大家对当官的敬畏远不如对一个好医生的敬重来得真诚和自觉。我一想起自己在公司办公楼里敲不开门的窘迫,就一点火气都没有了。谁都有权利占用我的时间,唯独我没有权利支配自己的时间。不论什么人、碰上了什么事情、在什么时间都可以找我,都是"官的"。

筋肉僵硬,关节酸疼,疲乏在全身成片地扩散,麻木在颅腔里呈条状分布。直想早点回家,不顾一切地大睡他一夜。正像我宁愿这样呆到死也不想动弹一样。我心里最清楚,一旦我有空闲,静下心来休息,我渴盼的清静便离我而去,思想陷于无边无际的自我烦扰之中。热闹场面过去了,残疾人学校的新闻价值所剩无几,人们对它的兴趣和新鲜感逐渐消失,只给我剩下一堆各种各样的非常具体的麻烦。

她好开心啊,笑得像个丑八怪——这是记者的感觉。是他把她逗笑的,他却一直在冷酷地品评她、估量她。

她从未对着镜子练过笑,不知为什么很自信。认为只要是从心里想笑,真诚地笑出来就很美,姑娘的笑没有不好看的。她控制不住自己,老是情不自禁地笑起来,记者长得很帅,脑子里尽是怪问题,说话就更俏皮,把人逗得笑破肚皮他还是那副冷面孔。这次他可是专为自己来的,她滔滔不绝地把心里的东西全告诉他了,连自己的日记也让他看了。让同学们眼馋吧。爱妒忌的刘莹临出屋的时候故意把门摔得很响。活该,气死你!她知道窗户外边一定还有人往屋里扒头探脑。让他们看吧,等到记者的文章登出来那才真正值得看哩!在开学典礼上她认识了这位记者,就经常给他写信,她的希望寄托在记者手里的那支笔上。任何医术都不可能再把她变成一个健康人,只有一条途径能够帮助她实现比一般健康人还要荣耀灿烂的人生——这就是出名!像张海迪那样。她比自己残废得还厉害,可收到了无计其数的求爱信,成千上万的健康英俊的小伙子,有些还是很有知识的,都拜倒在她那瘫痪的脚下。达到那一步需要自己刻苦努力,更需要报纸的宣传。她如果有那一天,可以优先考虑眼前这个年轻聪明的记者。

她又想笑。她终于有了笑的机会,能够畅快地笑,连续不断地笑。哗啦一声,窗上的玻璃碎了,一块脏兮兮的砖头飞进来落到刘莹的床上。谁叫她来得早,挑了个靠近窗户的好床位。活该倒霉。记者飞快地冲出屋去,也许还会有第二块、第三块砖头飞进来。她也想跑出去,由于坐的时间太长,她越着急越站不起来。双拐似乎再也支撑不住已经变成了大包袱的生命。记者也太胆小自私了,只顾自己逃跑,竟不来扶她一把。

一个无与伦比的疯子在公用医院的门口搅起一阵龙卷风。他鼻青脸肿,两眼血红,嘴里骂着不堪入耳又不能不入耳的脏话。四五个小伙子在扭扯他,却不能制服他。他抓住什么就用什么当武器,砖头、土块、立在传达室门口的气管子、食堂买菜的竹筐,噼里啪啦,吱呀乱叫。他还有一条腿是瘸的,不知原来就瘸,还是发疯被打瘸的。疯子痛快,发泄得痛快,嘴里三皇五帝、祖宗爷娘地骂得更是痛快淋漓。看热闹的人也痛快,无论男女老幼,无论听到疯子说出多么难听的话,都不忸怩脸红,更不责怪他。似乎一切都合情合理,如果疯子不这样大打大骂倒是怪事了。够刺激!为了自己也为了别人经常不断地疯一疯、闹一闹,未尝不是一件好事、乐事。

传达室的人和以平军为首的医院里几个身体还算强壮的医生,坚决挡住了这股疯狂的龙卷风。理由是公用医院治不了疯子,叫他们去神经病院。疯子的家属则央求说,神经病院人满为患,没有内部关系人家不收。也怪这个瘸腿罗汉疯得不是时候,应该等他的家人在神经病院联系好床位以后再发疯。他们身后跟着一男一女两个孩子,吓得哭哭啼啼,不停地喊爸爸。显然是疯子的儿女。疯子继续大骂:"谁说我疯,我日他八辈儿祖奶奶!"家属又求平军:"能不能给他打一针,让他睡一觉,老实一会儿。这个样子怎么把他弄回去?"平军打发人去喊院长。对付吵吵闹闹的事也许只有汪治国还有办法,他上前帮着摁住疯子的脑袋:"这时候谁敢给他打针? 他一挣劲针头断在里边怎么办?"

汪治国跟疯子一照面,立刻就觉得自己能够治他。却苦于不能检查他的脉和舌苔。他一眼看见疯子身后那两个满面泪痕的孩子,立刻有了主意。他把他们拉到自己的身边,给他们擦眼泪,叫他们不要怕。说明自己是这个医院的院长,能够治好他们父亲的病。叫平军给他们端来一杯水。两个孩子刚开始的时候拒绝他的好意,渐渐信任了他的慈祥和力量。孩子的叙述、大人们的补充,让汪治国知道这个精神病人最早是因房子问题生气而疯。两年前曾发作过,先后住院三次,花去近千元。这次也是因暴怒复发,一夜一夜地不合眼,想起来就胡乱往嘴里塞点东西,十几天了光吃不拉。阳旺火郁,上扰神明。当以清肝解郁,宣泄阳明实火。

说也奇怪,疯子看见他照顾自己的孩子,力气竟然慢慢放松了,不再跟扭住他的人较劲,胳膊腿不再硬邦邦的,摸着也像骨头掺肉做的了。汪治国乘他不备取其开穴大陵下了一针。疯子一怔,再想动弹已经晚了。胆大的医生也凑上来帮忙,七手八脚把他掐巴住了。汪治国回到屋里取八味中药放在电炉子上熬,不慌不忙等疯子自己软下来。半小时以后疯子就吵着要水喝,一要不给,二要不给。疯子急得第三次要喝水,汪治国把药液掺入水中,让疯子的女儿端出来交给他。疯子一饮而尽。汪治国叫家属把疯子领走，一个小时后他会大便，大便之后症状立刻就能缓解。汪治国像算卦的先生一样，对未来的事情知道得一清二楚，口气肯定。疯子的亲属以及帮忙的邻居们频频称谢。连那两个孩子都对他说了感激的话。汪治国用矜持掩饰自己的得意之色。那疯子突然转身，对着他的屁股飞起一脚，正踢在他的尾巴骨上，疼痛难忍，跌倒在地。周围又暴发出一阵哄笑，连疯子都笑了。尽管出丑的是他们的院长，是他们的校长，是他的恩人。汪治国又恨又气又羞，狼狈万状。

月亮愁容惨淡，令人戚然。我疲惫不堪，肝火郁结。我心似月，由于自己心绪恶劣，看什么都觉得不顺气。还是月亮影响了我，它那死亡的气息侵扰了我。我还会吉星高照吗？

心不在焉地摸出钥匙，稀里糊涂地打开房门，仿佛整个宇宙的黑暗都塞进了我的房间。我在门边稍微停顿一会儿，让自己的眼睛适应这黑暗，然后再进屋。进了屋门总要抬头，猛然吓了一跳。借着窗外阴白的微光，看见屋子中央站着一个人，轮廓一团乌黑。谁？来找我看病的？还是有急事来找我的朋友？他是怎么进来的？不知为什么我没有想到这个人会是女的。他只能是个汉子。我开亮屋顶的日光灯，哈，是我那盆昙花！知道它今天夜里要开花，早晨我给它喷了水，洗净叶片上的尘土——如同姑娘出嫁时的沐身更衣。它太高大了，最高的一片叶子跟我头顶一般高。枝叶繁茂，头重腰细，像舞台上穿扮好了的贵妇人。款摆腰肢，颤颤巍巍。我一靠近它，它就搔首弄姿，半迎半就，姿态迷人。我往屋搬的时候抱不动整个花盆，只能半抬半拉，小心翼翼地一点一点地挪到屋里来，像侍候一位坐着轿子的新娘。昙花开放是它自己的大事，也是我生活中的妙事。每年到这一夜我都像守岁一样看昙花从开到落的全过程。刚才竟把这样一个节日忘到九霄云外去了。从早晨离家到晚上回来，十几个小时东奔西跑，也不知忙的是什么。无非是求人和被人求。还是求人的时候多，被人求的时候少。如今抬脚动步，不求人办不成事。临到自己求人时方知求人之难。我坚信自己生来就应该是被人求的,行医就是行好,我未出娘胎就接受了一副慈悲心肠。人家求我如流水,我求别人似登天。人面遂高低,行情不断变。只是冷落了昙花,真是罪过!

花为人开,花蕾吸收了人的精气才开得水灵。人宠花,花宠人。每年到这个时辰花蕾的笑口已经大开,临近子夜才能火爆爆地怒放,昙花的生命达到巅峰状态。今晚由于我的粗心,它可能以为自己被遗弃了。十三个半尺多长的花蕾,如同十三只白天鹅,怒冲冲弯脖子拧头,尖嘴紧闭。我赶紧搬了把凳子坐到它跟前,眼对眼,嘴对嘴,真诚地表示自己的歉意。从现在起寸步不离地守护它,赞美它,崇拜它。

昙花激动起来,花蕾微微战栗,如天鹅抖动颈上的羽毛。包在外面的根根红针,像伞骨一样挺直、撑开。好大的排场,红日未出,先见光芒。光芒既现,轰轰烈烈的日出就在眼前。绿的像窗外的夜色,厚重、坚实;白的尖锐、轻巧,一心要突破绿的笼罩。弯弯噘起的尖嘴眼见就龇开了,一股噎人的香气喷出来。我把脸贴上去,猛吸几口,一团浓香,一股清凉,从喉头直坠肺腑。熏得我一阵晕眩,立刻觉得五脏六腑清洁透亮,如醉如仙。刹那间忘记了尘世间的一切荣辱喜忧,身内身外一片圣洁宁馨。花瓣颤动,千娇百媚,愈张愈大,愈大愈白,奇迹般地有节律地伸展开来。昙花简直是在讨好我,显灵般现出自己活泼泼的生命,眼对眼地让我目不暇接地开放了。中间露出一个锥形的深洞,洁白娇嫩的花蕊颤颤地挺了出来,根部是一团绒毛般的白线,簇拥着它,突出着它。白得高贵,白得纯净。如刀如剑的绿叶上竖起十三朵巨大的白花,它们是按照一个口令,踏着同一个节拍开放的。满屋弥漫着醉人的香气。我胃里发出一阵贪婪的鸣叫,恨不得立刻就把所有花蕊及蕊上的白粉吃掉。昙花那楚楚动人的神态又让我下不去嘴。它是专为我开的,躲开所有的人,躲开君临万物的太阳,不凑热闹,不争喝彩,藏进黑夜,躲在刀丛剑树的叶片之下,自甘寂寞,只为悦己者展容。倘若在它开得正得意的时候我就把它吃掉,未免太惨烈,太残酷,太不够交情了!

它又是多么傲慢,多么自得。

129

这是好兆头。今年昙花开得最多,也开得最为壮观,我今年的运气可能不错。因我一时冲动恻隐之心大发而决定开办的残疾人职业学校也许会成功。哎,为什么不把昙花当做残疾人学校的校花?

"昙花一现"——是贬词,是文人们编排出来的。一般人喜欢好吃多给,喜欢坚固耐用,喜欢"死不了"或不死不活。他们轻易看不见昙花开放,便嘲笑它的一现,不说它的好话。正因为它一现即逝,才更说明它清高、它珍贵、它不同凡俗。人活一世能像昙花这样轰轰烈烈地"一现",也很不错。世界上有多少终身未开花的人生?

好题目,昙花香气刺激了我的灵感,心里涌动着写作的欲望。为什么不就花开花落的规律性写篇文章?来论证自己的子午流注理论。近几个月为了办学,几乎荒废了自己已有所成就的研究课题。为人行善办学可不能放弃自己的本业!不搞研究,不出成果,不写论文,我的生命又怎样开花呢?

昙花子夜盛开。夜来香傍晚叶蕊飘香。蛇麻花在寅时才露笑脸。牵牛花在清晨打开喇叭。冬梅、秋菊、夏荷、春牡丹。还有动物,蝙蝠只在天黑时才飞出来捉虫;公鸡每叫三遍后天就放亮;鸭子繁殖有周期;鹿角的生长和脱换也有规律。至于人嘛——体内更存在着有规则的生理节奏:体温、血糖的含量、新陈代谢、激素的分泌等等都随着昼夜的交替而变化。肺结核、风湿热病人往往在下午出现低烧;气喘病多在夜间发作或加重;血吸虫病的病原虫只在夜间才能从病人的血液中找得到。人体在不同时间对药物的敏感度性也不同:心脏病人在凌晨四时服洋地黄,其敏感大于平时四十倍;糖尿病人在子时对胰岛素,也最敏感。在这个时辰出生和去世的人也最多。凡是生命就具备进化的适应性,自有其特定的活动变化规律。

我的子午流注理论就是打开人体生物中奥秘的钥匙。

人与天地相参,与日月相应。由于地球自转,太阳光对地球的照射强度在一昼夜内呈周期性变化,人体内营卫气血的运行也随之改变,以相适应。从子时到午时,从午时到子时,五脏、六腑、四肢、百骸、五官、皮毛、筋肉、血脉等等六十六个穴位,呈现出一种周期性的盛衰开合的规律。穴开时,气血旺盛;穴合时,气血衰退。按我的子午流注图,把握穴位开合规律,按时取穴,一针下去郁阻之路顿畅。阴阳顺调,水火相济,神旺气足,邪则敛退。

还应该举出一些病例,给我的理论增加铁的事实,让人无法不信服。

昙花摇曳,花影婆娑,花蕊弹拨出一种乐声,意境悠远。我突然被震撼,生出一种莫名的虚幻的激动,和着昙花生命的韵律,仿佛能进入一片祥和的精神高地。从这片高地上望去,目标变得清晰了,这是最富于创造性的时刻。

我仿佛看见了李时珍感觉到二十七种脉象的神情。积累了几千年的中医学忽然像游龙在我面前活动起来,无边的深水涌起波澜,渐渐裂开一条缝隙,我可以随龙而进。进去则可以掌握连现代科学也摸不着大门的一个世界。神医需用神,自己通灵看病才灵。人的生命是自然界最高形式。它集中一切物质运动形式于一身,是机械、物理、化学、生物等各种运动的综合。人并不是由细胞等微细结构堆积而成的生物体,而是能自我更新、自我复制、自我调节的高级完整的有机体。人体的小宇宙与自然界的大宇宙息息相关。风、寒、暑、湿、燥、火六淫之邪与在社会、环境影响下过度的情态变化——喜、怒、忧、思、悲、恐、惊七情交互作用,遂使阴阳失调。喜伤心,怒伤肝,思伤脾,忧伤肺,恐伤肾。春季阳气升发,人的精神也当愉快活泼,富有生机;夏季阳气隆盛,体内也阳气旺盛向外宣泄,人的精神要坦然舒畅,不可过于激动;秋季自然界一派肃杀,体内阳气始收,人的精神应安逸宁静,使神气收敛不散;冬季寒冷,体内阳气潜藏,人的情绪宜含蓄,不得过分外露,免伤真气。掌握宇宙的周期性变化,确定人体各器官在一天的什么时间处于活性的高峰,才能进行综合性分析,依据阴阳、表里、寒热、虚实的八纲原理辨证施治。人在一昼夜十二个时辰里——子、丑、寅、卯、辰、巳、午、未、申、酉、戌、亥,每个时辰都有一条经络的气血最旺盛。十二条经络一昼夜循环一周,如此循环往复,以至生命的终结。按这种流注施针,诸经各以时旺,子阳午阴,手足腧穴也合之五行,开则相生,闭则相克。相生则刺,相克则停,计时而用,补得必灵。针能做到的,药石为什么做不到? 我忽然想起《本草纲目》里百读不解其意的一节文字——《药对》岁物药品:

> 立冬之日,菊、卷柏先生时,为阳起石、桑螵蛸。凡十物使,主二百草为之长。
>
> 立春之日,木兰、射干先生,为柴胡、半夏使。主头痛四十五节。
>
> 立夏之日,蜚蠊先生,为人参、茯苓使。主腹中七节,保守中。
>
> 夏至之日,豕首、茱萸先生,为牡蛎、乌喙使。主四肢三十二节。
>
> 立秋之日,白芷、防风先生,为细辛、蜀漆使。主胸背二十四节。

我身上从未开掘过的甚至自己不知有其存在的一块智慧忽然醒了,轰轰作响如石破天惊。身上有股最强的力量控制了我,掌握了我的思维和精力。脉搏加快,意识渐渐化作龙卷风,席卷一切思想、概念、记忆、习惯、经验。世界消失了,周围的一切都不复存在。我超然于时间和空间之外,在渊深莫测的中华医学传统的汪洋大海上升腾,鼓起冲天巨涛。发现真是一种奥秘,我自己也是一个谜,多少代人(包括我自己)研究《本草纲目》几十年、几百年,为什么就没有读懂《药对》岁物药品的伟大价值,留给我在这一瞬间突然发现了新大陆。

《药对》岁物药品里揭示的十九味中药的配方是通达全身各部位的精粹。虽然只有十九味,它的显效能力很可能超过任何其他药品。所谓春、夏、秋、冬也不是单指季节,乃泛指时间、空间观众。"节"就是神气之所游行出入,非皮肉筋骨。气的游行出入就是流注,就是经络传导。我看见了一个子午流注用药的完整体系——就以这十九味药为基础,按照子午流注的腧穴开合时间用药,准能创造奇迹!

我越发感到中医学的无穷蕴蓄博大恢宏。下一个世纪应该是中医和中医学的天下——我真想对着世界大喊大叫。

我以前不敢深钻《药对》岁物药品，大概是被老祖宗的话吓住了。禹锡说《药对》岁物药品是"义旨渊深，非俗所究的主统之本"。李时珍干脆说它"决非后世医所能为"。我攻下这个"主统"，今后只消带着金银针和这十九味药便可通行天下！

长到十岁我还没个人样儿，放了学把书包一丢便到村边去玩儿。父亲为了管住我，规定我放学后必须写满五页生字才可以出去玩儿。要是规规矩矩、一笔一画地写完这五页作业，天也就黑了。我只写"人"字，不消一袋烟的工夫就把五张纸全划拉完了。父亲回来就要打我，聪明的母亲一句话就消了父亲的火："干什么要打他，将来他要能成个'人'还不错哪！"

每个人的父母在儿女的眼里大概都天下无比的。六六年"政治大地震"，我身边的金银针成了复辟的铁证。我不甘心让"扫四旧"的风暴把它抄走，它是我亲手用母亲的首饰打造的。唯一的办法就是把它送回老家藏起来。火车站像难民营，想要挤上火车难上难。倘若再被人查出我衣兜里的金银针，那后果就更不堪设想了。我在车站书店买了张毛主席像，双手端在胸前，心里鼓着气大喊大叫："躲开！"没有秩序的人群纷纷躲避，谁也不知道我是什么来头，更不敢碰坏宝像。碰坏宝像那可是反革命罪！拥挤不堪的站台居然为我让出一条小胡同。我顺利地登上火车，自然也不会没有座位。就是一路得老端着架子、绷着脸，也很苦很累。到家才知道表大爷已被关进了监狱，爸爸在村里受管制，家里已被抄过两次了。母亲仍是二话不说就把金银针要了过去。我想帮助母亲把针藏好，她说："你别管，你知道了藏针的地方不也是块心病吗？"她老人家想独自承担全部灾祸，想保护我。这就是母亲……

老人们应该活到今天，看看我并没有让他们失望。此时此刻我格外渴望身边有个亲人，享受我的智慧，以我为荣。在亲人的陶醉中我也得到一种满足。我也虚荣，希望向爱自己的人炫耀一番。或者身边有个能理解我的足够聪明的人，我愿意跟他谈话，他也有资格和智力不断激发我的谈兴。我太需要跟人谈自己的发现,谈谈我今后的打算。即使是一个成功的孤单者也是不快乐的。当你被大家都享受着的生活模式和亲情抛弃以后,越优秀你就越孤独、越可悲。

我想起了白星春。为什么独独想起了她?现在我需要她?心里不愿意承认这一点。我对自己解释不清楚,是情不自禁偏偏就想起了她。她确有出众之处,不虚伪,敢刺激我,洒然高丽,通身上下一尘不染。嘴有些刻薄,清秀有余,厚道不足。她能轻而易举地就把我搞得很狼狈。我不愿意被她看成是假道学,是个想发财的个体户。可我找不到机会向她推心置腹地谈一谈,把自己的全部想法解释清楚。也许不是没有机会,而是我没有勇气。

白星春。白大夫。白老师。

我可以放肆地呼喊着她的名字,心里似乎得到某种满足。我手里紧紧攥着一朵昙花,这昙花顷刻间变成了一把香泥。其他的十二朵边开始松弛,花瓣并拢,香气收敛,像一只只死鸟软弱无力地垂挂在叶子上。真是开得快,败得也快。我心里一片凄迷。残花不忍睹,令人不禁要感伤人生。古人把女人比做花实在是再准确、再残酷不过了!我不愿让败落的惨景破坏我对昙花的美好感情,拿起剪子,趁太阳还未出来,趁它们还有几分姿色,一朵朵连蒂剪掉。剪一朵,轻轻地叫一声:

白星春!

丁　丑

　　她发现了他的弱点,真高兴。甚至非常得意。她看惯了的他那种名大夫兼院长的一本正经的刻板严峻的神情,消失得无影无踪,脸上的色彩丰富了,眼睛像梦一样柔和了,智慧如满天星斗,明亮深邃,从各个角度向她炫耀。说话不再四平八稳,话愈说愈多,思想如暴风骤雨般尖锐。一个男人在她面前失去了平时的稳重,带着激动,滔滔不断地介绍自己的知识、自己的成就、自己的一切,笨拙地向她献殷勤,她难道还不清楚是怎么一回事吗?她是饱经风霜的“大女”,对“大男”发出的感情信息格外敏感。特别是汪治国对她有如此表演更加难能可贵。说明他也是人,正常的男人。因她的到来,她的好奇地提问,他才这么兴奋,这么雄辩,终于有机会向一个妙人大谈特谈庞杂玄妙的中医学理论,其中必然涉及了许多人生和宇宙的奥秘。给他的才华、学识和经验提供了一个充分表演的天地,面对她一个胜似面对千万个忠实的听众。其间不无巧妙的有分寸的自我炫耀。不是为了虚荣,虚荣对他这样的人已经没有什么意义了。而是为了取悦于她,获得她的好感。他也不可能是无意识的。他是谨慎的有理智的人,只能说有一种更强烈的感情控制了他。不管他自己是否意识到,是否敢承认,在心里已经给她留出了一块地方。说不定在她踏进这间屋子之前就已经在他心里占据了一块位置。她是否愿意去占领他的灵魂那是另一回事,一个待字闺中的大姑娘的自尊心和好奇心得到了满足。汪治国毕竟不是等闲之辈,也不同于曾经追求过她或正在追求她的那些研究生、博士生或副教授们。——她不愿意人们叫她老姑娘。这个“老”字似乎有一种嫁不出去的被人挑剩下的意味。尽管她对能不能嫁出去并不十分在乎。虽然年龄已超过了结婚的黄金时期,仍不肯降格以求。独身不怕,因为还有自由。失去自由必须换一个值得的男人。

"……宇宙间有许多子午,故宫、古建筑、天坛及全国各地的庙宇都讲子午,以庙墙没有影子为正午。时间分子午,一年当中立夏为子,立冬进入午。一天当中分子夜正午。人生有子午,生时为子,五十岁为午——"他发现白星春走神儿了,立刻停止贩卖自己的"子午流注"。人家是找你来看病的,不是听你卖狗皮膏药。"白老师,我这副理论腔惹你厌烦了吧?"

"不,不,老实说我平时很少接触中医理论,听君一席话,胜读十年书。我刚才有点跟不上你的思维,不明白世间是否真的存在你说的那种日精月华?"她的脑子像刀片一样锋锐,轻而易举地掩饰了自己的失态,用新的问题继续刺激汪治国的智慧。

"世间确有精华,跟人有精华一样。看日月之精华,也可以说是炼自身之精华。阴历月初,清晨对旭日吐纳,摄取殷红色的日精存之丹田。月中月圆之时,对月吐纳,摄取月光随气存入丹田。久存不出为之月华。坚持日久,气贯任督……"白星春不错眼珠地盯着他,目光晶莹,这更鼓励了他,口若悬河,眼光灼灼。只有这种时候他才能表现出男人一流的气质和风度。

白星春不时地发问,激发他的谈兴。听他夸夸其谈心里很愉快。她说:

"气贯任督,谈何容易。许多人根本找不到气,无物可存丹田。丹田为何物也难说清楚。"

"如果俯拾皆是,唾手可得,还叫精华吗?丹田在脐下一寸五分跟任脉交会处。鼻纳气入丹田,经衡门海底过尾圆关,入命门上行,过辘轳关,经左右膏肓,由对口穴过玉枕关,至此三关皆通。再由玉枕上贯百会,用意引气下行,至鼻准以舌接之,随咽玉池之津,再还丹田。如此八脉皆通,循环周身,终身不病。不病不死,即俗话说的长生。"

"太可怕了,人类应该把握生活的质量,不必计较活了多少时日。

不死不活地耗光阴,既对不起生命,也糟蹋了死亡。"

汪治国一怔,对方若不是白星春他一定会觉得尴尬甚至有伤自尊,现在却由衷地称赞她的精辟:"不错!"

白星春继续发挥,语意峻峭:

"起死回生是对医生最大的嘲弄。我欣赏巴斯克里的理论,死亡是生命的导师,死是生的另一种过程。敢于面对生命就不要惧怕死亡,只有承认死亡的不可避免才更有助于生命的发挥,督促我们不能枉活。死亡无所不在,有生必有死,和生命同时存在,不构成任何威胁。聪明人都把死亡当做亲密的伙伴。"

他碰上了一个旗鼓相当的灵魂。四目交注——如同高质量的生命的对接。

她今天穿了一身青,更有股动人心弦的俊俏韵味。脸上洋溢着活力、智慧和幽默,嘴里却在热烈地歌颂死亡。

"你这两天身体不舒服是不是跟探索死亡的秘密太深入有关?"

"不,死亡教给人类没有任何东西属于我们。因此我想活得更充实、更自由、更愉快。对眼前这种头昏脑涨、浑身不自在的感觉就更不能忍受。"她心里很清楚,病因就在出版社催稿太急,她白天像没事人一样教书、聊天、看报纸,晚上回到家开夜车。

"腿不疼吗?"汪治国满脸关切,是真诚的。

"还有一点疼。"她又说了谎。汪治国为她针灸过一次,按摩过两次,腿疼早就好了。她所以老留着个尾巴,就等于保留着随时都可以请求汪治国给按摩的借口。汪治国在医院里没有充裕的时间,还可以找到他家里来。

汪治国未必就看不出她的腿疼已经好了,这样的"病人"百年难遇,理当有求必应。她享受他,他不同样也在享受她吗?他猜测她可能更喜欢外国音乐,往录音机里放了一盘原版磁带《西班牙吉他》,然后叫她坐到椅子上。今天他要拿出十八般武器,使出浑身解数,让她得到脱胎换骨般的感觉。

他拿出一把粗笨的青灰色的石头似的梳子。

"这是什么？你要给我梳头？"她不光是惊奇。

"这是象牙的，你试试跟塑料梳子的感觉一样不一样。"他的左手轻轻地把她的头发向后理顺，右手持牙梳从额头的上方下梳子，缓缓地向后滑行。不轻不重，一下一下，温浸浸，麻酥酥。他的梳子齿仿佛是一个个的钩子，把她颅腔里的酸疼、昏沉、烦乱、疲乏全钩出来了。他的手指极为轻柔且可心可意，仿佛是在听她的指挥，她想到哪儿他的手就梳到哪儿，指尖带电，在她头皮激起火花。她感到每一根发梢都向外放射电流，开始是舒服，继而是快乐，轻轻的战栗。她克制着自己，轻轻地喘气，不能让他感觉到自己的激动。

她怎知此时的汪大夫也是血脉涌胀，让自己的下身往后挪了挪，免得碰上白星春的身体，让对方发觉自己的丑象。他今天要当一个好医生，不能让病人怀疑自己的动机。

她的头发非常干净，一根一根闪着黑色的亮光，散发出一股清香，直直地垂到肩头向里一弯，梳理起来很滑溜。

"慈禧太后就用象牙梳子梳头，不仅能保养头发，对头皮也是一种很好的按摩。没有象牙的也要用木头的，千万不可用塑料梳子。"

白星春不敢马上答话，担心自己的声调异常。

汪治国觉得对头发的按摩差不多了，便放下梳子。她稳定了一下情绪：

"你这象牙梳子是在哪儿买的？"

"在首饰厂定做的。"

"为了给女病人梳头？"白星春没来由地带着一股酸味和怨气。

汪治国被她问得发窘：

"只要有必要男女都可以用。"

白星春想，他这间屋子极其普通，甚至有点简陋零乱，却尽是宝贝东西。

汪治国开始为她按摩头部，第一招是两个拇指按住两边的太阳穴，其余的八个手指掐住头顶。他的手指非常有力量，但不感到疼痛，全身舒展，一阵轻松的妙不可言的晕眩。

她渴望再来一次更深切的快乐的晕眩,同时心里又提醒自己,不能睡着了,要睁大眼睛,要不停地说话来冲淡这种必须任凭他摆布心里又愿意叫他摆布的气氛。

"汪大夫,咱们订个君子协议,我给你的学生讲课分文不取,你每月为我这样按摩一次,如何?"

"我很乐意为你效劳,每月两次也行,但是不搞交易。你给我们讲课就应该收取讲课费,尽管很少,绝对酬谢不了你所付出的劳动。但这也是我们的心意,公事公办。"

他的手指移到她的眉骨上,她只能闭上眼睛、闭上嘴。脸上的所有部位,后脑、耳朵、脖子,直至两个肩头,都被他一双强有力的热乎乎的手掌捏酥了、揉软了。她昏昏沉沉,被一种巨大的不可抗拒的浪潮托浮着、飘荡着。她的意识似醉非醉,如果此时汪治国想发生点什么事情,她也许不会怪他。他如果想用这种办法得到一个女人,太容易了。他扶她躺到床上去,她没有抗拒,这是他的床。

他说:

"想睡你就睡吧。"

"对,我睡着了你就可以为所欲为了。"——她这么想。肉体跟灵魂并不总是两拿着。肉体也不总是听命于灵魂。灵魂的藤缠着肉体的树,他通过肉体征服而得到灵魂,真是绝妙的多快好省的办法。奇怪的是她不恨他,也不感到厌恶。

他忽略了她的胸和大腿,直接按摩两个膝盖,然后是小腿,当他捏弄到她的脚掌、脚趾的时候,一股强烈的冲动烧得她方寸大乱,意念缠身。

但愿此时他有勇气敢在她身上为所欲为……

又有人来了。如果你是个医生,而且是个好医生,就甭想过个清清静静的星期天。我打开门,是平军,手里还提着个大塑料袋子。

"是你?"

"怎么,不该是我?"

　　莫非他看见白星春从我这儿出去了？我掩饰自己心里的不自在。其实他来得,其他人也来得,为什么白星春就来不得！我用关切的口气代替表扬：

　　"今天又没有休息?"

　　"哪有那么好的命！你好像刚睡醒?"

　　"没有的事,这都什么时候了？我刚吃过晚饭。你吃了没有?"我心里发热,平军比我更辛苦,开学以来他大概还没有歇过星期天。

　　"吃过了。这时候来找你当然是有急事。一件一件地说。我想办个商店,各方面的关系已经疏通得差不多了……"

　　近来尽是意想不到的事,我感到好笑。爱开玩笑的平军这次可不是说笑话。我拿不准：

　　"医院经商,这行吗?"

　　"不是公用医院的商店,是学校附属的残疾人生活用品服务部。蝎子尾巴独一份,全市找不出第二家,而且免税。"

　　"光卖残疾人用品？那能赚得几个钱?"

　　"你真是死心眼儿,就叫这个名儿,为的是好起执照。家用电器、室内装修材料等,什么赚钱就经营什么。谁敢说正常人需要的残疾人就不需要?"

　　"卫生局那个大黄牙又来要钱了?"这笔账是我欠下的,一定使平军作难。他万般无奈才出此经商的下策。

　　"那小子还能不来逼账？这个人以后还用得着,你就别管了,这些事我能应付。"

　　我完全相信他管家理财的能力,事实是医院和学校两摊子后勤工作全靠他。对做买卖我可是顾虑重重：

　　"人家会不会更要说我们不务正业啦,办残疾人学校是为了赚钱啦,等等。"

　　"不赚点钱怎么养得活这个学校？我们手里必须得掌握一笔活钱。要是什么闲话都听,就甭活了!"

　　是啊,钱！没有钱任何事情都办不成。现在无论是何等清雅之士也不再以谈论金钱为耻。钱越是不值钱,也就越需要大量的钱。

"又一项花钱的事来了……"平军讲出第二件让我大吃一惊的事,中国残疾人协会拍来加急电报,联合国残疾人组织的代表和香港明爱中心的人要来参观我们的残疾人职业学校。这项接待费至少也得几千元。

这钱该不该花?

平军告诉我该花,花多少都值得!他一点都不想掩饰心里的得意,仿佛外国人来参观我们的学校是一件天大的喜事。我也看不出这会有什么坏处,只是不大相信这个消息。尽管有北京的电报为凭据。联合国残疾人基金会怎么会知道地球上一个落后的角落里还有我们这样一所小小的残疾人职业学校呢?香港明爱中心是干什么的?为什么也要看残疾人学校?我心里同样也翻起一阵冲动。外国人喜欢讲人道、人权,他们的光临对残疾学生有利无害。至少还可以扩大学校的影响,甚至"影响"到国际上去了!学校的影响大了,别人再想搞垮它就不那么容易了。

"所以今天晚上必须去朝拜高经理,不愿去也得去,硬着头皮也要去。我把你送到他的家门口,然后在窗户外面等着,万一他从楼上把你扔出来,我好接着。决不能让他把我们的校长摔死!"

平军是给我布置任务来了。很难说我们两个究竟谁领导谁,有的时候我仅仅是他的一块招牌,该往什么地方摆、怎么摆,完全由他拨弄。他常常把我指挥得团团转。

"你叫我去向他要钱?"

"这是官的,只要你告诉他联合国的代表要来视察我们的学校,给他看看北京来的电报,什么事都好办了。我们就是要借外国人的西风压得他非高看我们一眼不可。要点钱更不成问题,外宾接待费嘛。张口先要五千元,防备他砍一刀。"

这小子拿我当小孩子哄。

"高经理对学校的态度你难道不知道?"

"知道,知道,那是过去的事了。现在他要对我们刮目相看了,开始巴结我们了。"

平军的鬼点子很多,这回可没算准。我怵头见高经理,更不会去求他,也不想借外国人抬高自己的身价。要钱的事我张不开口。我们不找公司要钱,头头们还老想把学校压垮哩,再若狮子大张口,它不真成了"吃家食下野蛋"!

我推脱说:

"今天是星期天,会讨他嫌的。"

"星期天是走后门的黄金时间,说明我们心诚。况且又为了公事,他会感动的。"

他非得逼着我按他的道走。

"等明天跟沈大夫商量一下再说吧。"

"哎呀,你不提沈大夫我差点忘了,她爱人病了。"

"老郭?什么病?"

"不知道,反正病得很重,沈大夫请你去看一看。"

这才几个月没见到郭颢,他会得什么病呢?沈丹实是个有经验的很要强的医生,老郭的病情不严重她是不会在星期天派人来找我的。她如果感到无能为力了,那可真是有点不妙。我急忙收拾出诊的全套行头。

平军仍不忘他的计划:

"我们先去高经理家,也就是一出一进的工夫,然后踏踏实实去给老郭治病。"

我不想再跟他费口舌。他打开自己带来的白色塑料袋,掏出里面的东西放在灯光下炫耀。一瓶吉林人参酒——单是瓶子本身就是一件精美的艺术品,像个经过抽象变形的寿星老。亮晶晶的肚腹内斜站着一棵根须俱全的山参,被橘黄色的液体托浮着,鲜灵灵,白生生,真如仙物一般。

"现在假酒太多,你即便送他茅台、五粮液,他心里也犯嘀咕:这是真的还是假的?咱这人参看得见摸得着,总不会是假的吧!而且十全大补,光是这棵参就值三十块。"

他又从塑料袋子里拿出一条三五牌香烟。

"这也是真货,常收礼的人知道,目前我们国内那些制造假货的行家们,还没有能耐仿造外国产品。"

我总是要刮目看他,一天不知要刮多少次自己的眼睛。也许就该彻底把我的眼睛挖掉。

"你从什么时候变成了行贿的专家?"其实我想说,既然你认为高经理会巴结我们为什么还要给他送礼?平军又不为自己,何必令他难堪?

"人学坏总是无师自通,何况还有社会这个伟大的教唆犯。你放心,今晚有了我给你准备的这两样东西,去见高经理保证马到成功。"

善行贿者自己必先受贿,否则怎么能如此有把握地料定受贿者的心理?刚才我还误认他那个塑料袋是给我带来的呢。他每次到我这里来都从不带东西,这就是说他用不着对我行贿,这说明我正派,还是我这个院长可悲?

看着平军这位老放射科的大夫,我们俩的性格不一样,工作也很少搭界,是怎么好起来的呢?不知什么时候开始,我们的关系变得随便而亲近了。也许友情和爱情一样都是说不清楚的,充满戏剧性。其实我对他了解的很少。我对人是隔着皮看瓤,通过切脉、询问、相面而洞察内腑。这是生理上的洞察,而非心理学和道德上的洞察。平军和我相同的地方也很多,他掌握着射线,不用望闻切问也能去皮看瓤。在他的小黑屋里人也是没有皮肤血肉的,只有一堆赤裸裸的呈黑白两色的骨骼和脏腑,像历史陈列馆里的木乃伊。用 X 光把人体穿来刺去,看得太透彻、太黑暗。在他的眼里人不再是一个整体,而是被他切割零碎了。在平军的透视机和摄像机前哪有完美的没有毛病的好人?连良心都是黑的!时间长了他自己是否也受到了伤害,心被射钱刺穿了一个空洞?

他却认为自己有义务有责任要不断地开导我:

"不用说别人,你想想这些年咱们医务界的行情变化。以前医生很少受礼,这些年不给医生送礼的病人几乎没有……"

我马上打断他的一概而论："你说,我接受了哪个病人的礼物?你不是不知道,连朋友送我一斤,我都要还回去十两。每逢年节是病人给医生送礼的高潮,我都躲到外地去。"

"你除外,中国有几个汪治国?我说的是广大老百姓都明白的躲不开的最头痛、最普遍的现象——眼下病人不送礼能看得好病吗?礼太薄了都不行!哪个手术下来病人家属不得在饭店摆一桌或送上几百元的红包!送礼成了惯例,不送礼则显得特殊,必遭歧视。最后还是病人自己吃亏。"

就是这么回事,他没有夸大。作为一个医生听这样的话有点不顺耳——这正是我的可悲可笑抑或是虚伪的地方。眼下还有几个医生对这种事情感到奇怪感到不自在或受之有愧呢?平军吸引我的正是这股坦率劲儿和辛辣味儿。他身上有的正是我所缺少的。对付高经理一定得拉上他。

我原打算先去沈大夫家,给她丈夫看病毕竟比给高经理上供更重要。这样我们就得穿过大半个城市。城市上空闪烁着一块块不同色彩的光域。近几年重新建起来的松散而又平淡无奇的城市,躲进深深的黑暗之中就显得丰富而陌生了。一条街道一个色彩,有的漆黑一团,行人像蛆虫一样蠕动,偶尔有汽车在你身边肆虐地呼啸而过,似奔雷闪电,音量格外大,格外刺耳。有的虽然幽暗,但黑得不是很瓷实,隔三差五有那么几个硕果仅存的灯泡,透出一团半死不活的烟雾般的黄光,城市像得了黄疸病。新城市哪来的这些旧灯泡?走上市中心的河北大道,天地通明,强光灼眼,新装好的路灯像一个个倒扣的银汤勺,光芒四射。到这时我才发现去沈大夫家走了弯路。

平军很自信："你就跟着我走吧。"

有他做伴是很愉快的事情,什么都不用你操心,只听着他一个人白话就够了。有用的和没有用的各种消息他全知道,我觉得天底下的事只要他想办的就没有办不成的。他有点爱吹,也确实能干。有点浮浅,对我却从不油滑,我交给他的事情样样办得十分牢靠。我大小当个头头,身边没有这样忠心耿耿的朋友不行。

我确定路线走错了：

"这是走到哪儿来了？尽顾跟你穷答呱了！"

"没错，这是一条近路。"

"你可看准了！"

"我闭着眼也走不错。"

"倒是我睁着眼看错了？我来过沈大夫的家！"

"你没看错，这是高经理的家。"

平军在前面先跳下自行车。他三绕两绕果然把我绕进来了。来到跟前我才觉得黑糊糊的楼群的确有些熟悉。我以前曾到这地方来过两趟，都是坐在小汽车里，有人陪着说话。我偏偏坐着汽车不认路，才被平军牵着鼻子耍了。他一路上东拉西扯，来到这高经理的楼前也不给我游移、怵头的时间，没有我反悔的机会，从车把上摘下装着礼品的塑料袋硬塞到我手里：

"我在外边看车子。"

我缺乏足够的精神准备，站在楼前发怔。实在不愿提着这个白花花的在黑暗中格外刺眼的塑料袋去见高经理。临死要拉上一个垫背的：

"车子不用看，你跟我一块进去。"

"那就砸锅了！有当着第三者给头头送礼的吗？你是想给他难堪，火上浇油让他恼羞成怒吗？"

"要不我们先去沈大夫家看病，回来再说。"

"那就太晚了，深更半夜敲门送礼那叫不懂事，只会惹人厌烦。再说这些当官的大都脑满肠肥，吃得饱睡得着，看一会儿电视就发困……"

我不等他说完，提着东西大步上了楼。这又不是龙潭虎穴，高群生又算得了什么？即便前面是龙潭虎穴我此时也没有退路了。陡然鼓起的奋勇，高傲的激励——我来求他并非为自己谋私，而是为了那些残疾青年的前途，这同行医一样是积德行善。我来送礼如同喂狗喂猫，并不低三下四，何必自轻自贱！

我果真大大方方地摁响了高经理家的音乐门铃。乐曲响过两遍之后才有人搭腔：

"谁?"

"我。"

"你找谁?"

"高经理。"

"你是谁?"

"汪治国。"

里面又没有声音了,好像电影里所表现的通过封锁线。我只能对自己老实承认,心里很紧张,甚至紧张得都想掉头而去,盼望高经理不在家,我就不必进门了。我私下里穷横而强硬,临阵却总缺乏抗衡的勇气。

不幸的是高经理的门终于开了。为我开门的是个小孩子。我在劫难逃。

过厅里弥漫着一种经过烟雾搅拌的酸腥味道。这是功能良好的肠胃消化吸收了大量奇特食品之后挥发出来的。经理家是能吃、会吃、有的吃的。当市场上还难以见到海螃蟹,偶尔有少量出售价格也高得吓人的时候,平军来送药就看到经理全家大嚼特级棱子蟹,凳子上还放着满满一大笸箩,地板上到处都是螃蟹盖子。这才是吃海鲜的气魄。不过,若是自己花钱,谁也舍不得买这么多,更不会是这种吃法。我虽然将脚步放轻,感到满屋都在爬螃蟹,还闻得出大葱、大蒜、老醋、生姜等调料的混合气味。这气味也是从这个家庭成员的皮下、腋下、汗腺、头脑里散发出来的,表明了这个家庭的社会地位和精神品格。食物结构并不说明知识结构和思想层次。

高经理坐在沙发上,像一团神秘的黑影。他正准备点火吸烟,可以不看我,可以不起身。我相信是我手里的白塑料袋像闪电一样刺激了他的注意力,抬头扫了我一眼。准确地说不是看我,而是以内行人的眼光扫了一眼那白袋子。有这一眼就足够了。平军算得很准,高经理就值一瓶酒一条烟。我把它放在茶几上,直到离开这个房间也没有再看它一眼,更没有提起它。我把它拎进这个屋就算完成任务了,越描越黑、越尴尬。高经理要问起来,我怎么解释这个不吉祥的塑料袋子呢?聪明的高经理装作没看见,不会问起它的。

"治国你是稀客,这么晚了有什么事吗?"口气很和善。

我倒胆怯了。领导的存在对我就是一种威胁。

"关于医院和残疾人学校的情况我想跟您汇报一下。"

"哎呀,这种事以后到党委会上去谈吧,跟我一个人说了也不顶用。"

一句官腔放下了闸板,我感到跌进一个冷森森险恶的深渊。我不知还说什么好。

"治国啊,你是聪明人。人越聪明越不会朝行不通的道上瞎闯。你当院长当得挺好的,何必要搞这一套呢?叫我们这些支持你的人都不好说话了!"

口气比我想象的还要可恶,却做出了一种坦诚关心我的样子。平军那个塑料袋没起什么作用。我为自己感到悲哀,跟这种人有什么好谈的,宜速战速决。还有一句不能不说的话,我鼓鼓劲抛出来就可以撤退了。

"联合国和香港的残疾人组织的代表要来参观我们的学校,先向您报告一声。"

"噢?"

高经理的眼睛又有了生气,像发现白塑料袋一样盯住了我,有惊讶也有怀疑。

我心里也没有底,万一到时候外国人来不了,我的境况就更难受了,只好搪塞说:"过几天我们打个正式报告给公司党委。"

说完便告辞。说告辞便转身,嘴里说着客套话腿却像逃跑般三步并做两步就出了门口。这时候高经理还没离开客厅呢!

我来到楼下轻舒了一口气。不管此举效果如何,我尽到了自己的责任。

平军问我:"怎么样?"

"不怎么样。"

"高经理对你送的礼物怎么说？"

"没说话。"

"没说话？连一句客气话都没说？"

"这种事大家心照不宣，说破了多没意思。"

"接待费给多少？"

"我没提要钱的事。"

"嘿！那你干什么来了？"

"我干什么来了他比我心里还明白。"

"光心里明白不顶用，说出来才有约束力。"

"以后这种事都归你办。"

"外行，我们的身份不一样，你送十块钱的东西比我送一百块钱的礼还顶用。"

"你错了，像他这种人只认东西不认人。"

唯一感到满意的是没有浪费太多的时间，我尽力缩短送礼的难堪过程，速战速决，不影响我们去沈大夫家看病。再骑上自行车，平军的话不像刚才那么多了，我更是一言不发。心里有一种肮脏的轻松感。干了一件本心不愿意干又非干不可的事，为了一个不算太庸俗的目的干了一件庸俗的蠢事，按社会上流行的办法我尽到自己的义务了，再不成我不后悔，同事们也不会埋怨我了。像刚排泄完粪便走出茅房，身上的轻快还带着几分臊臭气。我厌恶今天晚上，鄙视自己又拼命为自己辩解。表现得卑下无能却又怎么也清除不掉刚才那一幕在脑子里留下的强烈刺激。高经理的脸像一块酱制品，结实、坚硬，自始至终一个颜色、一种表情。我怕他吗？还是怕他所代表的权势？人怕人又怕权。蠢人掌了权就愈益可怕！

见到了沈丹实和老郭，我受到了真诚的尊重，才感到自己也是个人物。老郭的病着实让我吃了一惊，他被大医院给耽误了。虽然我一时也断不准他得了什么病。他的病让我感到自己见少识寡、技能有限，但敢肯定他不是感冒。退潮般的消瘦，断断续续的高烧，人已变形,精气神垮了。一种负罪般的愧疚感像鞭子一样抽打我作为医生的良知。什么高经理、海螃蟹、外国人、送礼要经费等等,全是狗屁!像一缕烟雾从我眼前飘散得无影无踪。我回到真正属于自己的严酷的实际的世界中来。我应该早就到这儿来治病救人,救不了老郭的命也可以拯救自己的良心。

沈丹实的镜片后面露出焦灼和恐慌,若不是忙于我交给她的那一大摊子行政事务,她不会把丈夫的病耽误成这个样子。自身看自身太困难了。老郭腹内定有出血的地方,我下了止血针。我尽了最大的努力也只能给他增加一点力气,让他今天晚上舒舒服服地睡上一觉。

病——到底是什么东西?人世间有多少奇奇怪怪的病症?折磨人的办法有多少种?这是对人类的惩罚、警戒,还是对我们这些当医生的嘲弄?医生愈多病愈多,治好了老病又出新病。当今世界上已经没有绝对有把握的包医百病、百医百灵的医生了,反正我不是。沈丹实是医院的一流医生,自己的丈夫沉疴在床还闹不清得的什么病。今后我每天都要来一趟,纵使无力回天,也要尽可能减少老郭的痛苦,延缓他的生命。还要准给沈大夫假,让她在家好好照顾丈夫。

我眼射精光——这精是生而带来,两精相搏才有神。精水生阳则为气。越碰上大病人我的精气神越足。有人说我在看病的时候两眼放电,眼神离离奇奇,一般人都经不住这一看。人的神、人的灵能制住另一部分人。好医生用眼看透病,却又不伤害病人的神灵,我要借助病人自己的智慧抗病、祛病,辅助他保神守中。老郭是何等精明,他对自己的病似乎比我更清楚。我进门的时候他被病痛折磨得半死不活,连睁开眼睛的力气都没有。我止住他的疼痛,使他渐渐恢复了生命的气息,甚至还挤出一丝悲凉的类似微笑的表情:"谢谢……我是不是要回炉?"

他在朋友面前想保持昔日的幽默和自信,那如缕的断续的声音却表达出他的惊惧、孤单和对我的期待。

"别耍滑头,我不会让你溜掉的。别忘了你自己的许诺,要为我设计当今一流的康复中心。下个月联合国残疾人基金会和香港明爱中心的代表来考察我们学校,如有机会我会向他们提出关于建立康复中心和残疾人培训中心的设想。你也要有个准备,身体一好就可以进行设计构思。"

依他的性格会对我带来的信息感兴趣,暂时忘掉对死和病的焦虑。我不能用空洞的废话安慰他,他如果听出我在糊弄他就更糟。我不能泄露出丝毫自己心里的忧虑。病人都很敏感,何况他是个聪明过人的病人。我在病人面前有一副现成的莫测高深的面孔,这面孔一定很讨厌,就像高经理在我面前摆出的那张脸一样。我对郭颢不能使用这张脸,要坦诚,轻松,让他真的感到自己还有希望。平军在旁边对沈丹实讲起曾对我说过的事情,更证明我不是哄他。

他又闭了一会儿眼,对自己热爱的设计工作以及康复中心之类的事情,显然不再关心。至少不像我估计的那么有兴趣,这可真够麻烦的,也许他的病比我感觉到的还要严重。

"治国,我到底得了什么病?"

我略一沉吟,这次可得唬他:

"虚亏。"

"具体点……到底是哪个地方……出了问题?"

"我从来都把人和病看成一个整体。所谓心肝脾肺是人为分开的,以某个地方为界,上边叫胃,下边叫肠。实际上人的脏器没有分得那么清楚。冠心病人往往不是死于心坏,而是死于肺不工作。你的这几个器官都还能维持,但没有一个是强健的。从脉上看最弱的就是脾和肾。"

"我不记得自己是否曾强健过!"

"人都是带着病来的。"

他还想说什么,沈丹实拦住了他:

"你要省点力气,不能说话太多。"

老郭突然面露不快,竭力把声音也提高了:

"你陪平军到隔壁房间去休息,我和汪大夫单独说几句话。"

想不到他病入膏肓,在家里还这么大脾气,让沈大夫在尊敬她的同事们面前难堪。我只好给她打圆场：

"让他说点话有好处,我会照顾他的。"

沈大夫面色沉郁不情愿不放心地领着平军退出去了。

老郭叫我坐在他床头：

"你说,人活着到底是为什么?"

我不上他的当。此时此刻决不跟他探讨严肃深刻的耗神费力的问题。

"人活着必须吃喝拉撒睡,所有努力都是为了吃喝拉撒睡得更好。"

他按照自己的思路往下说,声音飘飘忽忽如梦话：

"活着追求痛苦的遗憾,这才是人生真正的滋味。我这一辈子太冤了,事业上无所成,没留下一件满意的东西。生活上从来不知道什么叫快乐和幸福……"

绝望抓住了他也抓住了我。我预感到他可能要交代一些身后的事情。

"明天你到设计院找一个叫梅纯的人,告诉她不许再来看我。她爱我太深,不顾一切地要守在我身边,直到我死。那会惹得沈丹实吵个天翻地覆……"他喘息了一会儿。

我惊愕得找不到合适的语言。我们是这般投契的朋友,他有外遇我居然看不出一点影子。凭沈大夫那样的人物,跟老郭不是很般配吗? 他们的悲剧又是怎样发生的呢? 我很好奇,却不敢问他。

"你放心,我跟梅纯没有越过中国道德和法律允许的范围,这正是我现在最后悔的,死不瞑目……她是我唯一真正爱过的女人。我有能力得到她,也可以将自己给她的时候却没有表现得像个男人。我是胆小鬼、伪君子,我对不起她! 有什么脸面让她为我送终,不愿让她看到我现在的样子。"

他不说一句对不起自己妻子的话,我为沈丹实不平。同时我又同情郭颢,没有丝毫想责怪他的意思。哎呀,我忽然想起今天晚上答应了赵力力去看"时代的歌舞",而且"不见不散"……

马士殿回来了,一身挺括的米色西装,红色领带,神采飞扬,顾盼自如,不像是刚从拘留所被放出来的,倒像是刚从党校毕业归来,正等着被提拔的样子。昂头挺胸,见人就主动打招呼,却并不是逢人就讲自己的冤枉,好像他从来没有发生过进拘留所的事一样。

——这造成了一种悬念,一种神秘感。越如此人们私下里就越要打听……

他只向几个嘴快的人讲了自己是被冤枉的,公安局向他赔礼道歉,承认是对方诬告,等等。很快全医院的人就知道了,比他本人讲出来效果更好。

他先在各个科室转了一圈儿,最后才来到汪治国的办公室,一副老同学见面亲热而又随意的神态:

"治国,我回来了。"

"老马?……回来好,回来好。"汪治国倒显得有点不自然,好像进过拘留所的是他。

"公司保卫处跟你谈了吧?"

"谈什么?"

"抓我抓错了,否则就不会这么快放我出来。公安局的意思是我以前干什么还干什么,用他们的话说叫官复原职。我跟他们说,外科主任本来就不算是什么官儿。"

无论是公安局还是公司保卫处,都没有人跟汪治国谈过这件事。马士殿也没有带来释放通知、公司文件等可以为证的东西,谁也不知到底是怎么一回事,只能听信他本人的说法。有一点不用怀疑,马士殿果然神通广大,公安局是不会抓错的,如果真抓错了也不会关他这么长的时间,他怎么出来的只有他自己知道。但他确实是条汉子,这事如果摊在汪治国身上,他即便能买通公安局不被判刑,回到原单位也决不会像马士殿这样神态自若,甚至装得像个凯旋的英雄。

汪治国也只能让马士殿重回外科。外科已经有了新的主任,不能无缘无故撤人家,让马士殿"官复原职"。这些事其实用不着汪治国操心,只要让马士殿回了外科,他自己会有办法当上主任的。即便名不正言不顺,也会拿到外科的实权。

正事一谈完,马士殿赶紧变换话题:

"现在医院里够热闹的。"

"是啊……"汪治国不知说什么好。

"你一个人忙得过来吗?"

"是啊,沈大夫的爱人又病了。"

"是吗?"马士殿对沈丹实也很关心,"没关系,有用着我的地方就说话,我们毕竟是老同学。"

汪治国心里有所感动,马士殿还是变了,以前的敌意消失了,能说出想帮助他的话,已属难得了。

"其实,我昨天已经帮了你一个忙啦……"

汪治国不解。

"你答应人家赵力力去听音乐会,结果失约了,幸好我也陪着朋友去,只好甩了朋友替你救场,救场如救火。力力这个姑娘不错,对你很合适。"

汪治国无言以对,一脸尴尬。

马士殿拍了一下他的肩膀,哈哈大笑:

"治国,治国,你真是个大好人,要不女人都喜欢你。"

戊　寅

　　暮色像小偷一样总是想方设法地无孔不入地先往房子里钻。屋里暗，外面亮，我把自己藏在黑暗中觉得轻松多了。静静地看着学生们排队买饭。看上去他们都很快活，不论怎么扭扭拐拐都能找自己的平衡，手里的饭盆抓得牢牢的。队伍松松垮垮，但没有加塞儿的。

　　对这些残疾青年我不该再抱怨什么，他们在子夜之前睡觉的很少。这种拼死命学习的动力中，有着紧迫的生存本能的需要，也有着各自特殊复杂的心理因素。令人感动而不安。要活下去就得羊顶角，生存的竞争在残疾人的身上表现得尤为强烈。在社会上，他们的竞争对手不只是残疾人，更主要的是健全人。又有多少健全人会选择残疾人做自己的竞争对手呢？假如是在同一条起跑线上干同一种事业，不敢说胜利的准是健全人——健全人并不总是人类的优秀分子。

　　我尽力想理解他们，凡事先站在他们的立场上想一想，努力将心比心一番。可我发现他们不理解也不想理解我，用残疾人的狡黠只想诱使你多为他干事，讨好你，缠住你，希望你多教给他一点东西。最好是只教给他一个人，又是灵丹秘方。

　　我出门诊的时间减少了，每天更多的是在黑板上看病，精神上难免有失落感。我相信其他几位兼课过多的医生也会如此。没有一个有前途的医生愿意放弃自己的专业。我们还要管打扫教室里外的卫生，修整、美化生活和学习的环境，既是教员又是服务员。这可是我以前没有想到的。

　　林桂欣买到菜，伸下鼻子闻了闻，骂骂咧咧听不清他嘟囔了一句什么,回手一扣饭盆,连饭带菜全折到地上。菜汁儿想必正溅到了站在他身后的张目身上,两个人吵起来。我肝火上撞,真想出去对林桂欣狠狠教训几句,至少叫他当众把折在地上的饭菜打扫干净。他是不幸的骄子,在家里娇生惯养,处处受到特殊照顾。别人都哄着他、让着他,好像他残得有理,别人都欠他的。不适应集体生活,心智幼稚,二十多岁了看上去还像个十几岁的不男不女的孩子——由于内分泌紊乱,也许会变成中性人。我本来对他怀有一种特殊的同情心,他常使我想起表大爷,他们都是"二尾子"。他却不知道何为社会?何为他人?何为人际关系?认为别人侍候他是天经地义的,他的利益别人却不许触犯……

张目突然抡起木拐认准林桂欣的脑袋横劈过去,林桂欣还算灵活,一闪身脑袋躲过了,后背挨了重重的一拐。他不顾自己的死活,抡起木拐也向对方砸去……

我转身打开房门向外跑,意识里亮着红灯、响着警铃——要出事!残疾人打架出手极狠,讲究先下手为强,恨不得一下子就置对方于死地,如果一下子打不死,让对方反攻过来,自己身体不灵便,就要吃大亏或被人家置之死地。刚才张目那一下子要是真的打中了林桂欣的脑袋,林桂欣的灾难就算彻底结束了,我的灾难则正式开始了,像新生儿一般弱不禁风的残疾人学校也许被那一拐就打垮了!

张目和林桂欣倒在地上滚做一团,像两只盛怒的蟒蛇,一半截身子绞缠在一起,笨拙地蠕动着,只靠脑袋和上半截身子撕扯、冲击。林桂欣嘴里不干不净地胡嚼乱骂,张目则一声不吭呼哧呼哧一拳跟一拳地找机会进攻。咬人的狗不叫,林桂欣显然处于劣势。平军先我一步赶到现场,把他们分开。

林桂欣那张中性的脸变形了,青一块紫一块,反倒有几分像个男人了。他是肇事者,挨了打还没有理,只能乖乖地听着大伙的批评。

看热闹的学生也渐渐围过来,平军叫林桂欣回屋写检查,想尽快平息这场风波。张目仍旧坐在地上不动弹,难看的凹脸露出一副古怪的残忍相。他性格中恶的那一面并未残废,心里还藏着这么多暴戾。

我真得要重新认识这些年轻的残疾人。于青弯下腰想搀扶张目站起来。张目拨开她的手，摸着自己的木拐，像卧倒的驴子一样大面积抖动，架势很大，全身用力，艰难而又充满力量地挺了起来。仍旧使劲咬住嘴唇，不流露任何感情，似乎一点也不感到疼痛，灾难就像发生在别人身上。谁也不看，径直回自己的宿舍，身后散发出一种阴毒的气息。一个小个子残疾人能有这份冷酷，简直有点迷人，颇让人敬畏。

看来残疾人是最懂得仇恨的，大概是身上的不幸积压过多造成的。张目不同于林桂欣，在亲友和社会的歧视中长大，心也畸形，极端自私。在学习上同别人要争高低上下，在生活上跟同学们更是针尖对麦芒，寸步不让，稍有不顺心就会吵闹。十几年前的一点火星，烧着了他的棉鞋，又烧坏了他的脚后跟，他赖以生长的那块土壤就开始倾斜、变质，用种种不正常的残酷手段培育了他现在的个性。脚后跟治好了，就感到地不平，不瘸不拐便不能前进。医生则说他的左腿短一块，需要做手术拉长。烧坏的是脚后跟，为什么腿会短一截？怎样才能拉得正巧和右腿一般长呢？拉得太长了也不好。他感到自己像个泥捏的娃娃，被摆在手术台上任大夫们随意拉长哪一块或者掐短哪一截。谁料麻药打错，他险些死在手术台上。最后人救活了，左腿却死了。连续不断地发烧，连双胯也坏了。庸医杀人不用刀。一连串的灾难都叫他碰上了，变成了白吃饭的废物。哥哥、嫂子一不高兴就要给他脸色看，自然没有好脸子。他更听不到好腔调。

他去求生产队长，若能派给他点活干，为家里挣点工分，哥嫂对他也许会好一点。但他从队长的瞳孔里看到自己不像人，只是一条受了伤的癞癞巴巴的小狗。小得像一粒沙子，被队长一眨眼就抹掉了。

舅舅还是心疼他的，告诉他哥嫂跟他耍脾气是应该的，这不是一天两天的事，人家要养你一辈子，别说是兄弟，就是爷娘老子也不行。谁也不能指望，就得靠自己。可以学刻字，学修理收音机，学医。他拜一个乡村医生为师学了一年多，老师不把他当回事，别人也戏弄他，没人找他看病。也幸好如此——他能治什么病呢？行医非儿戏为混口饭吃而误人会铸成大错！

我回到办公室屁股还没有坐热,又听到有人一迭声地喊救命,变音变调,格外刺耳。我不相信在我的学校里有人敢行凶杀人,肯定又是残疾学生的恶作剧。

急骤的打门声,是平军的声音在高喊:

"张目,快开门!不然我给公安局打电话了,以行凶杀人罪把你抓走、判刑!"

又是他!呼救的自然就是林桂欣了。在外面没打够,回到宿舍反锁上门,把林桂欣往死里打!

被一连串的不幸酿成的个性又把他的理智引导到更加不幸的泥淖之中。他终身残废的不仅是身体的一个重要部位,还有灵魂里的某个地方也永远地坏死了,不可救药。

我的肝部肿胀,一股热力冲上脑际,变成两个字:开除!

但我好歹管住了自己的双脚,没让它迈出办公室。还是先让平军去处理吧,我缺乏处理这种事情的经验。而作为一校之长先表了态,事情就没有回旋的余地了。

我这是何苦呢?为谁忙碌为谁愁?想不到残疾学生这么不懂事,他们一点也不知道我的难处。我不是害怕破坏他们的学习情绪才硬撑着门面,在学生面前从不流露半点实情。

算了,越想越烦,人活着就身不由己,想得太多行动就少,还是干到哪一步说哪一步吧。生活中常有戏剧性的偶发事件,谁知是主吉还是主凶。我把台灯的旋钮拧到最亮的刻度,四堵苍白而消瘦的墙壁开始后撤,不再挤压我。我深深地呼吸,响亮地吐出胸中的郁闷,身体舒服地靠在椅背上,按摩两个发疼的太阳穴。

外面的吵闹声渐渐平息了。

我该盘算自己的晚饭了,是吃呢,还是省下这一顿?想吃又能吃什么呢?饼干、蛋糕、面包、奶粉、麦乳精,一想到这些东西我的胃里就不舒服,刚才那点隐隐的饥饿感立刻消失了。这都是些好东西,但不能长期当饭吃,我的胃口不适应这种简便而富于营养的"现代化"。到饭馆去吃嫌太脏、太费事,闹不好饭未吃成反惹一肚子气。为了活着也得赶快找个会做饭的老婆。白星春会做饭吗?她是需要别人来伺候的人。我为什么老想到她?看来人都想高攀。她是一个条件优越的姑娘,会嫁给一个曾经结过婚的人吗?即便能结婚,是她伺候我,还是我伺候她?我想谁都不会伺候人。惠英活着的时候,我一进家门总有一种饥饿感,那是很愉快的,愉快的饥饿感。现在可好,吃了不饱,不吃不饿。

有人敲门,不等我应声门就被推开了。

"好啊,院长大人,外面都快闹出人命来了,你躲在屋里倒能沉得住气。"平军神情诡秘,进屋后四面打量,"你是不是金屋藏娇,关上门干好事了?"

他永远都是这么无忧无虑,嘻嘻哈哈,我要是也像他这样就好了。就问:

"那两个打架的学生怎么样了?"

"我叫他们写出检查,等候处理,相互负担对方的医疗费。愿意打架先办退学手续,到外边去打,即便从人脑袋里打出狗脑子我们也不管。"

这就是平军的语言、平军的办法。我放心了,至少林桂欣的脑袋里还没被打出狗脑子。

"你还没有吃晚饭吧?"

平军搬来了方便面、电炉子,还有两听罐头,三下五除二就弄得房间里热气腾腾,有了香味儿。他的生活能力比我强,很懂得享受自己。有了做伴的我便也有了食欲,嚼着栗子鸡问平军:

"你怎么不回家去吃?"

"为了陪你……"他的脑子忽然又跳到别的事情上,从口袋里掏出一沓人民币放到我眼前。

"这是白星春上个月的讲课费,还是你交给她吧。"

"什么意思?她嫌钱少还是拿架子?"

"她说跟你有君子协议。我也不知道你们两个私下里订了什么协议,还是不在你们中间掺和为好。"

"我跟她有什么协议?"

"你问谁呀?"平军眼光贼亮,汪着一包坏水。"我看是白星春对你有意思。你可不能眼花心活,吃着碗里看着锅里的。"

"你这张臭嘴,没有正经的。碗里是谁? 锅里又是谁?"

不管你正说着多么严肃的事,他能突然插上几句闲白儿就把正题给搅了。

"没有比这事更正经的了,白星春比咱们医院这几位硬往你身上贴的女同胞可强得多。"

"哪儿强?"这个话题对我有不可抗拒的诱惑力。

"我都给你打听清楚了,她年龄比你小十二岁,十二是两个六,六六大顺。既符合现代新潮流,又符合你所喜欢的道家那一套。"

"哪一套?"

"老夫少妻,采阴补阳。"

"你别糟蹋道家!"

"她听说你不喜欢女人化妆,每逢到咱们学校来讲课连普通的面霜也不敢搽,比残疾学生还朴素。"

"我什么时候对女人化妆表示过喜欢或不喜欢呢?"我脸热心跳,嘴上强硬。平军这几句话可不像是平白无故地放空炮。

"你给人的印象就是有点古板。白星春私下里说有点怕你,这个'怕'字意味深长——"

"她会怕我?"我不相信白星春还会怕什么人或怕什么事,要说我怕她还差不离儿。

"其实她想错了,越是看上去古板的男人,越渴望时髦的明艳女郎。有多少土得掉渣儿的老前辈,得势后纷纷换妻,就是明证。你只要看看他们的队伍,再看看他们夫人的队伍,就知道我所言不谬。"

平军的嘴太损,我却不能反驳他。他的思想活泼得像跳蚤,没有规律,摸不住抓不着,不知跳到什么地方突然咬你一口。

白星春也确是个令人捉摸不透的女人。应付女人是最麻烦的、最累的。同时应付几个就更吃不消。我没有精力,也不想陷进女性秘密的深渊里去。我需要女人，但害怕和她们过于接近，当你的眼睛离她们的脸只有十公分的时候，没有一个女人是美的。我宁愿在心里跟她们保持一点隐秘的关系，决不可为了救急、解渴凑凑合合地结婚。我在寂寞烦闷的时候容易想女人，这种时候毕竟不是很多，目前我生命里最需要的还不是女人。也没有碰上一个让我感到离不开的女人。惠英提高了我的口味，她在我灵魂深处占的那块地方还没有全挪出来。白星春浑身芬芳，有股令人销魂的骚媚力。作为妻子她合适吗？我希望从作为妻子的女人身上获得一种美丽聪明的、严肃认真的、长久可靠的享受境界。这些话无法跟别人说。跟平军这个坏小子更不能在这个问题上多纠缠。我得赶快岔开话题。

天气说热就热，气温骤然升到三十多度，把她身上的困劲儿、懒劲儿都蒸出来了。杨康把她喊醒的时候，她还以为是早晨呢，好半天醒不过盹来。她也不愿意醒，还想闭眼再迷瞪一会儿，反正下午没事，早去晚去没关系。杨康走，她知道。杨康喊她，她答应着，就是不想动弹。午觉睡得太沉太香了，越睡越不想起来。

姚克宗来了。她仍不愿意睁眼，听走路的声音就知道是他，杨康的脚步不会这么重。噔噔噔，一个点地走上楼来，像没有停顿一样开了门。又噔噔噔走到她的床前。身上的力气多得向四处放射，真让人眼馋。他总是很准时的，从不敢误她的事。他今天怎么不吭声？大概是看她还在睡着不愿惊动她。难道他就这么傻乎乎地在床边站着，一直等到她自己醒来？她觉得有趣，突然睁开眼。

姚克宗呼吸急促，脸涨得通红，仿佛是一颗即将爆炸的地雷。他只穿着背心短裤，一身的肌肉倾泻出动物般的强悍和贪婪。眼光贼亮，毫无羞耻地盯着自己恩人裸露的肩和大腿。冯燕玫急忙拉过毛巾被盖住自己的身体。这个动作更刺激了姚克宗。他认为她在等他，不是等他驮着她去上班，而是她想驮他。他两眼仍旧死盯着她，好像怕她逃跑，一拉一拽就把自己脱得赤条条的，一动不动地站到她的床边上，在等待她的反应。

她怀着慌乱和厌恶的心情注视着他,面孔开始泛红,感到一阵贪婪的晕眩。眼光呆滞,还想抓住点什么东西,阻挡自己身不由己地向情欲的深渊里堕落:

"克宗,你要干什么?不,你不能……"

她嘴上这样说,全部神情却表达了心里的饥渴,鼓励了姚克宗。他撩开毛巾被,三把两把拉掉她的内衣,身体像一颗冒烟的炮弹压上去,干燥的紫色有劲的嘴凑上来,令人作呕且永不满足。她被一股强壮而粗暴的力量占有了,可怕的性欲犯!她也被自己吓呆了。无法判断这是本能还是罪恶,只觉得被肉欲吞噬了,周围的一切都陷入混混沌沌的原始无知的状态。

她被自己想挽救的人毁了。

他发泄完了,脸上挂着淫秽的不安和感激之情。她不敢看他,更羞于看见自己这种无耻的样子。她不知今后该怎么办?刚才发生的这一切并不突然,她在心里曾演习过,只是不敢对自己承认,也不是这种丑恶的样子。为了克制自己的邪念她才拼命挑逗丈夫,希望丈夫每晚都霸占她、蹂躏她,抵消姚克宗那年轻的躯体对她的诱惑。谁叫杨康无能。她是健康的女人,生理有了需要哪还顾得有那么多道德?生命本身就不道德。任何生命的诞生都是猥亵的结果。——她拼命为自己的堕落寻找根据。

姚克宗又爬上身来,他眼里再次流露出粗野的性的渴望,一脸淫亵。他还是个流氓骗子!更大胆,更放肆,这次显得沉稳而充满自信。全身都不闲着,饥饿的嘴也像精力过剩的身体一样永不满足。她的头不论怎样扭来摆去也逃脱不开他那粗糙的嘴唇。这更刺激了他,像野兽一样疯狂了。原来她的体内也是喜欢恶的,喜欢力量,也渐渐烧起了她的激情,尽管心灵还在挣扎,肉体却开始享受欢愉。她感到了一种醉心的诱惑力,只想满足一种炽热的不可遏止的欲望,全身抖动,不管压在上面的是谁,是动物,是机器,她都要不顾一切地迎合上去。她经历了一种似乎从未体验过的快乐浪潮。

满足后,她躺在床上像死去一样。她真的看到了死亡。

己 卯

外国人真的要来了,我若摆出一副无所谓的样子,那是装的。如果说我不激动、不引以为荣、不想借这个西风那也是假的。不必对这件事本身下什么定义。关于它的意义也用不着我去对上解释、对下动员,上上下下似乎都知道该怎样迎接外国人。不知道该怎么办的倒是我——这个所谓的"关键人物"。

公司成立了以高经理为首的专门的接待班子,在全市最高级的宾馆友谊饭店包下几间房。照相机、录像机全准备好了,每天有专人往房间里送汽水、送冰棒。十几个人全都穿西装、系领带,像纸糊的一样僵硬、呆板。与他们的肤色、相貌、气质、谈吐、习惯、站相、坐相、吃相都极不协调,总让人感到别扭,联想起"小人得势"或"暴发户"一类的字眼儿。我羡慕他们敢穿。不管怎样,反正把领带拴到脖子上了。平军及医院里一些多嘴多舌的女人叫我在外国人来的那一天也穿上西装。我有西装,上大学的时候也曾认真地赶过几天时髦。不过我最喜欢穿的还是白大褂。我天生是个医生。表大爷最适合穿黑大褂,一穿上黑大褂立刻就是人物了,有一种仙风神气。谁也不敢再叫他"二尾子"。我仿佛就是穿着大褂出生的。大褂一上身,舒服自然,五运六气通畅,精神来了,医生的仁慈和威严立刻集于我一身。下了班就是中山装,这与我的性格相一致。我喜欢洁净和庄重。古人讲衣不贵精而贵洁,不贵华而贵雅,不贵与像相称而贵与貌相宜。由于多年不穿西装,更不记得何年何月曾系过一次半次的领带。那条紫地儿白色斜条的领带在我手里像一条死蛇,说什么也系不好。听别人讲就跟少先队

162

员系红领巾一样,我回忆着系红领巾的办法,勉强皱皱巴巴地把它拴在脖子上。对着镜子一照,人模狗样,立即变成了卖鱼虫子的个体户。西装是西方人根据自己的人种特点设计的,穿在洋人身上自然而和谐。外国人接待中国人未必要穿中山装。我们接待外国人为什么非要穿西装呢? 我不会打领带,还不能去问人。这都什么年代了,堂堂的医院之长(医院小院长不一定小),居然不会打领带,还不被人笑掉大牙? 真土得可以!

夜变幻着,城市却自我封闭,四周安静极了。除去沈丹实不在,医院各部门的几个主要负责人全没有回家,打扫卫生,让学生做些准备,像考试前的猜题一样想想外国人可能会问些什么问题,怎样回答。也许临场还要演几个小节目,向外国人送点纪念品,合影留念,题词等等。全是演戏,有平军一个人就足够了。我的任务就是替高经理起草了一份向外国人介绍残疾人学校的报告。他开始关心残疾人学校的事情了,这个弯子当然是外国帮助他转过来的。中国人就是这份德性,开始打你,打不倒,就来捧你。高经理本人是怎样走下这个台阶的呢? 破天荒地召我去汇报医院的情况,顺便谈谈学校的事情。其实他主要是想了解残疾人学校的情况。散会后留住我谈了五分钟,就算把自己的脸正过来了。"人道也好,善良也好,那是伦理道德的事,让善男信女的去讨论吧。我是公司的头头,就应该维护自己领导下的整个团体的利益,这才是好干部。天下的瘸子拐子多了,你仁慈善良就能管得过来吗? 一个好经理不一定是个好人。"

他有自己的个人气派,我很欣赏这种气派。这比打官腔、言不由衷地反过来夸奖残疾人学校好多了!

看样子要由他向外国人汇报我办残疾人学校的情况。这是个大买好大出风头的机会,也是体现他权力的地方。权力已经变成他生命的一部分,放弃权力就等于放弃生命本身。他对残疾人知道些什么呢? 该向外国人说些什么还要我来教给他,为什么我就不能直接向外国人介绍情况呢? 我还没有清高到对这件事不计较、不在乎的程度。心里酸酸的,愤愤的,我费尽周折、累个七死八活,到头来,是为别人做嫁衣裳。我不相信高经理能向外国人说得清楚。说不清楚还说不糊涂吗！我又何必操这份闲心呢？据说那个接待班子在友谊饭店已经忙了两天两夜了，真不知道他们忙些什么？我的学生们也很兴奋，从他们的眼神、他们的议论、他们准备那可能有机会演出也可能根本没有机会演出的小节目的认真态度上可以看得出来。残疾的心灵总希望有机会向外部世界拓展。有外国人来访无疑是一件好事，大家都这么认为。为什么只能是好事而不会是坏事呢？眼下最时髦的莫过于跟外国人有点什么瓜葛，这也是一条走向荣耀的道路。大地震摧毁这座城市之后，世界上有不少发达的国家想帮助我们重建新城。当时正患自大狂的中国人，或者是能够代表中国说话的人，理所当然的、毫不犹豫地拒绝了资本主义的援助。即使他们是打着人道主义的旗帜。中国强大的威力无边的法宝是自力更生。我在想，当时如果接受了外国的援助，每个国家都根据它们的财力和风格承建一个区、一个角、一个部门、一座建筑，如果再鼓励他们竞争，万国博览，百花齐放，我们的城市恐怕早就建设好了。而且不会是现在这个样子。很可能还会成为一座独特的具有历史纪念意义的名城！

倘如此，就不会有我管理下的这一片简易抗震棚。如果我还要办残疾人学校的话也不会是现在这副寒酸样子。命中注定，也许我们就该在外国人的楼上吊死，十年前错过的机会，今天又重来一次。联合国残疾人基金会——顾名思义是个慈善机构，专门舍钱的。至于香港明爱中心，我不知为何物。反正不会是来找我们要钱的。对他们的来访上上下下都那么兴奋、反常，说明大家抱着极大的希望。希望他们什么呢？

我何必咸吃萝卜淡操心。种种迹象表明，我的角色是在旁边看热闹。趁天还未亮，赶紧睡一会儿，明天我有的热闹可看。把那条讨厌的紫色领带揉成一团塞进抽屉里。

敲门声甚急，定是平军。

我睁开眼，旭日临窗。这一觉睡得好香、好深沉，应该失眠的日子反倒不失眠了。

"治国,治国!"

只有平军敢这样直呼我名。我对他也摆不出半点架子。在这块领土上我最常用的代号是"汪院长"、"汪校长"、"汪大夫"。我已经很习惯这种称呼了。还想再躺一会儿是不行了,不想动弹也得起来开门。

"这是什么日子,你还有心思睡懒觉!"

未必外国人来的日子就不许我睡觉。外国人对我来说可不新鲜,他们也曾求我看过病,也曾在我面前丢过丑。平军情绪激动,可能又出了什么事情,我可不想在这时候惹他。

"高经理他们都去机场了,竟然不通知我们一声!"

"去机场干什么?"

"接外宾啊!人家是来考察我们残疾人学校,理所当然应该请你一同去机场迎接!"可怜的平军,难道去机场接接外国人也是一种荣耀?

他是为我抱不平。高经理为什么要甩开我呢?我不会抢他的镜头。省了去机场的辛苦本是好事,可他们的用心及这件事情的象征意味令我气愤、不安。在自己的同事面前只能装出一副满不在乎的超然神态:

"由头头替我们到机场去接客人,这不是好事吗?反正外宾迟早都得到这里来。"

"人家会怪你失礼,架子太大。"平军更会说话,好像他的酸溜溜、气哼哼不是因为被公司甩掉、没有获得去机场接外宾的荣耀,而是顾虑自己礼貌不周。

我也不愿意戳破,他的疼处就是我的疼处。

"失礼比失态好。只要高经理没有架子,人家是不会注意我们的。"

一些爱出风头的学生也来打听消息。在学生面前我更不能有半句牢骚。实际上我跟他们一样并不多掌握半点消息。外国人什么时候来？怎么来？来了以后怎么办？我心里没有一点谱儿。好像谁去机场把外国人接到手，这两个外国人就是他的了，一切活动均得由他来安排。搞得太神秘了！我能告诉学生的就是照常上课。外宾是来考察我们学校的，不是来接受我们围观的。幸好今天上午是白星春的课，她的课讲得不错，人也有足够的魅力把学生的精力吸引到自己的身上。

中国人最会没事找事了！我把学校的一摊杂事推给平军，穿上白大褂回医院中医科出门诊。每当我神情恍惚，要不认识自己或找不着自己的时候，一面对病人立刻就镇定了，恢复了自信和自己的真实面目。我的子午流注中药正在临床试验，效果令人鼓舞，还需继续积累数据。

医院里今天也不安静，表面上它跟残疾人学校是两个单位，实际是一个单位的两个部门。谁有点芝麻绿豆大的事也甭想瞒住。中国人无隐私，一个单位更甭想有"公私"！我想挨个到每个科室和病房走一圈儿，马士殿春风满面地主动陪着我。查房本来是院长、副院长的事，他这样一来仿佛成了医院的二把手，也许他的自我感觉是一把手。我也不便说什么，在各处感受到的是另一种情绪：

"哟，院长，今天你还来查房？联合国的代表不是马上要来吗？"

"联合国"这块招牌还真能唬人。

"我们成年辛辛劳劳也没人想着惦着，这些小残废倒捞着了。"

"这才叫歪打正着哪！物以稀为贵，医院哪里没有？残废人学校——在全国还是绝无仅有！"

有人就习惯把"残疾"叫成"残废"，我在大会上纠正多次也无效。岂知世界上残疾人比绝对健全的人要多得多，只不过大多数人是伤在内或心灵残疾。一个"废"字淋漓尽致地表现了人的残忍。人总是要相互伤害，仿佛只有这样生命才能延续，往往忽略了寻找自己的人生。想想自己是什么、该干什么、能干什么、在干什么？人真应该惧怕自己。自身的愚昧、无知、恶习、偏见、怯懦、妒忌、憎恨等等都是最可怕最危险的。大可不必担心别人会对自己构成什么威胁。

医院里有几个不可小瞧的人物有着不知怎么一种原因和瓜葛跟

上面(诸如公司和局里)一些不可小瞧的人物特殊的关系,因而他们消息灵通,他们听到的小道消息往往还很准确。他们当然不会放过今天这样一个可以好好卖弄一番的机会。他们的核心却是马士殿。当群众提出一些问题,连我也说不清楚的时候,马士殿就替我回答。他告诉大家,实际是告诉我,外国人先被接到友谊饭店休息,中午参加高经理举行的欢迎宴会。下午在宾馆听高经理汇报残疾人学校的情况,然后到我们这里来看一看,最多呆半小时。晚上还要参加市长举办的宴会。明天游览市容,参观地震遗迹。中午由民政请客。明天下午送外国人登机回北京。这一刻马士殿成了院长,我不过是他的陪衬。他当着这些爱打听与己无关的消息、爱管闲事的人十分神秘地把接待外宾的详细计划讲出来,就是相信我不知道这些安排,知道我在公司里得不到好脸色。而且让群众看看,我这个院长已经有名无实,还不如他知道的事情多,跟公司的关系更近。这到哪儿去说理呢?我本身没犯错误,从私人角度也未得罪过公司的头头。他们之所以不喜欢我就因为我办起了这个残疾人学校。可眼下他们不正是借这个学校大出风头吗?为什么还要恨我呢?

不是恨我,是怕我。怕我抢功。如果把我甩开,这办学的功劳就全是他们的。怕我在外国人面前说出办学的真相,讲他们的坏话。我就学校的困难曾给中央残疾人协会和市里领导写过信,他们不怕。为什么倒爱惜自己在外国人眼里的形象呢?每个活人都应该有自己的生活,你在这方面有精神,他在那方有精神,谁要想彻底征服谁最后都得失败。可悲,现在就是有些东西没有精神。建筑——死眉塌眼;植物——退化:苹果好看不好吃;黄瓜叫化肥催得像小孩子胳膊,咬一口则像棉花套子;西红柿、土豆越来越小;动物——少得比人还值钱,以前是动物多人少,现在是人多动物少。连天地都失去了往日的精神,该怒不怒,该笑不笑,该阴不阴,该阳不阳,夏天不热无雨,冬天不冷无雪,一年到头温温吞吞,似阴非阴,似晴非晴,无雾似有雾,有雾便有臭。没有精神的人也越来越多了,他们只能惧怕那些有精神的。

卷柏、木兰、吴茱萸等五味药的制剂在烧杯里翻花,翻出一串串细碎的枯黄色的泡沫,一缕缕热气钻出瓶口,房间里弥漫着浓烈的药香。我叫患者自己盯着时间,一刻钟后提醒我关掉电炉子。我腾出脑子开始检查最后一个病人。半天我只看两到四人,都是事先约好了的。我看病都是竭心尽力,看的太多精力达不到,质量也难保证。

忽然一阵面红心乱。什么力量能够这么迅速地插到我和病人之间,从病人身上把我的精力弹开,让我在给人看病的时候走神儿?不是外国人来了。他们不能把我惊动到这种地步。有人在偷看我治病!我抬起头,转过身,看到了那双使我心慌意乱的眼睛。风姿秀逸,表情丰富,且有股神秘性质。

"你,白老师?"我无法抑制突然而来的激动和窘迫,低头看看手表,还不到下课的时间。

"校长同志,你可真厉害!不是我偷懒,外宾马上就来,平军叫我提前下课。"

她一张嘴就没有我的好处。真是个人精!我想解释都没有机会,没有必要。我能看透病人,她能看透我,可谓一物降一物。跟她对话我感到自己反应迟钝,智力不够用。但我的冲动是诚实的,她则像一个狐媚的魔方。

"你心里对外国人的来访也像外表所表现的这么不卑不亢、不以为然吗?"

她继续向自己的手下败将进攻。这种什么都懂、自以为是的女人往往刻薄、讨嫌而可恶!

"你说我该怎么办?"我装做没有听懂她的绕口令,低头给病人开处方。

"果然不同凡响,医生放弃了临床就等于放弃了专业。你又当官,又不放松自己的研究课题,鱼和熊掌兼得。"

这就是她的恭维。

"你认为当这个受罪的自封的残疾人学校的校长是吃鱼呢,还是吃熊掌?"

"就其意义来讲是吃鱼,就现实来看是吃鱼骨。"真绝顶聪明,智力常常闪出异彩。跟这样的人不用交深也能心灵相见。她的思想却活泼得如水银泻地,叫你抓不着。

我抽屉里还放着她的讲课费,如果没有外人在旁,这倒是个分给她一杯鱼汤的好机会。

"这十九个小瓶子里的液体就是根据《药对》岁物药品的十九味中药精炼出来的?"

我警惕地看看她。这项研究尚在秘密实验阶段,我未向任何人提起过,她是怎么知道的?她还搞了我一些什么情报?

"放心,我不会偷走你的成果的。我不过是根据你平时常看的书对照你的实验妄自猜测罢了,想不到猜对了。要知道我也是学医的。真心地祝贺你。假如你能成功,凭着这十九个药瓶就包打天下,无疑是中草药的一次革命!"

她说的是真话还是假话?

"白老师,不论中医西医,古往今来,严格意义上的特效药是没有的,一切药物都是素药。手术就是药物无效的证明。因此靠一项成果或者几味药包打天下的事是不会发生的。"

"但是你能靠它替自己打出一片天下。"

沈大夫进屋来催我快出去,说外宾马上就到。

我怔了一下:"您怎么也来了,老郭怎么样?"

"今天早晨精神很好,想吃东西,想说话,还想下地到窗前看看。"

我心里一沉,这绝非好兆。埋怨沈大夫不该离开他。我们有足够的领导和群众为外国人的到来夹道欢呼,她何必扔下重病的丈夫也来凑热闹! 这话却无法说出来,按惯例不让谁参加接待外国人的工作,似乎就是对谁的不信任。

"联合国代表来考察我们的学校是大事,我怎能不露面!"沈大夫像我一样老实,一样愚蠢,一样自作多情。总是很器重自己,以为别人也同样把自己看得很重要。我可不想扫她的兴,但愿平军那张嘴也没有瞎说。

"原计划外宾不是下午才来吗？"我并不真想问沈大夫，只是找话说，让她看见白星春在我的屋子里心里心外不自在。其实我的屋子里经常有各式各样的人来闲坐或闲聊，小赵、小钱就几乎长在我的屋里，被任何人撞见她们我都没有不自然过。不，这段时间小赵来得少了，对我的态度也变了，尽管我向她解释过那天失约的事，也未能得到她的谅解。有人说她跟马士殿好了，这怎么可能？马士殿有老婆孩子，小赵可不傻……咳，就别管别人的闲事了。白星春老使我反应过敏……

沈丹实说："据说是外宾要求先看学校，后听汇报。"

我看看尚未熬好的药，屋子里还坐着最后一个病人，想再拖延一会儿。外国人还没有到嘛，鬼知道"快来了"是什么概念。多长时间为"快"？"快来了"不等于"真来了"。他们来了我再出去也不迟。白星春看出我的心思，说：

"如果汪大夫信得过我，我可以替你照料这个病人。"

"这怎么可以？你是我们聘请的老师，理应参加跟外宾的座谈。"我不是信不过她，而是怕委屈她。

"我不喜欢热闹，也没有必要。我真正感兴趣的是阁下的医学成就，正好借这个机会学点东西，吸收一点你的仙气。"

她这哪是给我帮忙！纯粹是让我为难，出我的洋相。

"怎么，信不过我？我不会把你这些宝贝偷走的。"她只要一开口就不惜代价保持甚至发展自己的个性，哪管别人是否会感到难堪。

她说出这样的话，我就不能再坚持，也只好请她多受累了。我跟沈丹实走出房门，又被马士殿堵住了。他声暴气狠，同刚才陪着我查房的那个马士殿判若两人：

"正好你们正副院长都在，听说我的职称没有被批准，这是为什么？"

我们两个都被问怔了。职称评定工作是沈丹实具体负责的，她反问：

"你怎么知道没有你？那么你听说有谁呢？"

"谁心里有鬼谁知道。公用医院即使只有一个副主任医师的名额也应该是我的。我想问一句,你们两个同意不同意?"

他挑选一个吵架闹事的好日子,乱上加乱,烦上添烦。还有好几个估计自己的职称会出问题的医生也有准备地围过来,替马士殿帮腔:

"如果马大夫不够格,咱们医院就没有够的了!"

"你们当头儿的不能光顾自己。欺人太甚我们要上告,大家谁也别想要!"

沈丹实镜片后面烧起两蓬火,脸色变白了。我应该说话了:

"上个星期卫生局来人召集我们全院职工搞了个群众投票。你们都参加了,谁得多少票自己心里都有数。这不是我和沈大夫捣鬼吧?你们能不能得到自己满意的职称,还要取决于卫生局的职称评审委员会,我们的意见无足轻重。据我所知这个评委会还没有开始工作,你们怎么会知道谁评上了谁没有评上呢?"

马士殿说:"本单位领导的意见很重要,可以影响评委会。"

"哪个单位的头头都希望本单位的人都评上。如果你们真的认为我们说话管用,我明确表示支持你们的要求。等一会儿有一些领导到咱们医院来,谁想告状请自便。如果你们能要来自己的职称,我感谢你们,省了我们的事了。"说完我和沈丹实拨头而去。他们有气,我还一肚子气哪。马士殿心虚,知道像我们这样的小医院主任医师的名额不可能给得太多,前边有我和沈丹实,给两三个名额就不会有他的份儿。我以前知道他外表迷人,内心阴毒,没想到还有一副流氓面孔,这大概是在拘留所里学的。想借着外国人来对我敲山震虎,我才不怕你们闹哩,谁有本事谁到上边去争去要。

平军已经指挥学生挂着拐在大门口站成了两排。这仪仗队可有点不像样子,七扭八弯,高高低低。他的身后是两排低矮破旧的抗震棚,脚下是不太平整但打扫得十分干净的黄土地面,刚喷洒了清水,空气中有股噎人的泥土味儿。这也好,让来访者一览无余——这就是我们的全部——人和物、人和环境,都很般配。画面和气氛也是很和谐的。学生的神情严肃、兴奋。由于每个人的残疾不同,他们做出严肃和兴奋的表情也各异,让人感动且情不自禁地同情他们。头上是中午的毒阳,烤得洒了水的地面冒热气。这样隆重地折腾残疾学生未免有些残酷!让他们坐在教室里接受访问和调查,不是更符合联合国残疾人基金会的人道主义精神吗!

我想象着摆出这种阵势只有一个用处:便于让我把上边头头对待残疾人学校的态度如实地告诉学生,当这些不得人心的头头走进大门的时候,让他们抢起拐杖一阵乱打。威风八面的头头大惊之下,或者抱头鼠窜,或者也变成残疾人甚至成为肉酱,那场面该是多么刺激且具有轰动价值。让联合国的代表调查事件的始末,自会知道残疾人求生存、求知识的难处及我的尴尬处境。

我笑了。幸好大家都注意驶近的车队,没有人问我为什么发笑。这与整个气氛不协调。真要有人问我,我说不定会把刚才心里想的场面讲出来。

豪华的队伍。好大气派。连高经理这种跺跺脚我的残疾人学校就要倒塌的人物,在这支队伍里也显得猥琐和渺小了。他和公司里那几位炙手可热的人物被夹在中间,有的还殿后。走在前面的是位开始发福的中年人,他自我感觉不凡,走路晃晃悠悠。他旁边是一男一女两个外国人,想必就是这次把我们折腾得胡说八道的主要人物了。我率领学校的几个头面人物谨慎地准备迎上去。高经理突然越位,快步插在我们和外国人中间,以主人的身份笼统地用一句话把我们介绍给来宾:"这是在学校做具体工作的同志。"然后向我们也是向全体学生介绍来宾:"这是咱们的孙市长(热烈鼓掌,市长都来了,我们真得感谢这两个外国人,不然这些残疾学生还没有机会见到市长的尊容),这位是联合国代表威……利先生(掌声自然更热烈),这位是香港明爱中心的费莉娟小姐,这位是市民政局的李局长……"

都是些平常我们想请也请不到的人物。可惜这不是个叫我汇报办学困难的机会。这种场合只能说官话,报喜不报忧。

由高经理担当残疾人学校高级的概括的领导人,可省了我们这些"具体工作人员"的事了!刚才我还犯愁呢,来了这么多人可往哪儿放哟!我们虽然布置了一间大教室,那不过有平常的屋子两个大,放得下来宾就没有学生坐的地方了。我想外宾感兴趣的正是这些残疾学生。趁外宾跟学生谈话,高经理问我:

"有接待室吗?"

明知故问。

"大会议室也行。。

"小会议室也没有,只有教室。"

"那就只好委屈外宾了。"他大声指挥着,"请大家到教室里去坐。"

我看得出来,那两个洋人也实实在在地受了洋罪。他们周围老是前呼后拥着一批帮吃帮喝、脑满肠肥的人物,阻碍着他们与调查对象自由交谈。高经理和民政局李局长老是抢话说,大概是想在市长和外宾面前表功。那位联合国残疾人基金会的代表不怎么说话,倒是费莉娟小姐(鬼知道是不是这个名字,中国人老爱把外国人的名字中国化)相当活跃,提问最多。

"谁是这个学校的负责人?"

高经理抢答:"这个学校归我们公司负责。"

"刚才说你们是公用公司,怎么想起办这样一个残疾人学校?"

趁高经理嘴不应心,李局长把话抢了过来:"这儿的校长是汪治国先生,他是著名的中医大夫、针灸专家,自小跟一个残疾人叔父学医,现在名满杏林,想把医道再还给残疾人,让更多的残疾人有就业的机会。"

我大惊,这位李局长倒有说评书的口才和想象力。费小姐的问题一下子全冲着我来了:我的经历,我为什么对残疾人感兴趣,地震时全城总共死了多少人,学校的教材、教员及设备情况,学员的情况,等等。这些东西我不用准备,也无需多想,顺口而出。说到哪个老师和学生的时候,就把他们叫到屋内介绍给外宾。李局长在旁边帮腔,不时地寻找机会插上几句话。倒好像是我们两个商量好夺了高经理的风头。高经理颧骨突出的脸高昂着,视线从众人的头皮上掠过直视屋角,醒目的喉头偶尔上下牵动几下,但始终克制着没打断我的话。他心里一定是异常恼怒,认为我胳膊肘向外拐。拿着公司的钱,住着公司的房,却替民政局的脸上贴金。李局长老奸巨猾,在桌面上斗嘴,高经理确实不是对手。

威利先生突然面露苦相,滑稽地举起一只手:"我可以提个问题吗?"公司的录像队伍为了多拍摄他的镜头,把他的形象拍摄得清晰、逼真,在他的头顶上架起了两个太阳一般的聚光灯。天气本来就够热的,一下子又多给他增加了几个夏天的太阳。他被主人的这番盛意烧得毛焦皮干,坐不住屁股了。那些二把刀的录像师懂得开灯却没有关灯的习惯,从客人一进门就这么活烤着。机器停了,灯还亮着。威利碍于礼貌,咬牙坚持着。可费小姐的问题没完没了,他终于坚持不住了,指指快要掉进脖子里的毒日头说:"这个灯是不是需要总是这么亮着?"

高经理赶紧下令关灯,并趁机提醒市长时间不早了外宾下飞机以后还没有休息,该吃午饭了。孙市长可能也早就听得不耐烦了,站起身打着哈哈:"好嘛,下午还可以继续谈。"这表示对残疾人学校的考察该结束了。

费小姐又叫我带她看了学生宿舍、教师的办公室和医院。路过我的诊室,出于礼貌我推开门让两位外国客人看一眼。白星春正拿着强力球在自己的左胳膊上做试验,这引起了费小姐的好奇心,她走进去。白星春只好起身跟她打招呼。不想她用的是英语,这下可不得了了,她们一下子谈起来没完了。大家也听呆了。尽管一个字都听不懂,谁也没有想到白星春的英语讲得这么好,伶牙俐齿,巧舌如簧,却没有一点卖弄和得意之色。她大概把我的老家底儿全抖落出来了,因为费小姐和威利先生不时地看看我,发出哇哇的赞叹声。要不是高经理在外面催得急,他们一定会叫我在他们身上试针或气功按摩。费小姐还向我介绍了明爱中心的性质——是个庞大的国际性残疾人福利机构,有自己的公司、商店、学校、医院和培训中心。她邀请我带三个老师到明爱的培训中心进修三个月,费用全部由明爱中心承担。还特意嘱咐一定要有白星春小姐,她对白星春的英语水平极为赞赏。还叫我给她写一份残疾人学校请求资助的详细预算,列出具体项目及所需的费用。最好在今天晚上就能交给她。

她是边走边说出这番在我们听来无疑是惊天动地的话的。高跟鞋继续踏出一种有力量有节奏的嘟嘟的声音。她清楚自己说出的话的分量吗?包括市长在内的周围许多重要人物可都听到了啊!她看上去不过三十岁左右,只介绍自己是德国人、明爱中心负责亚洲残疾人事务的秘书。为了凉快把头发随随便便在脑后一揪,自然随和却不失风度。谈吐机敏不失分寸,看似轻松坦直又藏神不露。她如此成熟是因为她有文化、有钱,还是有优越的生活环境?相比之下我们中国人太不成熟了,包括那些有权有势的头头,不也像个肤浅的乡巴佬吗?她这个秘书有决定给人以资助的权力吗?至少说明她对我的学校感兴趣、印象不错。我感到大太阳小太阳又都落到了我的头上,周围人的眼光集中烧灼我的后脑,大家的耳朵都竖起来了。

先让两位外宾上了汽车。学生们再次列成两排挥手相送。李局长叫我上他的汽车,一块去赴宴。公司里没下通知,高经理金口不开,我才不会为了一顿饭去丢那份人!李局长在我耳边小声说:"人家外宾真正感兴趣的是你。下午的座谈会你得参加,你掌握的情况细。"沈大夫和平军也极力怂恿我:"你去,为什么不去?不管从哪个方面讲你都应该去!"

我一坐进汽车就感到失算了,嘀嘀咕咕、自卑自贱代替了刚才在费小姐面前的自尊自信、轻松自若。我要想保持做人的尊严和自由就不能离开医院和学校。跟这帮当官的混在一起,应酬、斗嘴正是我的劣势,形轻气怯,小船泛重波。稀里糊涂地跟着到了友谊饭店,稀里糊涂地随大流进了外宾专用的小餐厅,脑子受到沉重的一击,立刻清醒了。三张铺着白布的大饭桌上已经摆好了酒杯、碟子、筷子、餐巾,每个座位上都立着一块写有名字的硬纸片,却没有我的席位。公司经理办公室周主任指挥几个女干部忙着把外宾和诸位领导送到他们的位子上去,没有人答理我。我被晾在了餐厅中央,留也不是,走也不是。我不敢看费小姐和威利先生,心里骂自己没出息、没主意,才让李局长这个老滑头给坑了!

周主任终于走了过来,他大概怕我站在这儿硬是不走,也会使他们尴尬,让高经理在外国人和市长面前丢丑。

"哎呀,汪大夫你也想吃饭是吧?今天人太多,饭订少了,你到外面大厅里跟司机们一快吃工作餐怎么样?先委屈一顿。"

我借他这个台阶扭头离开了小餐厅,穿过大餐厅,逃跑般冲出友谊饭店。站在大街上还茫然不知所措。不知该到哪儿去?是回家还是回学校?不知公共汽车站在什么地方?不知回去可有脸向同事们讲述自己被赶出宴会厅的始末?我对天发问、对自己发问:我还算个人吗?我图个什么?

戊　辰

　　想想刚才那场面、那群人,就恶心。肚子里没有食却胀鼓鼓的。汪治国,说心里话,如果留下你坐在费小姐身边吃饭,那宴会还会让你恶心吗?恐怕就是香喷喷、美滋滋的了。人嘛,还不都是这两下子,别来这一套!你如果从骨子里厌恶这群人,耻于参加这样的宴会,压根儿就不会到这个你不该来的地方来。李局长拉你来赴宴明明是要你,或者是借你耍高经理,你却当真了。当时心里不是还颇为高兴、颇为得意吗?自取羞辱,吃了个大窝脖也是自找!你也不能算成熟……

　　这样一想,我心里的火气开始减弱。本该如此,从你接受人家任命当个小官的那天起,就老是处在一种被动和软弱的地位上跟领导打交道。你有志气吗?往汽车底下钻!在电线杆上一头撞死!不敢——那就凑凑合合地活着吧。人嘛,就是这份德性,一方面抱怨生活的无聊像无边无际的黑海洋,一方面还活得有滋有味。得势了,有张狂的理由;失势了,有苟活的根据。咒骂自己、鄙视自己是给自己顺气的最好办法,即使是自视甚高、老虎屁股摸不得的人,也能默默忍受自己一顿臭骂。人家当官都是有尊严,我当了这几年院长却把自己做人的尊严弄得破碎而模糊了!

　　公共汽车像一只筻箩,从这一站筛到下一站,一站一站地晃荡。我站在车头高出一块的台子上,看着一车厢无精打采的脑袋,像元宵一样滚来滚去。六月流火,热浪卷着尘土从没有玻璃的窗口灌进车厢。人们被烤蔫了、筛昏了。我也算是公用公司的一名职工,对公共汽车却一直感到陌生,建立不起感情来。只要这个社会分等级,世间万物就有等级。它的一切制度、政策、福利也就是先为当官的考虑,让上层舒服满意。下层则是赶上什么算什么。好了好讲究,穷了穷对付。千不该万不该我不该忘了自己的阶层随便上人家的小汽车,反把自己的自行车丢在家里。记住这个教训,以后再有人用小汽车来接我出诊、开会、赴宴等等,我要先问好管送不管送,倘若不管送就请捎上我的自行车,或者我宁愿骑自行车去。

我赶回医院,食堂早下班了。好在饿上一顿两顿的对我是家常便饭。最难办的是平军和几个好事之徒正在眉飞色舞地议论向香港明爱中心申请赞助的事,一见我回来非要问我宴会的气氛怎么样?费小姐又谈了些什么?坐谁的车回来的?我为什么不参加下午的汇报会以及为什么这样快就赶回来了?等等。

叫我怎么说呢?我能忍受羞辱,别人不一定能理解。受了气我能想得开,别人不知会怎样看我。同事的好心、热心、无边无沿的同情心、不费力气的义愤之心,实在是我的负担,只会使我更尴尬。人一生有许多隐秘的耻辱,需要一个人偷偷地慢慢地咀嚼、玩味。将隐秘的耻辱公开就更觉耻辱。但是这件事我不说也瞒不住,索性实话狠说,把自己说得比被撵出宴会厅时的实际感受更难堪、更狼狈、更窝囊。你把自己嘲骂得过了头,别人还能再说什么呢?

平军苦笑着摇摇头:"你呀,太软了。我要是你,就一屁股坐在外宾的身边,看他们能把你怎么办!要知道人家外国人是冲着你来的。"

我赶紧更正他:"是冲着咱们学校来的。"

"那还不是一样。告诉你,宴会少吃一顿没关系,不会少长肉的。要钱的事和去香港学习的问题你可不能退!"平军瞪起眼珠子。去香港不会少了他。目前八字还没有一撇儿,何必这么着急!

"预算怎么做?"我赶紧把话题转到正事上。

"要三十万人民币。"

"要这么多?"我吓了一跳。"别狮子大张口把人家也吓住。如果人家以为咱是穷疯了,最后一分钱也不会给。"

"你说要多少?"

"有十万元足够了。反正也不能重盖教舍,无非是买点教学设备,给教师增加点讲课费,适当地改善一下学生的生活条件,这能用多少钱? 要知道人家完全是出于人道主义的赞助,没有责任非得白送给我们钱不可。我们的市政府、民政局,还有我们的顶头上司,有义务也应该帮助我们,不是连一分钱也不给吗? 我们向一个八竿子打不着的香港小姐要这么大个数字合适吗?"

"是她找的我们,又不是我们找的她。要多少在我们,给不给不是在她嘛! 既然张一回嘴就大大方方的,不要白不要,要一次就像一回事。要得太少了反而被人家认为咱没见过世面。小里小气像要饭的,还能干大事情吗?"

他说的也有道理,这种事还是依着他为好。

整个下午不论我坐在办公室里还是走到什么地方,都得回答这样的问题:

"你什么时候去香港? 跟谁一起去?"

"明爱中心能给我们多少钱? 这钱你打算都用在残疾人身上,还是医院里的职工也有一份?"

"别忘了你首先是我们医院的院长,其次才是附属残疾人职业学校的校长。去香港不能光带学校的人去,应该跟医院一家去一半。你一碗水端平行不行?"

"没有医院哪有学校。如果我们不看病了,都去学校教书,行不行?"

小赵、小钱更不会错过这样一个机会,甚至准备叫我从香港给她们买什么东西都想好了。而且不必交钱给我。给我人民币到香港也不能花。依她们看,我在香港呆好几个月,凭我的医术,凭费小姐对我的器重,不用犯愁会没有大把的港币。

好像我真的明天就可以去香港。我可不能为没影儿的事再造成什么误会,凡有人问,就耐心做解释:

"费小姐不过是顺嘴溜出的一句客气话,也许是有嘴无心的一种应酬,你们就当真了吗?"

"人家跟你客气得着吗? 这种事是顺嘴乱说的吗?"

"即使是真的,究竟谁能去香港还说不准呢。"

"谁不去都行,没有你不行!"人们说得那样肯定,仿佛他们是明爱中心的第二代表。

好像我本人不愿意去香港,还需要他们的鼓励,或者是我故作姿态,拿捏人。人们对残疾人的热情突然高涨起来。钱瑛和赵力力平时明和暗不和,最好为望风捕影的事争风吃醋,今天突然联合一致,反倒希望那位修长洒脱的费莉娟小姐对我越看重越好。这就是她们曾多次暗示给我的对我的真实感情。我在她们眼里肯定不如一件她们渴望得到的洋货更值钱。赵力力对我已相当疏远,突然又亲热起来,钱瑛刚松了一口气,神经又紧张了,背后把小赵骂得更不是人了,她说叫我买东西是假的,目的是搅得小赵也买不成。女人的小心眼儿,难以捉摸……

我的兴奋逐渐冷却,费小姐未必是我的福星,也许是一颗灾星。又烦、又饿、又累,头往椅背上一靠,闭上眼想休息一会儿,也好冷静地想想这一天所发生的事情,理出个头绪来。香港叫谁去呢? 沈丹实、平军是非去不可的。我心里希望白星春能去,但她是医学院的老师。带一个编制不在我们医院的人去,医院里那些红了眼的医生定会大闹一番。我们四个都走了学校怎么办? 最好分两批,学生一放暑假先去两个。沈丹实家里离不开,那就是我和平军先去。下一批也让沈大夫带个女同志去,方便,彼此好照应。今天晚上见到费小姐都向她说清楚,定死。

老郭冷不丁站到我面前,面色灰白。

我一激灵:"你找沈大夫? 她中午就回家了。"

"不,我找你。"

"找我?"

"我要走了。"他说完就转身。

"你去哪儿?"

他已无影无踪,真是怪人!

　　我突然睁开眼。我肯定刚才并没有睡着。也肯定看见老郭进门来了。然而即便揪下我的脑袋,我也不相信老郭此刻能到这儿来。除非他有魂灵……

　　我感到脊背上渗出冷汗,脑袋昏昏沉沉,像逃避什么东西似的离开了办公室,要找个有太阳、有生气的地方呆一会儿。然而太阳也迷失了方位,这时应该在西方,却悬在北方,光线苍白而冰冷。这是个冻太阳。让我失望的太阳。我寻找它,别人却在躲避它。大墙边、屋檐下,树阴里,凡阴凉的地方就有学生在用功,或单兵独马,或三三两两,他们拼命为考试做准备。我没有给他们提供真正的校舍,这些简易棚的顶子只糊了一层薄薄的泥巴。即使是此刻这种病恹恹的太阳也能毫不费力地就把它晒穿,使棚里变成蒸笼。宿舍里拥挤,教室里也不宽敞,上自习课只好放羊。又没有校园,甚至连个稍微安静的环境也没有,医院里人来人往、又脏又乱。只有到医院下班了或大清早还没有上班的时候,学生们才敢抱着讲义钻出抗震棚。

　　我在他们面前走过,回答他们提出的问题。一种自己被残疾学生所需要的感觉安慰了我,鼓励了我。

　　力量有不同的类型,残疾人不见得比上午来的那些领导人软弱。我是他们的教师,又何必自轻自贱呢? 应该引以为荣,对得起他们!

　　于青和几个女同学在教室里互相提问。她的课桌上放着一块湿手绢,不停地用它擦眼睛。我走过来叫她抬起头来:"你怎么啦?"

　　刘莹嘴快:"她是偷着开夜车熬的。"

　　于青忽然急得要哭:"上午还不这样哪,午休以后就疼得睁不开眼了。汪校长,快考试了,您说我怎么办?"

　　她两眼肿如醉枣,根本不是熬夜熬红的。我叫她别着急,守着医院,守着大夫,自己也正在学医,有个小病小灾还用害怕吗! 赶紧回宿舍仰面躺好,头下垫块干毛巾。

　　"你得的是红眼病,我马上给你治。否则明天你就睁不开眼了,也无法参加考试。"

　　我到街上买了两个小号的西瓜,回到于青的宿舍先切开一个,果

然很新鲜,业已熟透,每只眼睛扣上一块。嘱咐她:

"用手扶好,别让它掉下来,一直捂到吃晚饭。晚上不要看书,再把另一个西瓜切开捂上。捂的时间越长越好,直到你感觉两块西瓜都发热了再取下来。"

她感到新鲜:"这行吗?"

"行不行明天再说,我保证还给你一双好眼睛。"

"这是什么道理,您能告诉我们吗?"

"先治病,道理以后再讲。你们先想想。"

于青连同跟进来瞧热闹的几个学生都很机灵,有心计。我要先考一考他们,然后再告诉他们答案。

平军也进来了,我一见他的脸色心里咯噔一下。

"沈大夫的丈夫去世了。"

"我知道了。"

"我刚接到电话,你怎么会知道?"

"他来跟我告别了。"

"谁?"平军大骇,两眼离离激激地望着我,活像大白天看见了鬼!

"老郭。"

我又重复一遍,然后不再答理任何人,径自走出女生宿舍。

平军追上我。我们两个先到食堂吃了点饭。平军叫我去宾馆找费小姐谈正事。他带着钱再拉上几个人到沈大夫家帮助料理丧事。

我对他从来没有用过这样武断的命令口气:

"你去见费小姐,该谈什么、怎么谈,完全由你自己做主。我必须立刻见到老郭。"

平军一定以为我中了邪!

烛影摇曳。细烟如魂魄,丝丝缕缕缭绕不断。

老郭的脸闪出一片黄灿灿的光,比活着的时候平静而舒坦。他不像是一切都结束了,生命倒像进入了一个更辽阔深邃的境界。没有烦扰,没有痛苦,没有任何欲念,在无边的安全的夜的托浮中完成自己。

表现出一种从容安详的气度。

我注视着他的脸,一种空寂寂的失落感油然而生。祝贺你,我来给你送行。你肯定已经知道了走到生命的玄妙的边缘是怎么一回事,你了解了生命的奥秘,你对生命的认识和体验肯定比我这个常年医治和挽救生命的人更深刻。因为你走过了死亡。但你什么也没有告诉我。你的灵魂就这样抑郁地离你而去了吗?

生命的结束比生命的诞生更隆重,轰轰烈烈,繁文缛节。老郭是个有成就的建筑设计师,住着一套三间的单元房子。另外两间里脚步杂沓,乱作一团,被老郭的亡灵召唤来的各色生者,做着各种超度亡灵的准备。突发性的呼天抢着,大哭大叫;没完没了的欷歔哀叹,同情劝慰;窒息般的沉默,阴沉沉的疲惫。只有老郭躺着的这间房子是安静的,好像有一扇无形的大门把生和死隔开了。

人死如虎。可能是外面的哭声惊动了老郭,他散发出森森冷气,让一切活着的人都感到畏惧。唯有像我这样的医生,经常跟死亡打交道,对死人并不陌生。郭颢活着是我的朋友,他死了我也不惧怕。我给沈大夫帮不上什么忙,更不想对她说什么安慰的话。作为老郭和沈大夫的朋友我想自己唯一能干的事情就是陪伴他度过在人间的最后一个夜晚。

他的大儿子我见过了,穿着花格衬衣和只能盖住大腿根的短裤,头发鬈曲,和几个年纪差不多的男孩子站在门洞里抽烟。神情古怪,大概想表现出男子汉临难不惧的劲头。老郭不在了,他就是这个家庭里的第一男人了。但老郭不喜欢他,他也未必肯陪父亲过最后一夜。老郭的另外两个孩子尚小,没有胆量守尸一夜。沈大夫负担太重,要支撑整个送走老郭的典礼。但愿她自己不要垮掉。中年丧夫!今后就全靠她一个人来供养三个孩子、支撑这个家庭了……这个家庭还有吗?还需要支撑吗?

我拉开白布把老郭的脸遮住。他对这个纷纷世界再也没有感觉了,把对这个世界的许多绝妙的看法也带走了。我刚才心里对他的那股温暖的情谊突然消失了,躺在我面前的不过是具尸体。他不再惧怕强大的病魔,从痛苦中解脱了。

沈丹实为什么要痛哭呢?她不也解脱了吗!丈夫的死给她的生活提供了更新的机会。惠英的死使我的生命更新了吗?我重新成了自由人,但我自由吗?

惠英在不知道的一瞬间完成了死亡并带走了女儿,她是幸福的。不幸的是我。我仍旧生活在她们娘俩的温馨的阴影里,我无时无刻不感到她们的存在。然而她们确实不存在了。真正存在的只是一种回忆,一种无穷无尽的自我折磨。那个年月产妇生产后三个小时就得出院,不管大人孩子死活,实际都是被赶出医院。当妻子把那一团温热的颤巍巍粉红色的嫩肉递到我手里的时候,我惊慌失措了。这就是我的孩子吗?我还没有来得及感受做父亲的欢乐,她就开始抽风。诞生只有三个小时的小东西抽风必死无疑。产科医生和有经验的老产婆子们都说她没有活下去的可能了,无法喂药,无法打针,无计可施。只能眼巴巴看着她把从娘胎里带来的热量消耗完然后就不会再动了。还好,她没起名字,没有报户口,严格地讲还不算个正式的人。由于太小,来到人间的时间太短促,父母对她没有感情,不会太心疼。

不,在我身上最先觉醒的是做父亲的责任和承受灾难的勇气。孩子既然投奔我来了,我不能让她这样再回去。我把她抱在怀里按子午流注扎针。三个小时的生命,太小太嫩,经络难分,穴位不好找。再小也是人,是人就有穴,难找不等于找不到。子午流注如果是真经,就应该对所有的人都有效。

我下针的时候惠英不敢看:"这孩子够受罪的了,活不成就叫她少受点罪吧,你可别再给她罪上加罪!"

她既然有勇气往我汪家投胎,也叫她知道她父亲是干什么的。

她奇迹般地活下来了,抽风的时间越来越短,间隔的时间越来越长。她让我体验了做父亲的自豪。我也为女儿感到骄傲。真争气,两个月后成为一个健康正常的婴儿。我为她起名"子珍"——子午流注针挽救了她的生命。到派出所为她报了户口,这个世界上有了她的位子。凭国家对她的生命的承认我买了配给的鸡蛋、排骨、红糖、奶粉。

我狂妄的自以为能够战胜死亡了,最后还是被命运打败了,命运就是靠死对人类实施最终的最严酷的惩罚。我不顾一切地从它手里夺回了女儿,最终还是又被它抢走了。子珍,我真正的女儿! 要活着的话差不多跟老郭的小女儿一样大。噢,老郭也死了!

死到底是怎么一回事? 人类有多少种死法?

平军领着几个医院的同事来了,他们向死者鞠躬之后又撩起白布单子看看老郭的遗容。他们发出惊叹:"呀,比活着的时候倒胖了!"

"太可惜了,正是好年纪,家庭不错,工作也不错,再干几年就光等着享福了,谁想他这么快就撒手闭眼了!"

他们就不怕惊扰了死者!

我的这些同行们都见惯了死人,并不敬畏死鬼。平军的心思也没有放在老郭身上。

"治国,公司那帮狗娘养的不让我见费小姐,我一进友谊饭店他们就盯我的梢。说不经外办允许不准私自接触外国人,外事纪律可了不得! 我说你别拿外事纪律吓唬我,外国人经常到我们医院看病,也没见外办干涉过。不是我愿意来,是费小姐约我送预算来的。周主任叫交给他代转。我也不知道费小姐住哪个房间,也只好把东西交给了姓周的。"

眼前躺着死人,家属在隔壁哭号,再谈论向外国人谋求赞助和去香港学习的事情,真有隔世之感,是对死者及家属的不敬。我恍如夹在阴阳两界的中间层。那些东西全是身外之物,生不带来死不带走,听其自然吧。

平军催我回家休息,明天好照顾学校和医院那两摊子工作。反正不能三个人都留在这儿,总得有个人回去支应局面。他说我留在这儿什么忙也帮不上,还碍手碍脚。他当仁不让要留下帮助沈大夫操办一切,直到送老郭入火为安。

"沈大夫同意明天上午火化吗?"我问,按一般规律家属都希望把死者多留几天。

"不同意也得同意。天这么热,明天上午不火化,到中午人就得臭了!"平军的话冷酷得像判官。

"你不要把话说得这么硬,这么难听,要体谅沈大夫的感情。"她知道梅纯的事吗？这对同床异梦的夫妻,表面上令多少人羡慕!

我夹在老郭和沈丹实中间感到难受、尴尬,似乎帮着一个欺骗另一个。心里不得不承认办这种事平军比我强得多。明天他和沈大夫不在,医院和学校里就只要巴我一个人。也确实没有必要坐在这儿恍恍惚惚地尽发痴想。对不起,老郭,我要失陪了,请你保佑我们!

亲戚、朋友、来帮忙的、来吊唁的围住了沈大夫,成吨的同情和惋惜向她倾倒,这些好心、热心、怜悯之心完全能把她淹死、压死。正像珍馐佳肴,摆在桌上是精美食品,太多了,倒回大桶就是垃圾。大批的人集中来表演一种激烈的过火的美好感情,免不了也会产生大量的感情垃圾。何况如今的感情也像人民币一样正在贬值。她只顾应付别人肤浅的痛苦和琐碎的事务,无暇体味或浸沉在自己的痛苦里。没有机会也没有精力用自己的心灵去深刻感受亲人的死亡。好像丈夫的死只给她带来一堆杂乱无章的形式主义的具体事情。她听说我要走,摆脱围着她的人坚持要送我下楼。我心里不安,这种时候她居然还有心思顾全这种没有实际意义的虚礼!

她送我下了楼仍不回去,要继续陪我往前走,却又一句话不说。我心里越发感到不安,不知怎样劝她,该劝的话别人已经说过无数遍了。也许她想借着送我在黑暗中多走一走,让头脑冷静下来,想想丧事和丧事以后的事情。我推着自行车慢慢跟随着她。不是她送我,而是我陪她。躲在黑暗中的沉默,即使是悲苦的、沉重的,也别有一番滋味。疼得钻心,疼得没有动静。我非常紧张,生怕她说出我不想告诉她的事情。在这浓重的悲伤中潜伏着一种慌乱而辽阔的空虚。我终于耐不住了:

"你要保重自己,把杂事都交给平军处理。"

她不接我的话茬儿,也许根本就没听见我的话。又沉默了一段时间,她按照自己的思路开腔了:

"治国,是我生生地把他的病给耽误了,不然他不会死的!"她又哭了起来,这是那种自发的不是为了配合吊唁者也不是哭给别人听的真哭。悲从中来,痛彻肺腑,双肩剧烈地抽动,哭声尽力都压回胸腔。"我还算是什么医生?也没有尽到妻子的责任!"

我放心了,她不知老郭生前已另有所爱,否则不会有这般痛不欲生的凄惶和悲怆。人一死把什么债都一笔勾销,还是让她只记住老郭的好处吧!我又有点慌神了。劝也不是,不劝也不是。在这黑幽幽的大街上不知什么地方会坐着乘凉的人。中国的闲人们是不会往好处猜测一个趁黑夜在外面大哭的女人。何况旁边还跟着个哑巴似的男人。我有一种亵渎了沈大夫的犯罪感。用一只手扶车,腾出一只手扶她往回走。我真是无能为力,甚至连智力也钝滞了,不够用的。这时候需要语言,无论蠢话、废话都没有关系,只要能够转移她的精神,冲淡她的痛苦。我这时才明白过来,亲戚朋友围着她,用滔滔不绝的废话轰炸她,疲劳她,不让她单独跟自己的痛苦呆在一起,不是没有用处的。我现在需要的就是滔滔不绝,只要滔滔不绝就有用,爆破这到处弥漫的黑夜,给陷于极度绝望中的同事以救援——

"沈大夫,不要自寻烦恼了!如果能从头再来一遍,你能治得了血癌吗?能挽救老郭的性命吗?有责任的是他而不是你。是他害你、拖累你,而不是你害了他。死是用来惩罚和恐吓活人的,不是对付死者的。生活的真正味道就是体验从生到死的缓慢过程,其他都是调料。每个人都是可怜的,在灾难的威力面前显得软弱卑微。想开了,痛是不痛不痛是痛。视死亡是每个人都能享受的最好的也是最后的一种幽默,你还会为了老郭的死而想耗尽自己的生命吗?我喜欢老郭就在于他设计的建筑都带着一种精神。精神一败就不是人了!越想越苦,越苦越想,还能活吗?您现在尝到的这滋味我早尝过了。所以我有资格劝您,不管怎样都得活下去。赖活不如好活,苦活不如甜活,凑凑合合地活不如大大方方地活……"

如果不是又回到了她的家门口,我就继续给她讲《易经》或"阴阳八卦"……

楼洞口吊着一个寂寞的大灯泡,为的是照出两边的花圈,制造一

187

种死亡的气氛。也在沈丹实的脸上映出块块光斑。不幸和劳累使她变丑了,变老了,眼睛迷惑而忧伤。

是"福不双至"还是"祸不单行"?市政府一纸通告搞得人心惶惶,至少我们这种"棚子单位"六神无主了。大地震十周年的忌日快要到了,市政府在七月二十八日这一天,召开隆重的抗震救灾祝捷大会。各式各样的低矮破旧的抗震棚或一排排、一片片,或星星点点散落在各个角落里,像城市的脓疮。有碍观瞻,散发着腐烂的气味,让人们一看见它就想起那天塌地陷的情景。十年来市里盖了不少新房子,可抗震棚不见减少,每个棚子里都有人有物,好像离开它还不行。人是最能和和的,有多少地方就占住多少地方,市里决定动用行政命令彻底根除抗震棚,专门成立了一个"拆棚办公室",监督各单位必须在七月二十日之前拆除所有棚子! 有不想拆棚者,市"拆棚办公室"将派出自己的雇佣军——专业拆棚队——一帮小流氓和无业游民式的人物组成的队伍,配备有推土机和各种破坏工具,所向披靡,顷刻间就把抗震棚铲为平地,砖瓦木料当场拍卖充公。说穿了就是谁拆的归谁,大部分都进了拆棚队哥们儿的口袋。旧的不去新的不来,在中国办事最省劲儿的办法就是一刀切。不这样动厉害的,抗震棚就会一辈儿一辈儿地传下去了。这一刀切可把我们切死了,意味着解散公用医院和残疾人学校。这比闲言碎语和领导人难看的脸色可厉害多了!

市政府的通告像抽在我身上的鞭子。沈丹实还没有上班。平军做买卖被人家骗了,赔了一千多元,情绪恶劣,成天骂爹骂娘一脑门子官司。我跟他商量正事,抗震棚拆了以后我们怎么办? 他没有心思,也没好气儿:

"你着什么急呀? 又不是我们愿意拆棚子,是上边叫拆的,上边自然会有办法解决我们的难题。车到山前必有路,随便找栋房子也比这抗震棚强得多!"

我很清楚,"上边"不会拿我们的困难当一回事的,只能自己救自己。眼下最要紧的是先救救平军,让他那花花脑子多为眼前的大事想点主意。我说:

"服务部赔钱的事不要声张,我拿钱把这个窟窿堵上。不就才赔了一千多吗?应该认便宜。你用不着这么着急。"

"不行,怎么能用你的钱!我能捞回来……"平军嘴上还硬,看到我真的把两千元存折塞到他手里,心里也不免感动。"治国,多亏碰上你这样的头头,换个人一定会怀疑我从中捣鬼,自己捞了好处。谁相信像我这样的人还会上当,传扬出去我浑身是嘴也说不清楚!"

我安慰他:

"我相信你就跟相信自己一样。别看你浑身冒精气,嘴上说买卖一套一套的,真正做买卖不行。你的心太善。奸商奸商,无商不奸,不奸怎么赚钱?算了,这件事就算过去了。我们还是商量正事吧。能不能打个报告,让市政府网开一面,留住我们这两排抗震棚?"

"恐怕不行。市政府正拆红了眼,不可能破坏自己的统一号令。连公司都不拿我们当回事,市里会这么器重我们吗?"

"副市长不是刚陪着外国人视察了我们学校吗,他总不会这么快就对我们没有一点印象了?"

"他能同意留住我们的棚子,就没有理由不留别人的。那'七二八'还能'祝捷'吗?头头们认为留着抗震棚就是给抗震救灾的伟大胜利抹黑。"

我承认他说的有理。这家伙没有好心眼儿,对人不往好处想。他接着说:

"即使我们想抗,公司不抗也是白搭。公司的头头绝不会为了我们违抗市里的命令,不等市里拆棚队来,公司就会来人把我们的棚子给拆了。"

"医院不怕,反正是铁饭碗,不怕关门大吉。公司的职工都在我们医院看病,公司不给房子职工们就会有意见。我担心的是学校……"我说。

平军瞥瞥眼好像有了主意:

"我正好不为学校担心。"

"你这是什么意思?"

"关键是你不行。你心软性子绵,有治病救人的勇气,没有治人抗上的勇气。"

我接受他的激将法:

"我有这勇气又怎样?"

"你要有这勇气到那一天就躲起来。我带领学生围着教室手拉手一坐,都是瘸子拐子,什么都豁得出去。吓死他们,谁也不敢动我们的抗震棚!大地震把我们搞残废了,市政府还想再搞一次地震断我们生路、搞得我们无家可归吗?"

这个主意很有诱惑力。我却坚决给予否定:

"不能那么办,残疾人火性大,那会惹出大乱子!"

"怎么样?我就知道你不会同意。"平军怏怏然,半天没有再吭声。

我却在心里打好了主意,让学生提前考试,在七月二十日之前放假。决不能让残疾同学看见教室被毁的情形。那将很难保证他们不会和拆棚队的小子们发生冲突。

"你不同意我的办法,学校就很难保住了。"

"那样也未必就能保得住学校!"

我心里焦急,后悔自己沉不住气。拆棚子的事先不要闹腾得太厉害,让学生集中精力复习功课。好在医院里真正为医院将要停业、学校将要吹灯拔蜡担心着急的人没有几个。什么病人的利益、社会影响,人人都抱着不哭的孩子,谁都比我想得开!只要不直接伤害自己的利益,天塌下来也幸灾乐祸,站在一旁看热闹;光明也好,黑暗也好,全给它个一眼睁一眼闭——这就是现代人的风度。

己巳

学生拼完命,把卷子一交,就该教师拼命了。没有什么比一连几个小时看千篇一律的智力又明显不如你的东西更乏味了!我眼前还有一摞卷子必须在上午八点钟以前判出来。快天亮的时候正是开夜车的人最难熬最困乏的时候。我们不同于正规学校的教师,期终考试之后总有一两个星期的时间判卷子。残疾学生一考完试就应该尽快放他们回家,留他们多呆一天就多一天的开销,我们就多一份责任。让残疾人闲着没事干花钱等着我们判卷子、公布成绩,这本身就违背我们办残疾人学校的宗旨。外地的学生已经由学校统一给预订了火车票、长途汽车票。有的家长也来了,要亲自把他们行动不方便的儿女接回去。虽然我在课堂上劝告学生,长大成人的过程就是摆脱父母的过程。学校负责送上车,只要那边有人接就行。不必惊动父母专程再来接一趟。但来的家长仍然不少,像开学的时候一样,我们的抗震棚里又热闹了。我要求学生考完一门,教师当夜就得把卷子判出来。考试全部结束后的第二天就可以公布每个学生的成绩。最苦的就是我,杂事多,时间少,我教的课又多,《中医概论》、《经络》、《汤头歌》。记得我上学的时候,一遇上大考就最羡慕老师。当主考官要比当考生惬意多了、神气多了。大笔一挥,对钩画得很帅,十叉画得很狠。裁判别人的命运会获得一种居高临下的满足。

如今我算知道"老师"这两个字的分量了,特别是像我这种自找的、自封的老师。学生的文化程度参差不齐,简直可以说几十个学生就有几十种水平。单是那字体,有的一份卷子就够我看半个月的。这大概是受那些油条医生的影响，字写得难看，以潦草遮丑，把中文拉丁化或是蒙文化，那签名除了他们自己没有人再认得出。我一气之下真想下学期开书法课。当个中医大夫不能把中国字写得都不成个儿！

但是每个学生答卷的认真态度却又让我感到欣慰。我担心自己在这种状态下判卷子不准确不公正。放下红笔来到院子里，用冷水擦把脸，活动一下身体。空气湿漉漉的带着一股清香，沁人心脾。天地灰晶晶像蛋清一样脆弱而透明。四周静得恬淡幽深，连虫子的唧唧声也让人感到安闲、恬静。我调匀呼吸，五脏安和。近来少有这种境界。因为没有时间早起练功了。无所妄求，没有恐惧，简朴纯正，精神顺畅，美其食，乐其俗，高下不相慕——才是活神仙。农村有多少长寿老人，住土房睡土炕，粗茶淡饭，志闲少欲，心安不惧。那才叫幸福，无法不长寿。我在这个浊风尘世越陷越深，与幸福快乐、健康长寿是无缘了！又岂止我一个人？我没看到周围哪个人是活得轻松愉快的。

也许是受我的牵累，沈丹实在送走老郭的第二个星期也上班了，她兼着《病理学》、《药性学》两门课。判卷子的压力也相当大。不幸后的沉思给她增加了一种忧郁的美，眼睛里流露出超越痛苦的无所惧怕的热力，谢绝了别人的帮助，把属于自己的工作全拿走了。她呆在医院里的时间更长了，仿佛她的家因丈夫去世而不存在了，或无足轻重，对她已没有什么实际意义了。前天一场大雨从下午三点下到夜里十一点多，时断时续，把没带雨具的沈丹实截在学校回不了家。我当然也不能扔下她一个人先走，直到半夜雨停才送她回家。三间屋子空荡荡的，两个男孩子不知干什么去了，最小的女儿缩在床角，不敢动不敢睡不敢哭，也许还没有吃晚饭。窗外霹雳闪电，余威不减。她可以打起精神为女儿提供保护，尽管她自己的心里也没着没落，无所依靠。我走后她的女儿能睡着，她自己却未必能睡得着。她有两间空屋子，我应该留下给她们母女壮胆。可我最后还是走了。我憎恨自己是谨小慎微的凡夫俗子。也许是我怕她。我心里装着能够伤害她的秘密，欺骗这样的女人是犯罪。我回避单独跟她在一起的机会，不敢看她的眼睛，在她面前绝口不提郭颢及一切有可能引起她敏感的事情。得疑心病的是我。好像欺骗她的也不是郭颢而是我。郭颢玩儿的是"死后害司马懿"的把戏。他蹬腿闭眼倒给我心里种了一块病！

白星春原打算帮助沈丹实判一部分卷子。她们都是西医，沈丹实歇班的那些日子就是由她代课。沈丹实谢绝了她的好意，不好意思给一个外单位的人增加太多的额外负担。白星春顺手拿走了我的一部分卷子，我正求之不得。她不愧是大学里正牌的教书匠，到底比我们有教学经验。她的正业是完成医学院的正规而严格的教学任务，课余时间才是给我们的残疾学生教授《生理学》和《解剖学》。她活得轻松愉快，甚至自觉不自觉地为人们做出享乐主义的榜样。可同学们仍然反映她的课讲得最好，作业留得少而精。也许是她的美貌和大学正牌教师的身份帮了她的忙，给学生一种心理上的满足——大学的老师教大学的课程，也好向亲戚朋友们吹，即便自己不是正式大学生，也差不离儿。如果都是我们这些小医院的大夫讲课，那成色可就差远了！白星春倒成了我们这所残疾人学校的招牌，尽管到现在还没有付给她一分钱的讲课费。有她的课她就来，下了课就走，身上总有一股清新爽快的劲头，改作业判卷子像变戏法，只要你提出要求，在她那儿决不会误事。同时她身上又裹着一层神秘的东西，随和但不随便，亲切又使你对她不可过分亲近，人人都对她很熟，谁也不真正了解她。她若即若离地生活在别人对她的想象里。这对大家就更具吸引力！

每天都有潮涨潮落。好像是太阳在昨天夜里从西方转过来的时候给我们捎来了这个大喜讯——香港明爱中心要捐赠给残疾人学校十万美元，差不多折合近七十万人民币，叫我们盖一个像样子的残疾人培训中心。要我立刻赶到北京，办理交接款的手续。这不就是俗话说的天上掉馅饼吗！看不出那个年纪轻轻的费莉娟小姐居然有这么大的道行。不，是德行！我想象不出七十万元究竟是多少钱？把这个数字跟钱联系起来我缺少具体概念，从来没有这样联想过。包括做梦的时候。平军摆出了一副经得多见得广的派头，对我这种又想吃又怕烫、没有钱叫苦连天、钱多了又害怕的穷酸样子甚不以为然。扳着手指头教我："你每月挣多少钱心里总是有数的吧？九十多块。一年一千多一点。就算一千吧。十年挣一万，七十年挣七十万。"那得是好几辈儿。谢天谢地，我汪家省了七十年的辛苦！这七十万能不能盖一所像样子的学校呢？恐怕不可能。七十万对一个人来说也许不是小数目，对一项工程来说微不足道，我猜费小姐的意思是由她开个头，缺的钱应该由中国政府给以支持，用七十万钓出七百万、七千万。这就难了，我不信市政府会给钱，那这学校怎么盖、找谁来盖呢？我们这几个人能办得成这种大事吗？要钱容易，这钱拿在手里可有点烫得慌。怎样保证不出差错，花得值得，对得起费小姐一片仁义之心呢？

平军大包大揽："这种事你就别管了。没有钱犯愁，有了钱还愁花不出去吗？"

他确实比我有气魄，更具经济头脑。只是不要提做买卖上当赔钱的那码事。沈丹实不同意只盖残疾人学校。她主张建个漂亮的康复中心，里面有医院，有学校，有残疾人游乐、锻炼身体的地方。他们说得都有道理。这七十万是一颗精神原子弹，几乎要把我们两排抗震棚的房盖炸飞了。炸得大家晕头转向，充满幻想，各怀希望。至少我不再担心我的学校和医院会因拆掉抗震棚而散伙了。对于即将放假的学生这也是一件最好的礼物，一篇最精彩的校长讲话。什么总结呀，嘱咐呀，全用不着了，他们最不放心的是学校的前途。未来有了保证，他们知道自己该怎么办。大家都催我快动身，办公室买来了进京的火车票，平军用自行车把我送到火车站。大家都希望我立刻把这七十万元拿到手，存在银行里一天的利息就够给全体职工发奖金的。早得到一天是一天！

我把学校的事情再向平军交代一次，叫他们不要等我，抓紧时间疏散学生。然后兴冲冲登上去北京的火车。

心里有一团热乎乎的东西在膨胀，像精灵附体，搞得自我感觉都不一样了。

车厢里人挤人，汗臭弥漫，空气恶浊。所有的空间都被肉和货物塞满了。到处都是肮脏、烟灰、痰、果皮、面包渣、纸团、水或者是小孩子们的尿。我躲在锅炉房旁边的角落里，这儿比别处更热，因而人体挤得不那么瓷实,还有空子可钻。我试探着用双脚慢慢地扩大地盘,终于能够蹲下屁股坐在马扎儿上。把书包垫在后背上,免得发烫的铁板像烙大饼一样把我烙熟了。我以前常坐这种车次在三百号以上的慢车,其实是经济造反派们的长途贩运车。觉得一切都很自然。如果车厢不破旧、不拥挤、不肮脏也许倒觉得不自然了。为什么今天觉得这一切都不可容忍了呢?不能容忍也得容忍,不是我不容忍它,而是它容不下我。倒不如我表现出一种宽厚的居高临下的容忍。我是什么人?我要去干什么事?何必计较这火车是什么样子呢!这些粗俗的有本事的买卖人,手提肩扛,贩运一趟不过赚几千、几万,最大不过几十万。中国大概还没有私人资产超过七百万的富翁。多亏昨天通夜判试卷,头晕晕乎乎,后背热热乎乎,正好睡上一觉。沉入梦乡一切都干净了,火车不存在了,时间过得也快了,但愿再睁眼时已经到了北京。

　　这是软卧车厢最头儿上的一间,服务员告诉他上边那个四号空铺是他的。这间屋里加上他应该只有四个人,可现在却挤坐着十来个人。每张下铺都坐着三四个,另一张上铺趴着一个,把脑袋探出来加入下面那热热闹闹的谈话。屋子里烟气刺鼻,临窗的小桌上堆满水果皮、茶叶罐、水杯、香烟之类的东西,烟灰缸更像一个竖尖冒流的垃圾筒。他把提包放到自己的铺位上,退出来坐在走道里的小椅子上。他不是经常有机会能坐软卧车厢的,这次要感谢全国气功研究会,请他做特邀代表,给他买好了这软卧车票。他猜不透挤在他房子里的是一些什么人。有的很年轻,有的已头发灰白,穿着打扮有的很普通,有的很古怪。谈吐更令人难以捉摸,说文雅,有些话连他也听不懂。说粗鲁,满嘴脏话,但下流得幽默机智,粗而不俗。一个个口才都不错,天上地下,古今中外,世界大事,社会奇闻,无所不谈。但谈得最多的是女人和性。旁若无人,轻狂随便。他们有不少人,包了大半个软卧车厢。有男有女,都不甘旅途寂寞,经常流动,哪个房间里热闹就往哪凑。最头儿上的这间屋子风水最好,似乎住着他们的核心人物。直到吃过晚饭之后才安静下来,汪治国终于有机会走进自己的包厢。睡在他下面的人收回自己的大腿,客气地给他让座。这些人全都是见面熟,自由自在,他也用不着客套。

屋子里年纪最大的一位问他:

"您去哪儿?"

"哈尔滨。"

"咱们一路。"

"您做什么工作?"

"我们这些人都是拿工资的精神个体户,当然要比经济个体户穷得多。"

汪治国仍不得要领。他猜测可能是从事政治研究或科技咨询之类的工作,带有一定的保密性质。既然他们不想说也就算了,压下自己的好奇心。

人家问他:

"您是做什么工作的?"

"医生。"

"哦,您是医生? 请教一个问题可以吗?"对面一个貌似狂野却气质不凡的中年人来了精神,眼睛盯着他。

"请讲,我不一定能解答得了。"

"现在的中年知识分子,比如教授、学者、文人墨客,大部分都患阳痿病,这是为什么?"

汪治国没想到一个素昧平生的旅伴竟单刀直入地提出这样一个坦率的问题。没容他开腔,那家伙的同伴们却拿他涮开了。

"林竞兄这叫有病乱投医。大夫,您治好他的阳痿,他会重重谢您。"

"他的情人很多,急上来恨不得把他撕碎分着吃了。您能让他恢复男人的功能将积下大德。"

当着我这个外人他遭到如此嘲戏,"林竞兄"脸不红,心不急,自自然然地憨厚地打断了同伴们的七言八语:

"你们别闹哄,听人家说!"

汪治国不善诙谐,审慎地摆出一副严肃的神态,用正经的口吻解释不正经:

"这是个大问题,太大了,你提到根儿上了。它影响人,影响社会,甚至影响一个民族的兴亡。姑娘们叫喊找不到真正的男子汉,电影上没有男子汉,床上没有男子汉,哲学、文学、音乐、体育等许多领域里都没有男子汉,好像我们这个民族也得了阳痿。平时大家只提古老的文明传统,丢了强悍强盛的遗传。以代表一个民族的精华的知识分子为最……"

"好,讲得精彩。现代知识分子都染上了心理上的艾滋病,只能在精神上好色了。"

"行介,别老打岔,听大夫往下讲。为什么知识分子阳痿的最多?"

"原因很复杂,经济、政治、社会、人权、天命。天命就是遗传学,都可以影响性欲。人不同于动物,动物交配是有季节性的,比如二八月闹狗。人是一年四季任何时间都可以交媾……"

有人笑了:"资产阶级自由化!"

"人的寿命以百年为限,四五十岁正进入午时,太阳当头,麦子黄梢儿,正是最成熟、最厉害的好时候。为什么反倒不行了呢?这一代人经历的事件最多,反'右派'、'大跃进'、'度荒'、'四清'、'文化大革命',多灾多难。忍耐,忍受,哪一场运动都是压性灭性的,搞得没有性或性无聊。上边抬不起头来,下边也就抬不起来……"

"有理有理,所谓吓得没有尿了。"

"神大劳则毙。知识分子精神消耗太大,神即真精。不能养精,不能蓄锐,功能自然减退。再加上营养不足,前景不好,环境更糟糕,一间屋子半间炕,还有什么意思呢?再加上严格的计划生育……"

"计划生育不会影响人的性欲,发达国家早就自觉地控制生育。"汪治国的话又被打断了,要叫这些自视甚高的家伙不插话是办不到的。他们谁也不想埋没自己的知识和幽默的才能。"'文革'期间我在一个穷困的山村落户。为了省油,很多人都不点灯,天一黑就关门睡觉。村干部总认为过早地睡觉就不会干好事。每天晚上都要敲着锣围着村子转一圈儿。嘴里叫喊着'要计划生育'、'只生一个好'之类的口号。有些农民干了一天活儿很累,正想老老实实地睡觉,或者已经睡得迷迷糊糊了,锣声又唤醒了他们,刺激了他们,一个个翻身而上,有的甚至也拿村干部幽上一默:当干部的真不错,要不是他提个醒儿差点忘了这码事,得'计划'一下。于是在黑暗中农民们接受了锣声的提醒,进行这唯一的娱乐活动。"

他脸上像罩着妻子的百褶裙,但神态很年轻,逗得大家哈哈一阵长笑。别的包厢的人又开始挤进来。

"还是体力劳动者好,干一天活儿不管多累,晚上二两烧酒一根鸡大腿,没有大腿鸡爪子也行,什么事都不耽误。有时一只手拍打着哭闹的孩子,照样干自己的好事,反而更刺激,更有味儿。他要是个作家,孩子一哭保管没性了。"一个年轻的小伙子也炫耀自己的口才。

"林竞兄"挤到汪治国身边,跟他讨教有没有治阳痿的灵验办法。

"办法当然有,单纯刺激得能交媾最容易,西药有,中药也有。那样治病缺德,容易伤命……"汪治国实在不习惯在这种软卧车厢里看病,周围有一群莫名其妙的人精在盯着你,随时都准备打断你的话或嘲笑你。

再睁眼时我仍未飞到北京,还在这个拥挤不堪的肮脏的车厢夹道里晃荡。衣服被汗水沤透了,贴在身上,黏得难受,脖子里似有无数条小虫在爬。胳膊麻了,腿也麻了,他试着站起来,想活动一下身体,呼吸一口新鲜空气。忽然想起一件事情,似乎是个重大的疏漏——怎么可以空着手来,空着手见费小姐?礼尚往来,应该对她及她所代表的明爱中心有所表示才好。回报一个与七十万元价值相当或更值钱的礼品是不可能的,与人家比不起大方也讲不起排场。我以往的为人之道、交友之道——叫别人欠着我点,我不欠别人的——碰上了财大气粗的费小姐全不适用。一见面我就处在了一个接受施舍的地位。不是对等的,不是平起平坐的。费小姐对我没有流露出丝毫瞧不起,现在想起来这越发使我的自尊心受不了。要三十万,给七十万,这是何等的气魄!大家都以为我们捞了个大便宜。我们为什么要占人家便宜?因为穷,因为要办残疾人教育事业,还是因为得不到同胞的理解和支持——尤其是那些位高权重的同胞的理解和支持。只要领导稍微不那么歧视我们的学校,我们是不必求助于外人的,穷办也可以办得很好。

后背凉飕飕的,身上不再烧得慌。心里那个膨胀的热团也在收缩。车厢的闷热和恶臭都在减轻。这气味正适合我,我不就是个道貌岸然、孤芳自赏、患得患失的高级讨饭的吗?我应该早想到这一点,把自己和残疾人学校分开。你帮助了残疾人,并不等于帮助了我。我也在帮助残疾人。但我尊重你,可以拿出自己最好的东西送给你。

金银不许带出国,不然我可以送给费小姐一枚金针,权作纪念。还有一种东西是可以拿得出手的,一盒高丽参。要一个盒里装二十五棵参,每棵参都像一个人,二十五棵参代表了人类二十五种不同性格的人。什么样的人病了就挑一个跟自己样子差不多的参来治。据说美国宇航员上天口含巧克力,苏联宇航员上天口含人参。每棵参长在一个地方至少要经过五六年,吸收了大自然的精华。不然也不会叫人参!当然也有不像人形的参。世界上不是人的人不是太多了吗?我家里就有一盒地道的高丽参,二十五棵,我常打开盒子观察它们,把玩不已,多有启发,时间一长我甚至觉得它们都通灵气。

我以前的生活是很有规律的,干什么事都是有板有眼,外出或会见重要的好朋友都是早有计划、早有准备的。近一半年里我身内身外都有点错乱,身不由己地不知会想什么、说什么、干什么。今天不知道明天会有什么事,常有意外的事情发生,倒是相当刺激。现在连认真思索这种生活的时间都没有,连后悔的时间都没有。我胡思乱想的这工夫火车拉着我离北京更近了。长乎脸一抹变成圆乎脸,把钱要到手就行了。这比武训办学好多了。武训那样子实在让我恶心。不,我没见过武训,是赵丹模仿武训的样子……

我真是迷迷糊糊地到了终点站,似睡似醒,睡的时候多,醒的时候少。出了北京站打开书包,拿出一个不值钱的尼龙提兜,把马扎放进去,到小件寄存处存好。回去还得靠它哪!按通知上的地址我找到了全国残疾人协会。嘿!这可是一片堂皇富丽的建筑,一正两副三幢小楼,院子小巧精致,山石、喷泉、花木、长廊、曲径,设计得清雅爽人。我无法把这样的环境跟残疾人联系起来。办公室很多,进进出出都是一些服饰鲜亮的健全人。其实就应该有这样的环境、这样一些漂亮人物为残疾人服务。

一位副秘书长接待了我,他从抽屉里拿出一张单据叫我签字。谢天谢地,并不是费小姐亲手把钱交给我。我长出一口气,立刻轻松自然了。交接七十万元巨款的手续就这么简单!不消五分钟就办完了。我真怀疑汪治国三个字有这么值钱?能换得到七十万元?他把单据又锁进抽屉。我疑疑惑惑:

"钱哪?我们什么时候能拿到钱?"

"很快就拨到你们市的银行里。"

我松了一口气,正不愿意带着七十万元的支票或其他类似的东西去挤火车。我打听费小姐的情况,人家只告诉我她早回香港去了。不然我们也接不到这笔捐款。我又感动了一阵,但也不必为自己的两手空空而愧疚不安了。副秘书长留住我,一个劲地打听残疾人学校的情况以及我们打算怎样支配这笔钱。我为什么不利用这个机会争取他的同情和理解呢?反正今天也回不去了,有的是时间从头道来。在市里找不到一个领导人愿意听我从头谈谈残疾人的问题。在这个残疾人协会的大本营,应该是替残疾人说话的地方……

庚　午

　　我回到医院,大家见到我的第一句话都是:"钱拿到了吗?"不把钱真正拿到手谁也不相信会有这样的好事。外国人并不傻,这些年到中国来投资做买卖的外国人多了,都是千方百计想赚中国的钱。为什么明爱中心会送给我们这么一大笔钱呢? 以目前中国人的心理状态无法理解费小姐这种学雷锋的傻劲儿。许多医生、护士和尚未离校的学生都找我打听消息。他们大概对那七十万元各自抱着许多幻想。

　　我也充满幻想,手里握着七十万元还怕拆掉抗震棚吗? 可惜郭颢死得太早了。如果有他在我就不用犯愁了,把钱交给他,我只要限定时间接收一座康复中心就行了。现在我也有胆量给公司打电话了——好像有个不成文的规定,上级找下级可以用电话,下级有事情请示上级则不能用电话,显着不够尊重。需亲自跑腿,办公室找不到再往头头的家里去。这次我就要动用现代联络工具,直接找高经理。找别人不解决问题。不知为什么,我总觉得他对我会比以往要客气些。电话不仅比我的腿快,也比我这个人更有办法,谁也挡不住它,它直接在高经理的办公桌上响起来。高经理想听我说话更好,不想听我说话也得听,因为他只有拿起电话听到了我说话才知道是我。

　　电话接通得很快,高经理语调平和,果然情绪不错。我讲了如果拆掉抗震棚会遇到的困难,试探他有没有想留住我们的抗震棚的意思。

　　"哎呀,这事不好办,不拆棚子谁也顶不住。你们的难处我知道,公司党委研究了一下,运输队的院子比较大,你们先把医疗器械存在那儿。公司准备拨给他们一笔钱,把前院腾出来给你们做医院。"

高经理真是发了善心,我赶紧表示感谢:

"不知运输队的前院儿有多少房子,能同时容纳残疾人学校吗?"

"不会像现在的抗震棚那么宽敞。"

"还不如抗震棚?"

"你们如果嫌小,等那七十万来了公司再想办法给你们调配。"

我心里一惊。他的消息可真灵,原来是在打那七十万的主意。我有点慌神:

"高经理,那七十万是明爱中心捐给残疾人学校的,准备建立一座残疾人康复中心。公司恐怕不能轻易动用这笔钱。"

"你那个康复中心归谁管?七十万元能建一个康复中心吗?没有公司的支持你能干成这事?"

我被问住了。不管干什么事成立什么机构,我必须得被人领导。谁领导我谁就有权支配我以及那七十万元。

"治国,你只会看病,知道盖个康复中心要多少钱吗?至少要十个七十万。别书呆子气十足。现在到处都闹钱紧,我担心市里也在打这笔钱的主意。如果让肥水流入外人田,你们还想在公司里混吗?有地方愿意接收你们吗?别以为那七十万是给你们的,你们就可以自由支配。银行是国家的,要听市里领导一句话。我可丑话先说在前面,把七十万弄丢了,连运输队的前院也不能给你们!"

"七十万给了公司,我们怎么向明爱中心交代呢?"

"不用你们交代,我会亲自向费小姐说明白。公司又不是白沾你们的便宜,给你们解决房子,养活一个赔钱的医院和百八十人哪!"

我后悔打这个电话,真是没病找病!那七十万元还没有见到是什么样子的好像又要飞,怎么跟残疾同学和医院职工交代呢?高经理又有什么办法直接向费小姐解释这件事?他是说大话故意摆出领导的气魄,还是跟香港真有自己的联系渠道?

不管我心里多么堵得慌,还得召开全院职工大会,宣布公司的决定,布置拆迁的具体事务。住院的病人由住院部负责帮助联系转院或立刻办理出院手续,各科室负责拆卸自己的仪器设备。三天后公司将派汽车来把散了架的"公用医院"拉到运输队的院子里去。

动员会开过,医院才真正地乱了营。正如搬家一样,不动它,多穷的家看着也像个家。一搬出房子就尽是破烂东西。像大战临头,医院要逃亡一样。毁掉一所医院比我想象的更容易、更惨!没用一个星期,公用医院就不存在了。价值几十万元的医疗设备变成一堆破烂儿扔在公司运输队的院子里。虽然是公司决定叫放在这儿的,运输队的头头却老大不高兴,声称丢失损坏概不负责,叫我们自己派人看守。全院职工无论男女,按发工资的名册排出顺序,每天有两个人值班看守仪器设备。有人问:

"这班在哪儿值啊?总不能在太阳地里晒着吧?"

"晒晒不长虫子!"平军更是满肚子牢骚,"这就看你们的人缘儿混得怎么样了,混得好就可以到传达室里坐着喝水看报。别忘了我们都是大夫,他们都是吃五谷杂粮长大的,也会生老病死,总有求我们的那一天!"

"谁都像你那么有本事,不会搞关系的人怎么办?"

"一个月才轮上一次,就是打着伞在太阳地里站一天也合算。应该感谢社会主义的优越性,让你们歇伏,不上班白拿工资。哎,院长,医院散了,还发工资吗?"

不发工资还了得?我心里确实没有底。现在政策一天一个样,不能打保票。只有老老实实回答:"不知道。"

"也许只给两个月的工资,以后就自谋生路。"

"没准儿还只发给百分之六十哪。"

"反正工厂企业倒闭了就停发工资……"

"我们可不是倒闭,是领导强迫拆棚子嘛!"

"我们应该去上告!"

"往哪儿去告?倒不如去当个体户,领个执照私人开业。像我们这样的人还会饿着吗?"

"院长,技术职称还评吗?"

我也只能回答:"不知道,还没顾得上到卫生局去问。"

"问什么? 敢不给我们评!"

"为什么不敢? 医院黄了,我们大家都算不在医疗岗位上了,至少没有竞争力了!"

"我们不是有七十万元吗? 自己买栋房子开业不就行了!"

"那七十万不是给咱的!"

……

说什么话的都有,谁也不认为跟自己没有关系了。从现在起公用医院就算放羊了,大家在家待命。谁要是闲得心慌、沉不住气了,每隔十天半月到运输队的传达室来探听一下消息。我这个院长感到对不住大家,仿佛是自己的无能牵累了大家,才让大家的命运出现这瀑布似的落差。我和沈丹实、平军查看了运输队的前院,这倒是一幢正式的房子,比抗震棚可强多了。但总共才十几间,连医院都容不下,更别说还带着个残疾人学校了。公司的头头在决定把它给我们的时候大概没有来看过房子,简直像不负责任地戏耍我们。就因为医院是个赔钱的累赘?

溽暑七月,富有的幸灾乐祸的太阳射出带有焦煳味的毒刺。我这个名存实亡的公用医院的院长成了热锅上的蚂蚁,看着存放在露天地上的那一大堆医院的家当,觉得自己就是个败家子! 风吹雨打太阳晒,时间一长医疗设备岂不要锈蚀损坏。随即又安慰自己,把设备存放在这儿是公司的主意,即便全糟蹋了也没有你的责任。头头都不着急,你急什么啊! 有劲该往正道上使。平军催我抓紧联系去香港的事,呆在家里没事干正好是出去学习的好机会。去香港对我决不是没有诱惑力。但家里是这副状况,残疾人学校实际上不存在了,我不知道九月份学生们回来以后该怎么办? 实在找不到校舍只好提前发通知,延长假期。医院的命运还说不定,也许就这样玩完了,也许不知哪一天头头高兴又让它恢复。我哪有心思去香港。去了香港又怎么向人家解释? 他们都抱着很大希望,沈丹实倒真应该出去散散心。我给费小姐写了信,至少告诉她捐款收到,按理也该去信表示感谢。然后谈到我们去明爱中心学习的事情。我没敢说自己不去。我不去沈大夫他们怎么能去呢？岂不让他们误解是我不愿让他们去香港！该尽的力都尽到了,剩下的只有等待了。不管吉凶祸福,只能听天由命。

他忽然十分想念陆玉河。好久没见到他了,想看看他的样子。他能吃、能睡、能干,一辈子没得意过,也没有太大的烦恼,活得简单、轻松。想听他的满嘴粗话,不骂街不张嘴,骂物价,骂当官的,骂一切想骂的东西。民主和开放的最普遍的标志就是可以骂街了。老陆那敲锣般的嗓子骂了一辈子了,却从未因骂街给自己惹过什么麻烦,足见他的狡黠、粗中有细和会骂。

汪治国的出现使他感到意外,又由衷地高兴:

"哟,哪阵风把你给吹来了?"

他赶紧起身让座。工棚里除去黑糊糊的长板凳、工人们为自己方便随意钉成的哩啦歪斜的椅子,剩下的就是盖房子用的木头和干净的砖头了。汪治国知道老陆的脾气,他特别爱脸面,尤其当着这么多工人,你表现的实在就是对他的尊重,不能流露出丝毫嫌脏、嫌臭的神情,那会让他疑心你瞧不起他。汪治国在陆玉河身边的长条凳上坐下。陆玉河却没有坐,神色疑惑:

"你有事?"

"没事。"

"真的?"

"真的。"

汪治国不愿承认自己是心里发闷,闲得无聊。想找他来散散心。陆玉河也不会相信他这个大忙人还会有闲工夫发闷。"医院关门了,我闲着没事来看看你。"

"医院关门了?"

"抗震棚一律拆除,暂时停业。"

"好,你也该歇歇了,好好办办自己的事吧!"陆玉河碰上什么事都这么看得开!

他用自己的大搪瓷杯给汪治国斟上茶水。汪治国不客气地接过来，心里一阵轻松。这搪瓷杯像暖瓶那么粗，里面挂着厚厚的茶锈，外面搪瓷脱落，花花搭搭，不知用了多少年了。

刚才十分热闹的工棚变得鸦雀无声，工人们都看着汪治国，使他很不自在。他问老陆：

"我是不是打搅你们开会了？"

"开会？开什么会？现在的老百姓还有什么会可开？"

"刚才我来的时候听你们说得正热闹。"

"我们这里天天都这么热闹，苦大力就得自己寻开心，刚才大家正议论昨天那个大案子。"

"什么案子？"

"你没看昨天的晚报？电视里也播了……"老陆看出汪治国不是装的，便来了精神："铁路宿舍一家姓杨的，三口人全被砍死了。"

"凶手抓到了？"

"昨天破的案，杀人犯正是以前他们收留的那个小流氓。这小子劳教释放后无家可归，那两口子心善，想做好事……"

"是他们？"汪治国感到震惊，"那个流氓为什么要恩将仇报？"

"姓杨的老婆跟这小子勾搭上了。后来这小子又找了个对象，是卖菜的个体户，又年轻又有钱，他想离开杨家结婚。那个娘儿们不同意，大概是吃馋了，离不开这小子了。有一天发生完关系，趁着那娘儿们晕晕乎乎就把她掐死了，还怕她再活过来，又用菜刀把脑袋砍了个稀巴烂。然后到学校把她的女儿骗回来，先强奸后剁脖子。中午举着菜刀等在门后边，那个王八头丈夫一推门就是一刀，没容他哼一声就给料理了。血从门缝里流到楼梯上，才被邻居们发现。"

"就为这点小事能连杀三条人命？"汪治国不相信案情会这么简单。只是为了鼓励工人们的谈兴，不让工棚里出现那令人难堪的冷场，才故意发问甚至故作惊讶。

"现在的小青年没有事都可以杀人，连公安局的侦探都认为以前那套犯罪动机、犯罪心理全用不上了。"年轻的建筑工人们开始插话，他们记得住案件里每个人的名字。

"那个女的比姚克宗大快三十岁,刚开始的时候他挺美,觉得捡了个大便宜。时间一长就觉得还是自己吃亏,天天得把一个半老婆子伺候得舒舒服服的。"

"听说那女的自从靠上了姚克宗以后变得又年轻又漂亮。"

"多年轻也是快五十岁的人了。"

"四十如狼,五十如虎!"

"听说她吓唬姚克宗,如果他敢甩掉她去结婚,她就到公安局告他曾强奸过她。公安局会信她的话可能再把姚克宗抓进监狱。所以他非杀了她不可。"

是哪一场精神大地震造成这么多道德创伤?汪治国似乎还能想起那个男人的样子,他隐隐有一丝内疚,如果他认真点,把杨康的病治好,见一下他的妻子,给他们两人讲讲夫妻的这些事情,也许不至于发生这么大的惨案!妻子的无限情欲构造了他们的炼狱。看来有些人的命运不是取决于如何生活,而是取决于如何睡觉。那个姚克宗也是人,而人是最难于被人理解的。

"不管到什么时候心眼太好都不会有好报!"老陆这句话倒真的使汪治国心头一凛。

他怕影响人家干活,起身告辞。陆玉河把他送出来,他看看工地,似乎跟半年多以前没有什么变化,工地上看不见几个人干活。他问:

"你们的工程怎么不见动弹?"

"干那么快干吗?给谁干哪?够自己吃饭的就行了。"陆玉河盯着他的脸,"汪大夫,我看你心里一定有事,有用得着老哥的地方尽管直说。"

"真的没有什么大事。我的医院和学校也无家可归了,我想打听一下,盖一栋楼,能容得下医院和学校,大约要多少钱?"

"这还不是大事!你们有钱吗?"

"香港给了七十万元,我如果不快点使用上头很可能会抢走。"

"我给你打听一下。明天晚上来我家吃饭,咱老哥俩好好喝喝。"

　　离开陆玉河,因和工人聊天而引起的肤浅的愉快很快便消失了。精神空落,似乎需要注入某种感情、某种活力,以排除掉内心的晦气,重新振作起来。他很忙,有多少大事、急事等着他去办。由于医院关门,许多熟悉的病人找到他家里去看病,医院的同事们没有事干也常往他这儿跑,有人甚至长在他的家里。他不胜厌烦。也许正因为要办的事情太多,茫无头绪,他反而闲起来了。闲得像在一个深邃的空洞里下坠。医院散摊子,学校放假,他自己也散架了。没有情绪、没有精力再去东跑西颠,求爷爷告奶奶去为别人做嫁衣裳。他以前太不会节省自己,好像把自己榨干了。他也应该歇一歇了。

　　他忽然想起还有一件没有了结的事情,这是私事,应该快办。掉转车头奔医学院,如果残疾人职业学校停办,他和白星春的联系也就结束了。想到此油然生出一种莫名的感伤。医学院里一片新楼,以空荡荡的大操场为界,前面的灰楼群是教学区,后面的红楼群是生活区。随便从哪一栋楼里拿出一层就足够安置我们这百八十人和残疾学生。中国房子有的是,只是没有我们的立足之地。从什么时候开始我这么留心周围的建筑?从认识老郭以后。对每一座引起我注意的建筑都品头论足一番,目测一下它们的风水如何,有没有精神。如今见到楼房便羡慕一阵,感慨一番,房子盖得是否有精神已经不大关心了。普通的中国人哪有福气住上有精神的房子?好赖能占住一栋房子就谢天谢地了。

　　他打听了三个人才找到白星春的家。要不是口袋里那二百块钱给他提供了一个很好的借口,他真没勇气站在这个门口。心脏产生了一股响着男性奇异乐声的跳动,这紧张跟站在高经理门前的紧张大不一样,是有滋有味的,激烈的新奇,恐惧的充满诱惑。他摁响了门铃,听到屋里响起轻轻的鸟叫般的乐声。门开了,他见到的是一位让人肃然起敬的老太太,神安气稳,眼睛清亮。

　　"您找谁?"

　　"这是白星春老师的家吗?"

　　"您请进。"

进门先看见迎面墙上镶着一面茶色大镜子,汪治国从中看到了自己的尊容和门口边的一株半人高的南洋杉,主干挺直,枝叶对称,翠绿晶莹,那安宁静穆、意蕴深远的样子吸引了他。往左一弯是小客厅,整洁得透亮,高雅而舒适。进了客厅最显眼的是一套半圆形的乳白色的地柜,上面摆着一盆龟背竹,旁边是电视机,上面的墙上挂着一幅油画。对面是一圈转角沙发,还有两把藤椅。他选择了藤椅坐下。另外两个墙角摆放着文物架和冰箱。厅的两端还有两个门口,显然是通向卧室。老人家站在一个门边轻声喊:"星儿,是找你的。"

"哎,我马上就来。"

听到了白星春的声音,他不知什么部位又推出一阵不知是兴奋还是紧张的感觉。这厅、这人都叫他感到拘谨。一种自惭形秽的窘迫,一种对主人的修养、情致和富裕的物质条件的赞赏和艳羡——这地板砖、这摆设都是在本市商店所见不到的。到处都收拾得一尘不染。这才叫过日子,这才叫活着。汪治国有这种精神需要,却没有足够的物质条件过这种生活,为什么他要以另外一种方式活着! 一般的客人到这儿来也许只会感到舒适和优美,他却不能。可望而不可即的美好对自视甚高的他也能形成一种压迫。

"您喝点什么? 茶,还是可乐?"

他选择了后者。天天喝茶。而真正的可乐很难喝到,有外汇才能到大宾馆去买。老太太从冰箱里拿出一罐正是他想要喝的那种美国货。为他斟到茶杯里,顺便问:

"您贵姓?"

"免贵姓汪,是残疾人学校的。"

"哦,您就是汪校长? 久闻您的大名了!"

他表情略微自然了一点,心里也在猜度老人家的身份,决不是一般的家庭妇女。听老太太的口气这个家庭里谈论过他,对他并不陌生,给了他一股甜蜜的满足。

白星春从闺房里出来了,敏捷轻盈,皮肤白皙娇美,穿一件像他这样的男人绝对叫不出是什么质量、什么款式、什么颜色和图案的连衫裙。简单而新颖,身段富于曲线而柔软,体现出一股迫人的魅力。头发是湿的,但已梳理整齐,黑油油闪着亮光,飘出一股能醉人的幽香。汪治国不敢看她,又感到了那种美的女性的压迫。女人的幸福靠聪明和美貌,这两样她都不缺少。

"你好,真是稀客。"她指指旁边的老人,"这是我母亲。"

他向老人欠欠身子,觉得必须立刻解释清楚到这儿来的本意。掏出那二百块钱放在茶几上:

"对不起,上学期的讲课费一直没有给您……"

他不知该怎样解释,越是笨拙就越窘迫,越窘越笨。她的母亲知趣地撤退了。

"大热的天就为了这二百块钱累得你跑一趟?"她永远都是这么从容不迫,机智地取笑一切。

"我知道您不在乎这点钱。可我没办法,暂时只能如此,请您谅解。"

"行了,别解释了,你的诚心让人感动。"她突然又解释了一句,"我是指你对残疾同学的态度。"

他完成了送钱的任务似乎就找不到别的话说了。她也只是笑吟吟地看着他,好像在窥视他、在欣赏他的局促不安。他内心里想的东西一定瞒不过她。她的聪明和落落大方使他受不了。他当然也不是天生喜欢愚蠢。当自己的智力受到挑战时往往表现出一种中国式的软弱。何况向他挑战的是个女人。他的感情饥渴得很,理智却又道学得很。白星春又为他斟上一杯冰镇可乐。

"谢谢。"

"下学期残疾人学校能按时开学吗?"

"我明天再去公司催,实在不行就自己租房子或买房子。我不能守着七十万元让医院散了学校黄了!"这是当白星春问到这件事的时候他才突然下的决心,明确了目标。他不愿意在白星春面前表现得过分软弱和无能。

"你们不想趁这个机会去香港学习吗?"

她果然问到了这个敏感的问题。他说话又有点不大流利了：

"他们是很想去，我在这种时候恐怕不能走……我们很想让你去，不知医学院……"

她笑得很响亮。他不知道这有什么可笑的。

"汪大夫，你想到哪儿去了。我去过香港，我的哥哥和许多亲戚都在国外。如果我愿意，十月份就可以去美国上学。"

听到她不会占学校的名额去香港，汪治国没有轻松。她随口透出的这个消息更坏。他吃惊地看着她，眼光不再躲闪，不再有顾忌。说不清是为她庆幸，替她惋惜，还是为自己悲哀。心里残存的那点甜蜜的幻景突然被碰碎了，不再对爱情、女人以及要成立个幸福的家庭之类的玩意儿有任何幻想。

他想掩饰自己的情绪，没话找话地说："这么说下学期你不能教我们的学生了？"

"我想拿博士学位。入学的全部手续都办好了，只等我最后下决心去办签证。"她的目光又盯得他不敢抬眼。

已经是硕士研究生毕业了，还要再去上学，拿到博士，还有博士后。一辈子光上学，学位又有什么用？——他没有说出口。他跟人家是什么关系？有什么资格管人家的闲事。出国深造本是求之不得的好事，有些四五十岁的人还争破脑袋往外挤。他为什么一听到她要走，本能地激烈反对！

他起身告辞，其实早该一走了之。看来她早有留洋的想法，像她这种情况十之八九会一去不返。怎么会对他及他的残疾学生感兴趣呢？都是平军乱开玩笑，是一种起哄，他居然当真了，不免跟着他一块想入非非。幸好还没有说出什么有失体面的话。人与人之间的关系和感情本来就有很大的偶然性。可遇而不可求，半点勉强不得。白星春要留他吃午饭。她母亲也出来挽留。他已如坐针毡，一面说着请她们留步的话，自己的双脚已飞下楼梯。

她在后面咯咯地笑着，也跟下楼梯：

"我的大校长，你不吃饭没关系，也用不着逃跑啊！"

"请回去吧。"他恼恨自己的失态。

"我送你到学校大门口。"她跟他并排走着,"你为什么不多坐一会儿? 关于出国的问题我正想听听你的高见。"

所有从他们身边走过的人,无论男女老幼,都要多看她几眼。他有意把话题岔开:

"你们这幢楼从外表看很一般,想不到里面很讲究。"

"你认为还可以?"

"很不错。房子真得要看是什么人住,人有精神,房子也增色。玉蕴于山而山灵,珠藏于泽而泽媚。"

"哟,想不到你还挺会恭维人的!"白星春带着一种聪慧的神情注视着他,"房子有精神,人也沾光,是吧? 阁下看什么也离不开风水、阴阳八卦精气神。"

临分手的时候她变得客气起来:

"谢谢你亲自把讲课费送来。在你方便的时候我能再到府上去打扰吗? 你还没有对我出国的事表态哩。我诚心诚意想听听你的意见。"她有一种勇敢而幽默的内涵。

"我那个窝里又脏又乱,恐怕委屈了你。"

"不欢迎?"一副嘲讽而又脉脉含情的腔调,真不知她心里到底想什么。

"哪里,想请还请不到呢。"

她到底是怎样一个人? 越不了解她越被她吸引。心里罩上一层难言的复杂的抑郁。破旧的自行车变得愈发沉重起来,在愤怒的用力不均的双脚的践踏下发出嘎吱嘎吱的叫喊。眼前是一片片一团团一簇簇混乱的影像——这是大千世界的浮尘,耳边是混杂的生气勃勃的使几十万人不得安宁的城市的噪音。他似乎听到自己心里也有个声音在叫喊:为什么你的生活里老布满阴影? 灰暗而又单调! 为什么你只能接受失败的事实? 不管你装得多么满不在乎,失败还是该诅咒的,令人憎恶的。你难道对失败不恐惧吗?

辛　未

　　这几年我的律条仍然是学大寨的"先治坡后治窝"。这倒不全是因为我事业心过重，只顾工作不顾家。严格地讲我没有一个真正的传统意义上的家，只有一块存身的地方。屋子里必不可少的几样东西都是地震后凑合起来的，一凑合就是十年。我觉得没有必要讲究，反正结婚的时候要全部换新的。如果不结婚，用什么样的东西都无所谓。家具是家庭的摆设，没有家庭还要什么摆设！不为家庭所累，不为物质的东西所累，清锅冷灶也是一种过日子。把简单而又用不着心疼的床铺、桌子、凳子往墙角墙边一推，屋子中间就空出了一块相当大的地方。先用湿拖把把地擦一遍，再蹲下身子用干布把空场揩干抹净。从柜子里拿出一个白布包，打开来是一块六尺见方的白绫子，中间用墨画出一个圆圈儿，四周成放射状出天干地支，圆心里写着"汪治国子午流注环周图"。房间里立刻布满神秘气氛，像诸葛亮摆开八卦阵或者装神弄鬼地登上七星坛。我手里没有宝剑，而是一把老式计算尺。旁边一个黑漆托盘，盘里有黄铜墨盒和一管羊毫小楷笔。不能让一滴墨落在不该落的地方，玷污了绫卷。我要根据地域、地磁、季节的不同测绘出世界子午流注时空图。站在这张图前我就能指挥调度各个角落的人跟太阳、地球、月亮的关系。诸如纽约人、巴黎人、东京人、南北极人，只要不是外星人，在什么时间会开哪个穴位，生了病该下什么针吃什么药我都了如指掌。这需要计算并把十四经络和全身的每个穴位都写到白绫子上。工程浩大，但极为重要。不能让别人看到，只能自己干，断断续续拖了多半年，就需要有一个安定整齐的时间完成它。

眼下不看病不教课,成天无正事可干,正该干自己想干的事情。也省得闲得难受。

架势拉开了,却不能高度地集中精神。智慧不知在什么时候突然就会走火入魔。通过思维的视线,我在子午流注环周图上看见一个庞大的穴位、混乱的机体,劳宫穴在胳肢窝里,涌泉穴长到脑门上。我万无一失的计算,百验百灵的经验,用到它身上就不灵,穴位该开的不开,该合的不合,经络错乱,阴阳颠倒!

大瘸子陆玉河在旁边嘲笑我:"算了吧,我的神医,它是死神,你是治不活的!"

陆玉河的瘸腿没有治好,脑袋又歪了,沉重的大脑壳挂在左肩膀上,看着都叫人难受。

我问:"你是怎么搞的?"他愤怒地跳起来,几乎把我的房子捣垮:"这要问你自己,这不是你的杰作吗?"

对不起,我治病凭灵感,靠一股神来之气,和病人一打照面就知道能不能治好他的病。有的人病很小,我也治不好。有的人病很重,我来了情绪,也能治好。我精通子午流注,深得针灸的壶奥,唯独一窍不通审时度势的艺术。中医讲究望、闻、问、切:望其五色以知其病,闻其五音以别其病,问其所欲五味以知其病所起所在,诊其寸口,视其虚实以知其病在什么脏腑。我可曾望闻问切过公司、局、这座城市乃至全国的"五色"、"五音"、"口味"、"喜恶"和"虚实"?我研究生物钟,知道树叶向东西就垂直生长,向南北就会扭曲,且生长缓慢容易死亡。可知社会也有个子午流注,人间万事如大海起落。我只有掌握了涨潮落潮的时刻,把握住潮头,才会走向好运。问题在于我对社会的经络和穴位一无所知,对官场的潮头怎样起落更是蒙头转向。以己之短对人之长,以己之弱对人之强,会有什么结果呢?我能治病却又把精力没用在治病上。治不了命却偏要帮人家治命!人头涌涌都有自己的想法。越是聪明人越不会轻易朝不明确的目标前进。我想争点什么呢?还是想干点什么呢?我真想报答中性的表大爷,还是为满足自己心理上的某种需要?比如功成德重或乐善好施的名声……

我自己也阴阳失调,神经错乱。明知道这种生活对自己不合适,可身子已游到中游,前面的漩涡吸住了我,后面的浪峰推动我,我身不由己地往前钻、往下陷。激流勇退,半途而废,让身已残的学生心再残,于心何忍?现在支持我干下去的动力已不再是简单的对残疾人的怜悯。即使还有同情,也比以前深刻了。正气内存,邪不可干。邪之所凑,其气必虚。我的气虚在何处呢?古人说人不为己天诛地灭。其实我不为己,天不会诛我,大家呼吸大同小异的空气,相互联系,气血交贯而行。什么都分不开,身体分不开,精神分不开,民族分不开,自己跟其他人分不开!生我——我生,克我——我克。自己生命的小宇宙不可能再保持封闭的独立的江河行地、日月经天的运动规律了……

窗外淅淅沥沥,猛然把我从玄妙的对大千世界的万物万事都能解释的怎么说怎么都有理的理论幻想中,拉回百思不得其解的怎么走怎么都会碰得焦头烂额的现实中来。真的下雨了!我心里一沉迈过白绫子到窗前走着。地上已积起水洼,雨下了相当一阵子。这是那种很有耐力的黏糊雨,没有雷吼,不靠电闪,天空混沌成一块铁灰色的砣砣且混沌得均匀,没有缝隙,没有深浅,没有边际。泼下的雨水也十分均匀,老是一股劲儿,一个节奏。偶尔也会紧一阵或慢一阵,但不会停止也不会突然风狂雨暴。能够涝死庄稼饿死人、冲得房倒屋塌的往往是这种雨。"七二八"大地震时下的也是这种雨。

我发愣、发蒙。医院的全部家当、学校的桌椅板凳和床铺,这下全泡汤了!我曾担心老天下雨。又存一丝侥幸。世界性的气候反常,也许会雨季无雨。思想上却没有准备,万一气候正常了怎么办?整个夏天怎么可能一点雨不下!雨声哗哗,屋子里死一般静寂,那白绫子像盖尸布,格外激起一种不祥的感觉。我可不想让这种感觉把自己窒息死!

穿上雨衣,骑上自行车,直奔运输队。我很喜欢在小雨中或雪天骑车,没有尘土,马路上清静,别有一种情趣。但是今天没有这份兴味。厌恶和恐惧眼前这蕴蓄着巨大破坏力的混沌。我使出最大的力气,自行车还是一晃三摇地慢慢爬行。周围是雨花水雾,分不清大地和天空,一片迷蒙。雨水顺着雨衣的帽檐儿灌进脖子,打湿了脸和头发,眼皮火辣辣的,雨水里好像掺了药。突然有卡车驶过带着嗞嗞的怪叫声,像行驶在海面上的快艇,两旁溅起一丈多高的水柱,把我连车带人一下子打倒了。倒在泥水中,全身都湿透了。一个人孤立无援,徒生一股悲凉。仿佛老天有意把我推进一个原始而强大的生物过程,让我感受大宇宙生命的律动。在这种律动面前,人的生命是软弱的、孤独的。

还好,已经有好几个人站在运输队场院的泥水中。他们比我先到了,比我更着急,像我一样也被忧虑和烦恼所困扰。虽然他们来了也是干着急,无能为力。但我不再孤单,一股温暖的火焰正在熔化我内心的寒冷,风不狂,但很有劲道,任意驱使着雨水像鞭子一样抽打着医院的全部财产。贵重的设备曾用塑料和牛皮纸包装过,也全被撕碎,像受伤的动物裂开了一道道大口子,在风雨中颤抖不已。身下却是一堆破破烂烂的东西漂浮在水面。更多的东西没有包装,光秃秃承受着风雨的残暴,让我想起残疾同学的胸腔,在痛苦地呻吟,起伏颤动!

沈丹实和平军去找运输队的头头,想借几块大苫布把东西遮盖一下。却是空手而回。平军冲着风雨大声发泄着心中的怨气:"人家没有苫布。即便有也不能盖了,底下叫水泡着,上边已经湿透了,再捂上苫布还不沤烂了!"

只有一条路,去找公司领导。要马上,赶快!让东西这么泡在水里没有出路。社会的惰性使当官的都有拖延的习惯,所谓"在中国,时间有它自己的节奏",就是指当官的领导群众也领导时间,让一切都适应自己的节奏。什么都取决于领导的节奏。你既然办了叫领导不喜欢的事,跳出了统一的规定的节奏,就只好主动出击了,如果要到新房子,天晴以后动员医院的全体职工把重要设备擦净晾干,还能够抢回一部分财产。医院一开业,设备经常使用,就不会锈蚀腐烂。眼下这种场面就是神仙降世也没有办法了!

留下值班的,我叫沈大夫和其他人回家去,守在这儿让人陪着设备一块挨浇又于事何补?她不会骑车,只能由我和平军去公司。送走了丈夫,沈丹实遽然老了,常常一个人漠然失神。我心中戚然,似乎是自己对不住她和死去的老郭。我欠所有人的,没有人欠我的。

我们顶着雨赶到公司,浑身湿漉漉像两只落汤鸡,也并未感动干干净净地坐在大楼里主宰我们命运的人,反而惹得他们嫌弃。因为凡我们站过的地方就有一摊泥水,弄脏了地板。没有敲开高经理办公室的门。经理办公室的周主任告诉我们,高经理应明爱中心的邀请三天前就去香港了。

"高经理去香港明爱中心学习?"

我不相信这个消息。如同不相信快要跟自己结婚的姑娘突然被别人抢走一样。他去学什么呢? 他对医学、对残疾人又知道些什么呢? 这一切费小姐都是知道的。

"瞧你们这副样子,好像高经理就不该去香港,只能叫你们去!"本应早就该想到事情会如此。周主任觍着肉多情少的脸,拿不是当理说,"领导不先去,你们能去得成吗?"

平军这次表现得比我更沉得住气:"都是谁去了?"

"孙市长带队,咱们公司两个,民政局一个。"

正好占了我们那四个名额。我再一次感到权力的能量是无边的,他们使用起权力来既不谦虚也不悭吝! 唯独不管别人会怎样看他们。真做得出来。

"他们也学习三个月?"平军又问。

"领导同志是去考察,来去二十天足够了。"

"是足够了,玩一玩,买一点洋货,二十天富富裕裕。"

"行啦,生气也没有你的份,别做梦娶媳妇尽想美事。老老实实干好自己本分的事就行啦。"他的神态、语气充满了对平军实际也是对我的厌恶和嘲弄。他不过是公司的大秘书,我们跟他犯不着,纠缠多了没用。我问:

"哪位领导在家?"

"郑副经理在。"

郑副经理脸色平和,一副天官赐福的样子,松弛的肥肉瀑布似的重挂在脸上。见了我们，眼睛里毫无表情。我不再小心翼翼，不再谨慎地先表达对领导的尊重，而是简单扼要，直来直去地讲了公用医院目前的处境和损失。

郑副经理沉吟半晌：

"哎呀，我非常同情你们的处境。但我不是党委委员，不知道党委对你们医院的拆迁所做的决定，也无权更改。还是等高经理回来再说吧。"他的话空洞而虚滑，毫无分量，也没有温度。

"二十天以后医院的设备就全糟蹋了，几十万元的损失，谁负得起这么大的责任？"我也学灵了，先将丑话挑明，免得将来领导翻脸不认账，把责任推到我身上。

"当然是谁做的决定谁负责了。"

他的话像外面混沌的天气一样，能迷住你的心智。党委负原则的责任。党委是谁？是集体、是空洞的，分到每个头头身上没有几两重。只有我是具体的单独的肉体凡胎，是扛不住多少分量的。他们要想整我在别处抓不着把柄，只这一件事就可大做文章，把我连同他们不喜欢的东西一起毁掉！他是在家里守摊儿的副经理，当然也拥有极大的权力，为什么使用起来这样谦虚和悭吝？是权力使他感到了自己的虚弱！当代社会最时髦、最流行的一种精神装饰就是麻木。当领导的麻木就不仅仅是个人的事情了，与颓废派的小青年们不可同日而语。也许他习惯了官场中以权势作弄人或人玩弄权势的把戏，才导致他良心的冷酷、蔑视比他地位低下的人和事。

平军憋不住了："既然公司里不管，我们只好用香港给的那七十万元租一所房子先救急。"

"你们还不知道吗？那七十万元被市里提走了，说是有个什么重点工程资金周转有点困难，先借用一下。详情不知道，我也是听高经理说的。"

他说得轻描淡写，可每个字都像一道闪电似的冲着我们劈过来！

"这是真的？"平军的脸因震惊和狂怒白得阴森怕人。

"我们也不同意这样做，公司原是对这笔钱有想法的。可市里做了决定,做下级的只能服从。不服从也没有办法,银行不听我们的。"

"郑副经理,你不觉得领导这样做太过分了吗?这钱是明爱中心捐赠给残疾人学校的……"

一次次窝在我心里的愤怒突然爆发了。也只能是一种精神上的爆发,我不知道自己能够采取什么行动。实际上什么行动也采取不了。连我的质问也是软弱无力的。什么叫过分?世界上根本就不存在过分的事。为了自己的利益干什么都不过分!当官的何必关心自己如何不得人心呢?那不是自找别扭吗!我居然连一句厉害的能发泄心中愤怒的话也说不出!压在我们心头上的权力究竟是由人类的智慧形成的,还是由人类的丑恶和愚蠢形成的?为什么这样纵容虚伪和欺骗,反而不容纳善良和道义?

郑副经理宽厚地摇摇头,低下眼去装做看文件,不计较我们的无理,却也不再答理我们。人心非铁真像铁,官场如炉不是炉。即便是炉也只能烧死我这种有职无权的细胞官。我连芝麻官都不敢自称。芝麻官是七品,相当于现在的县团级。

跟他喊叫没有用,这不是他的过错。那么是谁的过错呢?孙市长、高经理……谁也没有错。有错的是我自己!如同是一场神秘的游戏玩弄了我的命运,一种突然而发的莫名其妙的慈悲心肠使我走上了岔道,错过了自己的好运。而厄运又使我的书生气变成了一个个的错误……

走出公司大楼,我突然感到精疲力竭,需要止步不前,实际上也无路可走了。雨还在下,天地照旧混沌。负责排泄城市污水的地沟,却向外倒灌着污黑的臭水。从每条胡同里都涌出一股股浊流,大街如河渠,城市的废物在水面上漂荡,破鞋、烂布、月经纸、竹筐、草棍儿……水淹愁人,漫漫无际的阴郁气氛压得我透不过气来。我一身的晦气、怒气、怨气排泄不出,形成一股力量在身上到处乱撞。心里有个地方被撞痛了,一种灰冷的绝望向全身扩展。

平军问我:"怎么办?"

我真想说,不干了,甩掉这个大包袱,去当一个隐遁的人。忽然又感到自己没有这个权利。我是院长兼校长,大主意是我出的平军是我的下级,他跟着我干,我不干了岂不伤他的心!仿佛有把锯子要把我一锯两半,我成了地道的残疾人。如同这残疾的社会和权力机构一样。事已至此,无论是对一个残疾人还是对一个残疾人学校的残疾校长来说,都没有什么更可怕的事了,更不用害怕对抗。我说:

"等会儿我就给香港发电传,告诉明爱中心,他们给的那笔款没有落到我们手里,被市里侵吞了。中国第一所残疾人职业学校实际上已经垮台了!也算是对人家的交代。当官的不正在那里考察吗?也让他们出出丑,看他们怎么向人家解释?然后再向中央、向全国残疾人协会控告他们。"

"好,就这么办!"平军的精神气又来了,不愧是忠诚的院长助理,"我还认识一个报社的记者,叫他帮着我们造点舆论。你回家去专心写告状信,给香港打电传的事交给我。"

他好像又充满信心地去"分头行动"了。

别看我嘴上那样说,在心里对告状连一丝成功的把握都没有。在中国,告状就像往大海里投个小石子。

水浅的地方就骑上自行车,水深的地方就下车推着走。我越来越清楚了,自己和公司、公司的头头以及他们背后那强大的权力阶层难以相处。要改变的当然不是对方,我没有那个力量改变别人。只能改变自己,却又不情愿。何必为适应别人委屈自己呢?

双脚拖泥带水,整个人像漏水的坝堤,很快就要垮塌下来。我心里明白自己是被失败的重量压垮了,心里冰凉。异想天开想开发残疾青年智力的热情早就熄灭了,只是由于骑虎难下,不到绝境自己不敢承认罢了!我需要躺倒休息,可又不想回到自己那个湿潮、清冷的窝里去。要想给病人治好病就得比病人的心还要纯净,搞研究更需要心静。我现在还能干什么呢?正陷于被五马分尸的窘境——残疾学生向我要活的权利、要知识、要做人的尊严、要职业;官僚们要外汇、要出国;医院的同事们要房子、要奖金、要职称;我忠诚的助手们要公道、要自己应该得到的东西!连那四堵消瘦的墙壁似乎也想找我要点什么,比如:温暖、亲情、火爆。从四面八方挤压我、撕扯我。然而我什么也办不到。从哪个角度看,我都不是一个正常的有力量的人。

鬼使神差我又拐进医学院的大院,带着一股冲动毫不犹豫地摁响了白星春的门铃。开门的正是她,被我的狼狈样子吓了一跳:

"你?出了什么事?"

"什么事也没出,我是送答案来了。"她让我进屋,我坚决拒绝了,"我马上就走,你不是问我对你出国学习有什么看法吗？我的看法就一句话,走,坚决走。最好走了就不要再回来!"

出我意料她没有松口气,反而显得吃了一惊:"为什么?"

"留下来没有希望,不要对我们这个现实再抱任何希望了!"

她可能被我的灰心丧气感染了,眼睛里流露出深深的失望:"你冒雨浇成这个样子就为了告诉我这句话?"

"我从公司来,路过这儿。再见!"我拨头就下楼。

她在后面喊:"你等等,喝碗姜糖水暖一暖身子再走……"

"谢谢,不用了。"

我痛快了,没有牵挂,不欠任何人的感情或别的什么东西了。我没有回头,没有停步,推起自行车继续接受风雨的揉搓和抚慰。我和这天气似乎成了知己,雨点不紧不慢地往下落,对我同情又理解。左臂被人毫不迟疑地挽住了,我猜到了是谁,隔着雨衣雨帘,似乎也闻到了一股浮动的香气,禁不住一阵战栗。我不敢回头看她,生怕让她感到不好意思而松开了手。可又不能不回头,她穿件漂亮的天蓝色雨衣,脚下也是蓝色的高腰胶鞋。她也正扭头看着我,眼中那炽人的慧光熔化了我满心的阴郁。她的嘴是潮湿的,带着一种温柔的情意。

"别送了你会被淋湿的。"我说。

"没关系,我喜欢在雨中散步。"我的胳膊被挽得更紧了,她的半个身子都靠上来,"你真希望我一去不返了?"

"既然有出国的机会和条件,为什么不呢?"

"我本来想从你的嘴里听到相反的意见。你讨厌我吗?"

"不,想到哪儿去了。"

感谢这绵绵不断的雨丝,它缓解了我心里的紧张,替我遮羞。我们的脸都躲在雨衣宽大的帽子里,旁人是认不出的。

"只有一个人能留住我,这个人就是你。"

她的话像电雷一样震动了我,我感到整个宇宙都充塞了一股强大的电流,嘴上却说:"你难道还不清楚我眼前的处境吗?"

"你眼前正扮演堂·吉诃德,这个角色对你不合适。不过这没关系,即便医院黄了,学校垮了,你到哪里都是个出类拔萃的中医大夫。愿意出国我陪着你一块走,到美国也不愁打不出一片天下!"

这来得太快了,别又是命运拿我开什么玩笑吧!即便是玩笑,也是个温柔的妙不可言的玩笑。我为什么要错过呢?体内有一种生物的活力开始鼓胀,有乐声响起。

"你给别人看病的时候讲得头头是道儿,为什么遇到麻烦不会调理自己的情绪呢?"

我拆毁心理上的堤坝,让愤懑和失望倾泻而出,讲了这几天发生的事情。她继续劝慰我:

"这就是你同意我出国的根据?"她一点都不着急,也不同情我,反而笑了。我心里也轻松了。"让我来给你这个神医看看病吧。你想做一个高于现实的人物,要干成点事,而对上面、对比你强大的意志又过分顺从。现代社会以战为乐,你不想战也不会战。这是你的悲剧根源之一。第二,你喜欢埋头苦干,与现代社会格格不入。在商品社会要想成功就得学会推销自己,为自己做广告。而这正是你的弱项……"

她把我挖苦得心里很舒服、很清亮。男人好面子,但又不允许我老是不吭声,要吭声就只能自嘲:

"看来性格注定我将一事无成。我只有跟自己的良心单独在一起的时候才不紧张,平静,松快。"

"不,你深处是漂亮的,这正是吸引我的地方。你只应追求事业上出成果,不要想成佛,想完美无缺。完美无缺也等于毫无惊人之处。成功的关键在于你是个什么人就做什么人。你知道自己是个什么人吗?"

“男人。”

“不错,幸好你是个男人。”

雨雾轻柔地缓慢地泼洒着,它黏合着我们,保护着我们。我们靠着肩,踩着水,宁静而温暖。我却担心淋坏她的身子。

“我们就这样一直走下去吗?”

“这不是很好吗? 你不喜欢?”

1988年5月21日修定

后 记

　　此生让我付出心血和精力最多的，就是建构了属于自己的"文学家族"。感谢人民文学出版社提供机会，能将这个"家族"召集起来，编成队列。

　　——这就是整理《蒋子龙文集》。

　　整理文集确实像召开家族大会。将我亲手创作的各色人物，聚集到一起，大大小小，林林总总，他们的风貌、灵魂、故事（即便是散文随笔中也有人物、事件和思想）……一下子勾起我许多回忆，感慨万端。

　　有的令我欣慰，有的曾给我惹过大麻烦。如今竟都让我感到了一种"亲情"，不仅不后悔，甚至庆幸当初创造了他们。

　　将他们收拾停当，排出先后次序，送到人民文学出版社这个"大广场"上，像所有等待检阅的人一样，有兴奋，有期待，还有紧张。

　　首先将检阅我这个"家族方阵"的是责任编辑包兰英，然后是出版社的老总。他们是我写作上的贵人。而人民文学出版社则是我的文学福地。

　　"文革"结束后，我头一次住在出版社的招待所里改稿子，就是在人民文学出版社。

　　我在文学讲习所读书时，导师是人民文学出版社的秦兆阳先生，他看了我的《赤橙黄绿青蓝紫》后，给我写过一封长信，那是我收藏中的珍品。

　　我的第一部长篇小说《蛇神》在人民文学出版社《当代》杂志上发表；我下功夫最大也是自己最看重的长篇小说《农民帝国》，也是在人民文学出版社出版。

　　写了大半生,能在人民文学出版社出版文集,我视为是一种"终身成就奖"。

　　由衷地感谢包兰英先生的举荐,感谢人民文学出版社的厚意。

蒋子龙

2012年12月31日于天津